Linda van Rijn

Winter chalet

Literaire thriller

uitgeverij marmer

PROLOOG

Dinsdagavond 21:00 uur

ZE KEEK OP VAN HAAR BOEK TOEN DE BEL GING. EEN VROlijk klingelgeluid dat nagalmde in haar oren. Haar hart sloeg even over, al wist ze zelf niet waarom. Misschien door wat er was gebeurd. Maar al zou het hem zijn, dan had ze nog weinig te vrezen. Ze kende hem. Het zou allemaal wel loslopen.

Ze sloeg haar dekentje terug en zette haar voeten op de grond. Met moeite kwam ze overeind van de bank. Haar wangen hadden een warme gloed van het haardvuur. Ze opende de deur naar de gang.

Kou sloeg haar tegemoet. Ze huiverde en trok haar badjas dichter om zich heen. Ze zag er belachelijk uit, maar wat gaf het. Het kleine halletje baadde ineens in een felwit licht toen ze de lamp aan knipte. Ze knipperde met haar ogen.

Er was geen raampje bij de deur, niet eens een spionnetje. Raar eigenlijk. Ze wilde weten wie er voor de deur stond. Voor de zekerheid. Ze haalde adem. Diep, het deed een beetje pijn in haar longen. Doe normaal, sprak ze zichzelf in gedachten streng toe. Doe gewoon open.

Voor de tweede keer schalde het geluid van de bel door de gang. Het deed pijn aan haar oren. Ze mompelde iets en reikte naar de deurklink. Hij voelde koud aan, het zou inmiddels wel weer vriezen buiten.

Ze duwde de klink naar beneden. De deur kraakte een beetje toen ze hem opende. De buitenlamp was aangegaan en verspreidde wit licht. Ze keek om het hoekje. Eigenlijk stond ze al klaar om hem te zeggen dat hij moest opduvelen.

'Huh,' zei ze, verbaasd om wie er voor de deur stond, 'jou had ik niet verwacht.' Ze herstelde zich en zette een stap opzij. 'Kom snel binnen, het vriest dat het kraakt.'

Ze zag het voorwerp pas toen het haar al bijna raakte. Groot en donker kwam het op haar af.

Deel 1

1

Zaterdag

'HET ZIET ER ECHT GEZELLIG UIT.'

'Leuk zeg, dat hout. Ik ben meteen in de wintersportsfeer.'

'Anders ik wel.' Karen van Heusden keek goedkeurend naar de buitenkant van het Oostenrijkse chalet waarvan ze de sleutel in haar hand hield. Het zag er precies zo uit als ze zich had voorgesteld. De foto's op de website hadden niet gelogen. De donkere planken en de in groten getale aanwezige hertenkoppen die ertegenaan waren gespijkerd – jachttrofeeën die de eigenaars of hun voorouders ongetwijfeld zelf hadden veroverd – brachten haar meteen in Oostenrijkse sferen. 'Leuk ook dat ze de kerstversiering gewoon twee maanden hebben laten hangen', grinnikte ze.

Naast haar lachte Isa Vertongen. 'Ach, die brengt toch een bepaalde sfeer met zich mee. Of het nou december is of eind februari. Ik vind het altijd wel iets hebben.'

Karen duwde de sleutel in het slot en draaide die om. De deur zwaaide open en een golf warme lucht kwam hen uitnodigend tegemoet.

'Ah, lekker', zei Chantal Damstra, die haar twee vriendinnen voorbijliep en als eerste binnen stond. Ze wreef haar handen tegen elkaar. 'Een beetje warmte, daar was ik wel aan toe. Niet te geloven, wat is het koud buiten.'

Het was inderdaad flink onder nul, stelde Karen vast met behulp van de thermometer die met een spijker aan de houten buitenmuur was bevestigd. Min acht, en dan zou het volgens de voorspelling vannacht nog kouder worden. Ze was blij dat de verhuurder de verwarming al had aangezet, anders zouden ze het huisje vanavond niet meer warm krijgen. Het chalet was van twee oudere Nederlanders die al jaren in Kirchberg woonden en meerdere huizen verhuurden. Eerlijk gezegd had Karen bij het boeken niet verwacht dat het huis er zo goed uit zou zien, en dat de eigenaars zo veel moeite zouden hebben gedaan om hun letterlijk een warm welkom te geven. Eigenlijk hadden ze het chalet vooral uitgekozen vanwege de aantrekkelijke weekprijs. Zelf vond ze het niet erg om wat meer geld uit te geven, maar ze moest rekening houden met haar vriendinnen en dus hadden ze uiteindelijk dit nogal voordelige huis geboekt.

'O kijk, de open haard staat zelfs aan', riep Chantal verrukt vanuit de woonkamer. 'En ze hebben een fles wijn voor ons neergezet. Wat aardig.'

Karen liep achter haar vriendin aan naar binnen. Op de massief houten eettafel stond een fles rode wijn. Er lag een kaartje naast met een boodschap van de eigenaar en het telefoonnummer waarop hij te bereiken was als ze vragen hadden. Karen pakte de fles. Oostenrijkse wijn, zag ze, een Blauburgunder. Ze had een paar jaar geleden een wijncursus gevolgd waar ze had geleerd dat uit Oostenrijk tegenwoordig louter kwaliteitswijnen kwamen. 'Zullen we deze dan zo maar meteen ontkurken?' stelde ze voor.

Haar vriendinnen knikten instemmend. 'Even de spullen uit de auto halen en dan hebben we wel een glas verdiend', zei Chantal.

Karen knikte. Ze had weinig zin om met koffers te sjouwen, maar als ze het meteen even deden, konden ze daarna tenminste lekker ontspannen. Dan was het echt vakantie.

Een halfuurtje later hief ze haar glas en tikte het tegen de glazen van Isa en Chantal. 'Op de skivakantie', zei ze uitbundig.

'Op de vakantie', herhaalden haar vriendinnen instemmend.

'Mijn eerste skivakantie', voegde Chantal eraan toe. 'Ik vrees dat ik morgen aan alle kanten door vierjarigen op kleine skietjes wordt ingehaald.'

'Reken daar maar op', lachte Karen. 'Als je voor het eerst op ski's staat, vraag je je echt af wat iedereen daar nou zo leuk aan vindt. Maar geloof mij, het wordt vanzelf leuker en tegen de tijd dat we met z'n drieën van de zwarte piste gaan, ben je verslaafd.'

'Dat duurt nog wel even, hoor', zei Isa. 'Het is tien jaar geleden dat ik voor het laatst heb geskied en ik was bepaald geen natuurtalent. Jij bent de enige van ons die als klein meisje al op de ski's stond.'

Karen had leren skiën toen ze net vier jaar was en in haar jeugd had ze geen jaar overgeslagen. Jammer genoeg was ze nu al drie jaar niet meer op wintersport geweest. Ze was blij dat ze haar vriendinnen had kunnen overhalen samen te gaan skiën. Het was eigenlijk in een opwelling besloten, en meteen de volgende dag hadden ze dit chalet geboekt. Dat was nog maar zes weken geleden geweest.

'Jammer dat Annemieke er nog niet is', merkte Chantal op.

Karen knikte. Annemieke, hun andere vriendin, had helaas haar plannen iets moeten wijzigen door een project op haar werk. Ze zou dinsdagavond met het vliegtuig en de trein naar Kirchberg komen en dan aanhaken.

Ze nam een slok. 'Lekkere wijn', was haar commentaar. Ze zette het glas op de salontafel, die van hetzelfde donkere eikenhout was gemaakt als de eettafel. Isa en Chantal hadden het over de skiles die ze morgen wilden gaan regelen. Karen luisterde met een half oor. Ze liet haar blik door de kleine woonkamer glijden. Knus, dat was het woord dat meteen bij haar opkwam. Ze zou de inrichting nooit hebben uitgekozen, maar het paste helemaal bij de wintersportsfeer. De wanden waren betimmerd met vurenhout en voor de ramen hingen roodgeblokte gordijntjes die hun beste tijd wel hadden gehad. Er stonden kerststukjes van dennentakken en hulst, met roodgouden strikken. Karen glimlachte. Ze hield niet eens van kerst.

Ze trok haar benen onder zich op de comfortabele bank. Het meubelstuk stond er waarschijnlijk al jaren en in het zitgedeelte zat een kuil, maar in de grote kussens kon je helemaal wegzakken. Ze zag zichzelf hier al zitten na een dag skiën, helemaal rozig en warm van de wijn. Gek eigenlijk dat je nergens zo lekker moe van kon worden als een dag hellingen afdalen in de sneeuw. Na haar werk kon ze ook moe zijn, maar dat was een andere vermoeidheid dan de loomheid die je na het skiën had. Expres hadden ze gekozen voor een chalet waarin ze zelf konden koken, zodat ze na de après-ski thuis konden komen en de deur niet meer uit hoefden. De tijd waarin ze op wintersport echt ging stappen, lag inmiddels wel achter haar. Isa, Chantal en Annemieke waren ook niet van die feestnummers.

Althans, niet meer. Soms dacht Karen met enige weemoed terug aan de tijd dat ze alle vier nog vrijgezel waren en gingen stappen tot het licht werd. Tegenwoordig was zij de enige die genoot van het vrijgezellenbestaan. Ze was vierendertig, bijna alle vrouwen van haar leeftijd hadden kinderen of een steeds nadrukkelijker kinderwens. Dat laatste was haar vreemd. Ze vond haar leven prima zoals het was. Af en toe had ze een relatie, maar vooralsnog was er niemand voorbijgekomen met wie ze zelfs maar had willen samenwonen. Niet dat ze eenzaam was. Er waren genoeg mannen in haar leven. Maar daarover had ze het niet met haar vriendinnen. Ze dacht niet dat die zouden begrijpen waarom deze levensstijl haar zo goed beviel.

Ze kneep haar ogen samen en keek naar de kaarsen op de schoorsteenmantel. De standaards zouden in elk ander interieur van wansmaak getuigen, maar hier pasten ze precies. Chantal had ze aangestoken en de vlammetjes verspreidden een goudgeel licht. Het vuur in de open haard knapperde en in het hele huisje hing de typische geur die bij haardvuur hoort. Karen snoof. Het prikte een beetje in haar neus. Die geur was de reden dat ze in haar eigen Haarlemse stadsappartement een gashaard had laten inbouwen die geen geur verspreidde en die ze met een afstandsbediening in twee seconden aan en uit kon zetten. Maar zo'n ding zou hier volledig detoneren.

Ze reikte naar haar wijn en nam nog een slok. Nadenkend draaide ze het glas aan de steel rond. Het was een tijd geleden dat ze een wijntje had gedronken met Isa en Chantal. Zeker twee maanden, misschien wel drie. Het was de afgelopen tijd nogal hectisch geweest. Zelf had ze te maken gehad met twee zieke collega's, wiens lessen ze had moeten overnemen. Met alle bezuinigingen op cultuur was het bestuur van het cultureel centrum waar ze als docent werkte erg huiverig als het op het inhuren van vervangers aankwam, ook al stonden de freelancers in de rij voor werk. Karen had geprobeerd de directeur ervan te overtuigen dat het echt nodig was om versterking in te zetten en dat je met een freelancer helemaal geen risico liep, en ook dat de lessen nog steeds zo populair waren dat ze niet bang hoefden te zijn voor minder aanmeldingen en dus minder inkomsten. Maar ook al had ze gepraat als Brugman, het had geen effect gehad. Ze had drie keer zo hard moeten werken. Hoe leuk ze het ook vond om kinderen van alles over kunst bij te brengen en hen te stimuleren hun eigen creativiteit op allerlei manieren te gebruiken, zes dagen per week minstens negen uur werken, was iets te veel van het goede. Ze had gemerkt dat haar lessen eronder leden en dat was jammer. Karen vond het leuk om elk kind persoonlijke aandacht te geven en te laten zien hoe een beeld, schilderij of ander kunstwerk nog beter en mooier kon worden. Daar had ze te weinig tijd voor gehad, omdat ze tijdens de lessen die ze gaf ook de andere lessen moest voorbereiden. Ze liep rond met een gejaagd gevoel en regelmatig was ze 's avonds thuisgekomen met nul energie en een hoofd dat overliep van alles wat ze nog moest doen. Op wat sms'en en af en toe een telefoontje na had ze nauwelijks tijd gehad voor haar vriendinnen. Gelukkig was een van haar twee collega's inmiddels weer aan de slag en zou de ander ook binnenkort beginnen. En na deze welverdiende vakantie zou ze vast ook weer meer energie hebben.

Ze had zich wel schuldig gevoeld naar haar vriendinnen dat ze zo weinig tijd had gehad. Vooral Isa had de afgelopen tijd wel wat steun kunnen gebruiken nu er vijf maanden geleden een einde was gekomen aan haar huwelijk. Officieel waren zij en Michel nog niet gescheiden, maar nadat ze de knoop hadden doorgehakt, had Michel meteen het huis verlaten en sindsdien was het woord vechtscheiding de beste omschrijving van de situatie waarin Isa terecht was gekomen. Karen had haar gebeld en ge-sms't om haar een hart onder de riem te steken, maar ze had vaker niet dan wel voor haar vriendin klaargestaan toen die graag even wilde langskomen of desnoods ergens snel een kop koffie wilde drinken. Gelukkig was Isa het type niet om haar dat na te dragen, maar toch knaagde het bij Karen. Ze was blij dat ze deze week alle tijd had om verloren aandacht in te halen.

Het viel haar op dat Isa niet zo spraakzaam was als het over de scheiding ging. In de auto had ze elke keer subtiel het gespreksonderwerp veranderd. Karen had het idee dat er meer speelde dan Isa wilde laten blijken en ze vroeg zich af waarom haar vriendin niet het achterste van haar tong liet zien. Het enige wat Karen wist was dat Isa's ex Michel het haar niet makkelijk maakte in de scheiding en dat het belang van hun dochtertje Lieke bij hem niet op de eerste plaats leek te staan. Lieke was pas twee en er was Isa alles aan gelegen om het meisje met zo min mogelijk schade door de scheiding van haar ouders heen te loodsen, maar zo'n instelling werkte alleen als beide ouders erachter stonden. Michel kon volgens Isa maar niet over het idee heen stappen dat Isa hem deze scheiding had aangedaan en dat ze daarvoor moest bloeden. Hij had een advocaat ingehuurd die voor pitbull kon doorgaan en alles wat Isa voorstelde met betrekking tot het ouderschapsplan dat ze moesten opstellen voordat de scheiding definitief kon worden uitgesproken, werd door Michel en zijn advocaat van tafel geveegd. Vooralsnog woonde Lieke bij Isa en mocht Michel zijn dochter om het weekend en doordeweeks een dag ophalen. Dat vond hij niet genoeg. Hij wilde de regeling omdraaien, ook al werkte hij fulltime en Isa maar drie dagen. Dat leek Karen behoorlijk onpraktisch, maar voor Isa ging het natuurlijk wel wat verder dan dat. Lieke was inzet geworden van de strijd en zelfs Karen begreep dat elke moeder dat haar kind wilde besparen.

Chantal gaapte hartgrondig. 'Ik weet niet hoe het met jullie zit, maar ik ben kapot. Van autorijden word ik altijd zo moe. Ik wil eigenlijk gaan slapen.'

'Dan doe je dat', zei Karen. Het was halftien. Zelf was ze gewend nooit voor twaalven naar bed te gaan, al wilde ze het vanavond ook niet te laat maken. Vroeger, toen ze als tiener met haar ouders was gaan skiën, had ze zelden een piste gezien voor elf uur 's ochtends, maar nu hield ze van de pistes in de vroege morgen. Dan waren ze nog strak en glad en de frisse ochtendlucht maakte haar hoofd helemaal leeg. Ze verheugde zich er nu al op. Jammer genoeg was er geen plek geweest om haar eigen ski's mee te nemen en moest ze morgenochtend eerst naar de skiverhuur. Maar ze wist precies haar maat en welke schoenen lekker zaten, dus hoopte ze snel klaar te zijn.

'Hoe laat staan we morgen op?' vroeg Chantal.

Isa keek naar Karen. 'Weet jij hoe laat die skiverhuur opengaat?'

'Acht uur. Als we er vroeg zijn, hoeven we niet zo lang te wachten. Bovendien kunnen jullie dan daarna naar de skischool. Die zit ernaast.'

'Acht uur daar dus', zei Chantal. 'Zullen we om halfacht ontbijten?'

De andere twee stemden in. Chantal stond op en pakte haar spullen bij elkaar. 'Wat voor weer wordt het morgen eigenlijk? Laten we hopen dat chalet Sonnenschein z'n naam een beetje eer aandoet.'

'Reken daar maar op', zei Karen. Ze hield haar iPhone omhoog. 'Ik heb een speciale app op mijn telefoon gezet om de weersvoorspelling te kunnen bijhouden. Het ziet er voor de komende dagen prima uit. Misschien wordt het morgen aan het eind van de middag een beetje bewolkt, maar dat mag niet echt een naam hebben.'

'Tegen die tijd zitten we toch al aan de après-ski', zei Chantal. 'Ik denk dat ik morgen na één les al behoorlijk kapot ben. Ik heb de laatste tijd nauwelijks iets aan sport gedaan.'

'Ik ook niet', zei Isa. 'Ik wil inderdaad een beetje rustig beginnen.' Ze grijnsde. 'Hoe laat begint die après-ski?'

'Hoe laat je wilt', lachte Chantal. 'Ik hoop dat glühwein werkt tegen spierpijn.'

'Anders bier wel', zei Karen.

Chantal keek vies. 'Ik drink nooit bier.'

'O geloof mij, dat leer je vanzelf als je gaat après-skiën. Je moet wel, van glühwein word je veel te snel dronken.'

Isa knikte. 'Dat Oostenrijkse witbier is zo licht, dat lust jij ook wel.'

'O ja, Edelweiss', zei Karen genietend. 'Dat hoort echt bij wintersport. We leren je dat wel drinken, Chantal.'

Haar vriendin lachte. 'Jullie geven me een spoedcursus wintersporten. Nou, dan kan ik maar beter gaan slapen, zodat ik er uitgerust aan kan beginnen. Welterusten.'

Ze liep de trap op. Het hout kraakte een beetje. Karen schonk haarzelf en Isa nog eens bij en nestelde zich in de behaaglijke kussens van de bank.

Ze pakte haar glas. 'Lekkere wijn, hè?'

Isa knikte. Ze rommelde onder haar fauteuil en trok een bijbehorend voetenbankje tevoorschijn. 'Dat is nog eens relaxed', grinnikte ze. 'De inrichting ziet er niet uit, maar ze hebben er wel rekening mee gehouden dat je hier komt voor de nodige ontspanning.' Ze legde haar voeten op het bankje. 'Als ik morgenavond verga van de spierpijn, kom ik deze stoel niet meer uit.'

'Morgenavond zal het nog wel meevallen', zei Karen. 'De dag erop is het het ergst, vrees ik. Kwestie van doorzetten, dan gaat het vanzelf over.'

'Jij hebt makkelijk praten. Jij bent een ervaren skiër.'

'Ik weet zeker dat ik ook spierpijn krijg. Het maakt niet uit hoe ervaren je bent, als je spieren niet getraind zijn, ga je ze voelen.'

Isa keek haar aan. 'Jij sport toch best veel?'

Gewoonlijk was Karen drie keer per week in de sportschool te vinden, maar de laatste tijd was dat er nog weleens bij ingeschoten. 'Het is zo druk geweest op het werk. Ik was 's avonds soms al blij als ik genoeg energie had om wat boodschappen te halen en te koken. En dat terwijl ik praktisch boven de Albert Heijn woon.'

'Je moet wel een beetje op jezelf passen, hoor', zei Isa bezorgd.

Karen glimlachte. Van hun vieren was Isa echt de moeder. Dat kwam niet alleen doordat ze als enige een kind had. Ze was gewoon erg verzorgend, iets wat Karen totaal niet herkende. Isa leek ook over een zesde zintuig te beschikken. Als je even niet zo lekker in je vel zat, had zij het meteen door.

Maar vanavond wilde Karen het niet over zichzelf hebben. 'Maak je maar geen zorgen', zei ze daarom. 'Ik vraag me eerder af of jij wel een beetje op jezelf past.'

Isa keek op. Karen zag dat ze schrok. 'Hoe bedoel je?'

'Ik heb het gevoel dat er iets aan de hand is.'

'Nee hoor', zei Isa zogenaamd luchtig, maar Karen merkte de spanning in haar stem.

'Kom op', zei ze streng. 'Ik ken je langer dan vandaag.'

Isa zuchtte. Ze vouwde haar slanke benen onder haar billen en streek een denkbeeldig pluisje weg van haar gebleekte spijkerbroek. Ze leek te aarzelen.

'Wat is er, Ies?' drong Karen aan. 'Ik zie dat je ergens mee zit.'

'Het is Michel.' Isa sloeg haar blik neer. 'Soms kan ik nauwelijks geloven dat ik ooit verliefd op hem ben geweest. Hij is zo anders dan toen we nog bij elkaar waren.

Zo hard en...' Ze maakte haar zin niet af, hij eindigde in een hulpeloos gebaar met haar hand.

Karen wreef over haar kin. Isa had weleens eerder gezegd dat Michel niet in zijn voordeel was veranderd, maar ze had moeite in te schatten wat dat precies betekende. Isa was ook gewoon een ontzettend gevoelige vrouw. Een opmerking waar een ander nauwelijks acht op zou slaan, daarvan kon zij drie nachten wakker liggen.

Ze deed haar mond open. 'Er zijn maar weinig mensen die zich in een scheiding van hun beste kant laten zien.'

'Dat weet ik wel, maar Michel...' Isa haalde haar schouders op. Er sprak iets mismoedigs uit, vond Karen.

'Natuurlijk staan jullie nu lijnrecht tegenover elkaar. En die advocaten maken het allemaal niet veel beter. Maar ik weet zeker dat jullie allebei het beste voor Lieke willen en dat de verhoudingen beter worden als dat ouderschapsplan eenmaal op tafel ligt.'

Isa schudde haar hoofd. Ze keek Karen recht aan. Er blonken tranen in haar blauwe ogen. 'Het gaat verder dan bekvechten over de omgangsregeling. Hij bedreigt me. Hij zegt letterlijk dat als ik niet toegeef aan zijn wensen, hij het me betaald zal zetten.'

Karen fronste. 'Zegt hij dat waar die advocaten bij zijn? Ik neem aan dat zij dan toch wel ingrijpen.'

'Nee.' Isa schudde haar hoofd. 'Hij zegt het aan de telefoon. Hij belt me 's avonds op en dan roept hij dit soort dingen. Of hij stuurt sms'jes. Eén keer stond hij zelfs voor de deur.'

Karen vond het moeilijk te geloven. 'Is hij dan dronken ofzo?'

'Nee, helemaal niet.' Isa draaide haar glas rond aan de steel. 'Was dat maar zo, dan zou er nog een verklaring voor zijn gedrag zijn. Hij is bij zijn volle verstand en hij roept dingen...'

Karen zag dat ze huiverde. 'Wat voor dingen?'

Isa beet op haar lip. 'Vreselijke dingen. Dat hij Lieke van me zal afpakken en dat hij zal zorgen dat ik haar nooit meer te zien krijg. Of dat...'

Haar stem stierf weg. Karen ging iets meer rechtop zitten. Ze voelde kippenvel over haar rug gaan. 'Dat wat?'

Isa sloeg haar blik neer. 'Dat hij me zal vermoorden.'

'Doe normaal!' riep Karen. 'Heeft hij dat echt gezegd?'

'Ik kan het je laten zien.' Isa pakte haar iPhone van de tafel en gaf die aan Karen. 'Kijk maar bij de sms'jes.'

Karen pakte de telefoon aan en zocht de berichten op. Ze had moeite te geloven wat Isa zei. Ze kende Michel als een aardige, kalme vent, die gek was op zijn vrouw en dochter. Ook al was de liefde tussen hem en Isa nu over, dan zou hij haar toch niet echt bedreigen? Het leek haar waarschijnlijker dat Isa veel gevoeliger reageerde dan nodig op dingen die Michel had geroepen.

Ze vond de berichten van Michel en opende ze. Er stond een hele rij onder elkaar, niet een beantwoord door Isa. Haar ogen vlogen er overheen. Ze voelde haar mond droog worden.

Lieke is van mij en ik zal het bewijzen. Jij raakt haar kwijt. Jij hebt haar nooit verdiend.

Als je niet akkoord gaat vermoord ik je. Je weet dat ik het meen.

Jij bent niks waard. Voor niemand. Lieke zal vergeten dat je haar moeder bent. Daar ga ik voor zorgen.

Vuile slet. Ik zou maar achterom kijken als ik over straat liep.

Elke keer als jij in je auto stapt, moet je je zorgen maken. Op een dag is het raak.

Karen keek geschokt op. 'Is dit echt van Michel?'

Isa knikte langzaam. 'Ongelooflijk, hè?'

Karen keek nogmaals naar de berichten. Er was weinig te misinterpreteren aan Michels taal. 'Je moet hiermee naar de politie', zei ze stellig. 'Dit hoef je echt niet over je kant te laten gaan. Kom op, Isa, hij bedreigt je! Ik weet zeker dat als dit in een rechtszaal wordt gebruikt, hij geen schijn van kans maakt. Dan mag hij Lieke nooit meer zien.'

Isa beet op haar onderlip. 'Ik ga niet naar de politie.'

'Je bent gek!' Karen had zin om haar vriendin door elkaar te schudden. Waar was haar strijdlust gebleven? 'Dit zijn regelrechte doodsbedreigingen. Hiervoor kan Michel gearresteerd worden.'

'En dan?' vroeg Isa. Ze nipte nerveus van haar wijn. 'Als hij al wordt gearresteerd – wat ik niet denk, want daarvoor moet je in Nederland echt wel iets meer uithalen dan het sturen van een paar sms'jes – dan staat hij binnen een dag weer op straat. En dan? Ik weet zeker dat hij meteen bij mij voor de deur staat.'

'Dan vraag je beveiliging!' riep Karen uit. 'Of een straatverbod, of weet ik veel. Je moet íéts doen! Als je dit allemaal over je kant laat gaan, wint Michel sowieso. Dan denkt hij dat je een speelbal bent, dat hij met je kan doen wat hij wil.'

Isa pakte haar telefoon weer, die Karen op de salontafel had gegooid. Ze stak hem in de zak van haar spijkerbroek en veegde langs haar ogen. 'Ik weet het soms gewoon niet meer', zei ze met een verstikte stem. 'Ik wil alleen maar het beste voor Lieke.'

Karen kwam van de bank en ging op de leuning van Isa's stoel zitten. Ze wreef over de schouder van haar vriendin. 'Het beste voor Lieke is als jullie samen door één deur kunnen, maar gezien die sms'jes, gaat dat niet gebeuren. En dan moet je doen wat je kunt om je kind te beschermen.' Ze kneep even in Isa's arm. 'Ik denk dat je precies weet wat je moet doen. Als je wilt, ga ik met je mee.'

Isa keek op en glimlachte zwakjes. 'Dat is lief van je.'

'Wat zegt je advocaat hiervan?'

Isa keek weg. De schittering van de vlammen weerkaatste in haar ogen.

'Ies?' vroeg Karen met enige verbazing. 'Je hebt het hem toch wel verteld?'

'Ik hoopte dat het vanzelf over zou gaan.' Ze nam een flinke slok wijn. 'Je weet wel, als ik er niet over zou praten. Als ik er geen aandacht aan zou besteden.'

'Maar zo werkt het niet', concludeerde Karen. 'Want hij houdt blijkbaar niet op. Wanneer heeft hij het laatste berichtje gestuurd?'

'Hij sms't bijna elke dag. Ik heb nog overwogen niet op vakantie te gaan. Ik durf Lieke bijna niet achter te laten.'

'Weet je moeder het?'

Isa knikte half. 'Ik heb gezegd dat Michel raar doet en dat ze extra goed op Lieke moet passen. Ik heb haar niet over de berichtjes verteld, maar volgens mij begrijpt ze het wel.'

'Natuurlijk past ze goed op Lieke', zei Karen. 'Bovendien kan ik me niet voorstellen dat Michel zijn dochter iets zou aandoen.'

Isa beet op haar onderlip. 'Nee, maar ik kon me ook niet voorstellen dat hij mij zou bedreigen en dat doet hij ook.

Hij heeft een kant waar ik niets van weet, ook al ben ik vier jaar met hem getrouwd geweest.'

'Bizar', zei Karen hoofdschuddend.

Het duurde even voor Isa de stilte verbrak. Haar stem had een vreemde klank toen ze zei: 'Blijkbaar zul je iemand anders nooit echt kennen.'

Die woorden speelden een uur later door Karens hoofd. Ze lag op haar rug in het donker naar het plafond van haar slaapkamer te staren. Ze sliep op de bovenste verdieping, onder de nok van het dak. Over het witte plafond liepen donkere dwarsbalken. Net in het licht had ze gezien dat overal puntjes zaten, alsof er ooit met punaises dingen opgeprikt hadden gezeten. Nog meer kerstversiering misschien.

Ze dacht terug aan het gesprek bij de haard. Ze had de berichtjes met eigen ogen gezien, anders had ze niet kunnen geloven dat Michel werkelijk in staat was dit soort dingen tegen Isa te zeggen en naar haar te sms'en. Het waren geen verkapte hints die je anders kon opvatten, maar regelrechte bedreigingen die er niet om logen. *Als je niet akkoord gaat, vermoord ik je.* Dat had hij letterlijk gestuurd.

Karen draaide op haar zij en trok haar dekbed op tot aan haar kin. Het was koud in de slaapkamer, precies zoals ze het lekker vond. Ze had zelfs het raam op een kiertje gezet voor extra frisse lucht. Ze staarde naar het streepje helder maanlicht dat precies door die kier naar binnen viel en de donkere vloerbedekking spookachtig verlichtte. In laag tempo reed een auto door de straat. Hij stopte verderop. Ze hoorde stemmen die Duits spraken. Gelach. Een portier werd dichtgegooid waarna de auto verder reed.

Ze rolde weer op haar rug. De eerste nacht in een vreemde omgeving was altijd even wennen. De andere geluiden, andere geuren. Er spookte van alles door haar hoofd. Telkens kwamen de berichtjes terug die ze in Isa's telefoon had gelezen. Ze dacht aan Michel. Acht jaar geleden had ze hem voor het eerst ontmoet. Hij was een beetje nerveus geweest. Ze herinnerde zich zijn studentikoze voorkomen. Tweed jasje, spijkerbroek, stoppelbaardje. Hij was net klaar met zijn studie bedrijfskunde en vond niet lang daarna een baan bij een groot accountantskantoor. Zijn nieuwe functie had tot gevolg dat hij veranderde in een zakenman met gladgeschoren wangen en een maatpak. Isa had haar weleens toevertrouwd dat ze haar man het meest sexy vond als hij op het punt stond naar zijn werk te gaan. Zelf had Karen niet zo veel met kantoortypes, ze viel meer op kunstzinnige mannen. Maar Michel had haar voor Isa altijd de perfecte echtgenoot geleken. En ach, ze kon Isa niet helemaal ongelijk geven. Onder dat nogal saaie pak ging vast een goed lijf schuil, als ze het zo inschatte. Karen had inmiddels een goede radar ontwikkeld. Het zou haar niet verbazen als Michel in bed helemaal geen saai burgermannetje was. Ze kon niet ontkennen dat ze daaraan weleens had gedacht. Maar ze had de kans nooit gekregen. En Isa liet er nooit iets over los.

Isa, die al zolang Karen haar kende, droomde van het perfecte plaatje: een droomman, een paar kinderen, een leuk huis en twee keer per jaar op vakantie. Met Michel leek ze dat plaatje te hebben gevonden. Karen herinnerde zich nog precies hoe ze op de, naar haar mening veel te zoete, bruiloft van die twee met haar toenmalige minnaar had zitten sms'en dat ze niks liever wilde dan naar huis gaan en hele kinky seks met hem hebben. De perfectie en de zo duidelijk opgelegde romantiek hadden enorm op haar zenuwen gewerkt, met als dieptepunt het samen aansnijden van de zeslaagse bruidstaart en het oplaten van vijfentwintig witte duiven. Isa had die dag op de toppen van haar geluk geleefd en Karen gunde het haar. Twee jaar later werd het huwelijk bekroond met de geboorte van Lieke. Zelfs Karen had bijna tranen in haar ogen gekregen van het geluk dat ervan afspatte, hoewel ze een uitgesproken hekel had aan kraamvisites, waar de geur van Zwitsal in je neus prikte en je altijd werd geacht het een eer te vinden zo'n warme bundel in je armen te houden. Ze was Lieke pas leuk gaan vinden nadat haar eerste verjaardag allang was gevierd. Maar dat had ze natuurlijk nooit tegen Isa gezegd.

In het donker lichtte het schermpje van haar iPhone fel op. Ze pakte het telefoontje en las het inkomende sms-bericht. Herbert wilde weten waar ze was. Karen glimlachte bij zichzelf. Herbert was vanavond blijkbaar in de stad en vroeg zich af of hij bij haar mocht langskomen. Ze schudde langzaam haar hoofd en begon een berichtje te typen. Herbert was geen nare vent, maar na twee keer had ze het wel gezien met hem. Vooral zijn gezeur achteraf over hoeveel spijt hij had en dat hij dit zijn vrouw niet kon aandoen, begon haar behoorlijk de keel uit te hangen. Ze sms'te terug dat ze op vakantie was en liet niet weten wanneer ze weer thuis was. Hopelijk was dat genoeg om Herbert de komende tijd af te schudden.

Ze legde haar telefoon terug op het beukenhouten nachtkastje en draaide zich op haar andere zij. Herbert leek wel een beetje op Michel, minus het kantoorimago. Herbert was ook getrouwd en vader van een jong kindje. Ze meende zich zelfs te herinneren dat hij de laatste keer had verteld dat hij weer vader zou worden. Herbert was vast een goede vader. Degelijk en saai. Ook wat dat betreft leek hij op Michel. Althans, voor zover zij wist was Michel ook altijd een prima vader voor Lieke geweest. Het eerste jaar na haar geboorte had hij zelfs een dag per week ouderschapsverlof genomen, omdat hij het belangrijk vond niet te veel van haar te missen. Karen herinnerde zich nog het moment dat Isa hun dat had verteld. Chantal was ter plekke bijna gesmolten en raakte er ook later niet over uitgepraat hoe modern en fantastisch ze het vond dat Michel een papadag had.

Papadag. Het woord alleen al.

Voor zover Karen wist was Michel altijd perfect gelukkig geweest met zijn beslissing. Het had haar dan ook behoorlijk verbaasd toen Isa een maand of wat geleden had verteld dat Michel er altijd een hekel aan had gehad om zijn vrijdag op te offeren voor zijn kind. Sowieso was het Isa niet gelukt om sinds het aankondigen van de scheiding iets positiefs over Michel te zeggen. Eerst had Karen dat wel begrepen, maar zelfs na een paar maanden diste Isa nog van alles op uit hun huwelijk waaruit moest blijken wat een ongelooflijke eikel Michel eigenlijk was. En wat een andere, verborgen kant hij had. Eerlijk gezegd had Karen de verhalen tot nu toe aangehoord, maar had ze altijd in haar achterhoofd gehouden dat Isa dingen vaak aardig wist te dramatiseren. Misschien moest ze daar nu op terugkomen. De berichtjes logen er niet om.

Ze sloot haar ogen en trok de deken nog wat verder op. Zelf had ze Michel altijd een prima kerel gevonden, maar waarschijnlijk had Isa gelijk. Waarschijnlijk leerde je iemand anders nooit echt kennen.

2

'SPORT RUDI', LAS CHANTAL OP DE GEVEL VAN DE WINKEL. Ze sprak de naam van de eigenaar overdreven Duits uit. '*Eens schauen ob ze hier ski's für mich haben.*'

Karen schoot in de lach. 'Je Duits gaat met sprongen vooruit.'

'O ja, mijn talenknobbel is legendarisch', grinnikte Chantal.

Als iemand geen taalgevoel had, was het Chantal wel. Ze sprak een klein beetje Engels, maar verder was ze vooral goed met cijfers.

Ze liepen naar binnen. Meteen kwam er iemand op hen af.

Isa vroeg in het Duits of hij hen van ski's en schoenen kon voorzien. De jongen nam hun schoenmaten op en ging meteen aan de slag.

Karen keek om zich heen in de zaak. De grijsachtige vloerbedekking, de rekken met ski's en achter in de zaak een verhoging met bankjes waar je je schoenen aan en uit kon trekken. Daarboven hing een grote kaart van het skigebied. Ze keek verlangend naar de zwarte pistes.

De jongen kwam terug met skischoenen in Chantals maat. Zijn collega volgde met de uitrusting voor Karen en Isa. Karen ging op een van de bankjes zitten en trok haar halfhoge zwarte UGGS uit. Ze was dol op die warme laarzen, al had ze misschien toch beter snowboots kunnen meenemen. Op haar UGGS was ze al een paar keer bijna onderuit gegaan op gladde stukken in de sneeuw.

Ze liet haar voet in de skischoen glijden. De gewatteerde binnenkant, de stugge kunststof buitenkant, de sluitingen die met enige kracht moesten worden dichtgedrukt – ze genoot van het wintersportgevoel dat over haar kwam door alleen maar een schoen aan te trekken. Ze bewoog haar tenen en ging een beetje naar voren hangend staan om uit te testen of de schoenen goed zaten.

'Deze zitten prima', zei ze in het Duits tegen de jongen van de winkel.

Hij knikte en informeerde naar haar niveau van skiën alvorens naar achteren te verdwijnen. Hij kwam terug met blauw-wit gekleurde ski's en twee stokken. Karen trok haar schoenen uit en overhandigde ze aan hem, zodat hij de skibindingen erop kon afstellen. Ze liep naar het gedeelte waar de ski's werden opgeslagen en zette haar UGGS in het rek waar alle skiërs overdag hun eigen schoenen konden achterlaten. Op sokken liep ze terug naar de balie, waar ze haar skischoenen weer in ontvangst nam. Ze liet haar voeten erin glijden en drukte de sluiting vast. Ze pakte haar ski's en stokken en draaide zich om om te zien hoe het haar vriendinnen verging.

Isa had ook haar uitrusting compleet, bij Chantal duurde het iets langer. Ze paste meerdere schoenen, maar schudde elke keer haar hoofd. 'Het zit voor geen meter', zei ze tegen haar vriendinnen.

'Skischoenen zitten in het begin altijd vreemd', zei Karen. 'Je moet er gewoon even aan wennen. En als ze dan morgen of overmorgen nog steeds niet zitten, kun je altijd nog andere vragen.'

Chantal knikte, maar leek niet overtuigd. Ze paste het vijfde paar schoenen en knikte twijfelend. 'Nou ja, misschien moet ik deze maar nemen.' Ze ging staan en kloste onwennig een paar passen. De jongen van de winkel liep weg om ski's te halen.

'Ik kan me niet voorstellen dat dit ooit went', zei Chantal ongemakkelijk. 'Laat staan dat ik mezelf van een berg naar beneden zie glijden.'

'Dat wordt wel anders als je je ski's straks aan hebt', verzekerde Isa haar. 'Skischoenen zijn ook niet bedoeld om de avondvierdaagse op te lopen.'

Even later waren ze allemaal voorzien van een uitrusting en liepen ze naar de skischool. Chantal en Isa gingen het kantoortje binnen om lessen te regelen, Karen bleef buiten wachten. Ze keek naar de skibussen die voorbijreden. Het was nog niet zo druk. Ze hoopte dat dat nog even zo zou blijven. Chantal en Isa zouden de hele ochtend druk zijn met hun les, zelf was ze van plan naar de Fleckalmbahn te gaan. Vanaf de gondel was je in mum van tijd in een gebied met voornamelijk zwarte pistes. Waarschijnlijk zou ze morgen flinke spierpijn hebben, maar dat had ze er graag voor over.

Chantal en Isa kwamen weer naar buiten. 'Geregeld', zei Chantal opgewekt. 'Ik begin over een halfuur. Gelukkig blijken er nog meer kneuzen zoals ik, die nog nooit hebben geskied. Dan zit ik tenminste niet in het kinderklasje. Ik moet alleen wel beginnen op het geitenweitje.' Ze gebaarde naar de skiweide die naast de skischool lag. Er wapperden kleurrijke vlaggen en er stond een klein parcoursje opgesteld.

Isa volgde haar blik. 'Op zo'n hellinkje heb ik als kind leren skiën', zei ze wat melancholisch. 'Ik vond het doodeng in het begin.'

'Ik vind het ook doodeng', zei Chantal. 'Ik ben helemaal geen held als het op dit soort dingen aankomt. En die skischoenen zitten zo vreemd. Zelfs zonder ski's ga ik hiermee al genadeloos onderuit.'

'Het wordt juist makkelijker als je straks je ski's aan hebt', stelde Karen haar gerust. 'Daar zijn die schoenen voor bedoeld. In het begin voelt het allemaal heel vreemd, maar na één ochtend heb je het gevoel vast al meer te pakken.'

'Zo ging het bij mij ook', viel Isa haar bij. 'Maar het gaat best snel.'

'Ik ben benieuwd', zei Chantal.

'Wat voor les heb jij geboekt?' vroeg Karen aan Isa. 'Iets voor gevorderden?'

'Privéles. Het is best lang geleden dat ik voor het laatst heb geskied en ik wil weer even de techniek goed onder de knie krijgen.'

'Als je het als kind hebt geleerd, verleer je het nooit', zei Karen stellig. 'Het is net als met fietsen.'

'Maar als je het meer dan tien jaar niet hebt gedaan, kan een opfriscursusje geen kwaad', vond Isa. 'Misschien gaat het zo goed als vanzelf en ga ik de rest van de week met jou mee van de zwarte pistes af. Ik heb maar voor één dag les geboekt.'

'Met welke gondel ga je?'

'Geen idee. Ik moet me zo melden bij ene Paul, een Nederlandse leraar. En dan zie ik het wel.'

'Wie weet,' zei Karen, 'is het nog een lekker ding ook.'

Isa trok haar wollen muts iets verder over haar oren en keek haar aan. Karen had moeite de blik in haar ogen te peilen. Ze grinnikte. 'Je weet toch wat ze zeggen over skileraren? Die lusten er wel pap van. Is ook zo, trouwens.'

'Alsof ik daar op zit te wachten', zei Isa een beetje pinnig. 'Ik kom hier om te skiën.'

'Sorry hoor', zei Karen. 'Het was maar een grapje.'

Isa zei niks meer. Chantal deed alsof ze de spanning niet merkte en zei: 'Ik ben rond de middag klaar met mijn les. Zullen we dan ergens samen lunchen?'

Isa knikte. 'Natuurlijk. Ik denk dat het het handigst is om even te bellen waar iedereen is. We kunnen wel een van die restaurants nemen bij een gondelstation. Dat is misschien handiger voor jou, Chantal.'

'Je bedoelt dat ik er niet skiënd hoef te komen? Dat lijkt me inderdaad wel een goed idee. Hoewel de mogelijkheid natuurlijk bestaat dat ik gewoon een natuurtalent ben.' Ze trok een gezicht om duidelijk te maken dat ze daar zelf in elk geval niks van geloofde.

Karen lachte. 'Daar ga ik van uit. Maar zelfs natuurtalenten moeten het in het begin rustig aan doen. Ik ga naar de Fleckalm en daar is bij het bergstation van de gondel een restaurant. Maar ik kan vanaf daar naar de Hahnenkamm skiën. Daar heb je Hochkitzbühel, ook een restaurant waar we bijvoorbeeld met z'n allen kunnen lunchen.'

'We bellen straks wel', zei Isa.

Karen keek op haar horloge. Het was kwart over negen en de skibussen die voorbijkwamen, werden alsmaar voller. 'Als jullie het niet erg vinden, dan ga ik zo. Ik wil graag op de piste zijn voor het druk wordt. Nu is de sneeuw geweldig.'

'Ja, natuurlijk', zei Chantal. 'Veel plezier.'

'Tot straks', zei Isa.

Karen nam afscheid van haar vriendinnen en liep met haar ski's op haar schouder naar de halte van de skibus. Er had zich een groepje verzameld en ze zette haar ski's voorzichtig naast zich op de grond om te voorkomen dat ze iemand ermee tegen het hoofd zou maaien. Eén keer had ze zelf op die manier een paar ski's in haar gezicht gekregen. Het had haar een flinke bloedneus opgeleverd. En een excuus van een leuke man die ze later die avond alle gelegenheid had gegeven het goed te maken.

Ze glimlachte bij de herinnering. Vijftien jaar geleden zagen haar skivakanties er toch anders uit dan nu. Hoewel, de week was nog maar net begonnen.

Ze staarde naar de plek waar Isa en Chantal nog steeds op hun leraren stonden te wachten. Het was goed dat ze vanochtend allemaal hun eigen gang gingen, nadat ze twee dagen met elkaar in de auto hadden gezeten. Ze vond het echt wel gezellig met haar vriendinnen, maar ze had het nodig om af en toe even niemand om zich heen te hebben. En zeker niet iemand die niet eens een beetje kon lachen om een grapje over een skileraar. Kom op zeg, Isa was inmiddels al bijna een halfjaar bij Michel weg. Een beetje kijken naar andere mannen kon toch geen kwaad? Daar zou ze een stuk gezelliger van worden. Het zou haar ook helpen wat afstand te nemen van de strijd waarin ze met Michel was verwikkeld. Ze was jong, knap en vrijgezel. Ze kon ook lol maken in plaats van alles zo zwaar op te vatten. Daar was een skivakantie nou bij uitstek geschikt voor.

De bus kwam aanrijden en Karen stapte in. Achter haar dromde er een grote groep skiërs naar binnen en meteen zat de bus vol. Opgewonden stemmen kwamen boven het grommende geluid van de motor uit. Karen hield zich vast aan een ijzeren steun toen de bus een scherpe bocht maakte. Ze was benieuwd hoe Chantal het ervan af zou brengen bij haar eerste les. Het had wel een beetje moeite gekost haar ervan te overtuigen mee te gaan op skivakantie. Ze had er niet veel voor gevoeld, maar uiteindelijk was ze overstag gegaan. Als ze het skiën niet leuk vond, ging ze echter een lange week tegemoet. Overdag was er in het dorp immers weinig te doen. Ze kon zich niet voorstellen dat iemand niet van skiën hield, maar Chantal was nou eenmaal niet zo dol op avontuur. Eigenlijk was het een wonder dat ze bevriend waren, dacht Karen. Chantals kalme, behoudende aard stond in schril contrast met haar eigen onrustige karakter. Een gesetteld leven zoals Chantal dat had, stond ver bij haar vandaan. En bij Chantals grote kinderwens, die haar leven al een jaar of twee beheerste, kon ze zich ook weinig voorstellen.

Karen hield haar ski's stevig vast toen de bus vaart minderde. Samen met een grote horde andere skiërs stapte ze uit toen hij tot stilstand kwam. Ze moest zich langs mensen wurmen die wel voor de deur stonden, maar pas bij de volgende gondellift wilden uitstappen. Bijna raakte ze een man in zijn gezicht met een ski, maar gelukkig ging het net goed. Onder haar dikke jas voelde ze zweet prikken toen ze uiteindelijk naast de bus stond. Ze greep haar ski's goed vast en liep naar de kassa om een skipas te kopen. Gelukkig was er maar een korte rij en even later was ze op weg naar de gondel. Vroeger had ze een gondelstation altijd een soort pretparkattractie gevonden. Alsof je in de rij voor een achtbaan stond. Gelukkig was het nog niet zo druk. Ze zette haar ski's in het rek aan de buitenkant en stapte in een bakje. Een Nederlands gezin kwam bij haar zitten. De twee zoontjes die een grote helm en nog grotere skibril op hun hoofd hadden staan, keken nieuwsgierig naar haar. Ze gingen braaf op een bankje zitten toen hun moeder hen dat sommeerde. Karen had geen zin in een praatje en deed alsof ze het gezin niet verstond. Ze staarde uit het raam. De gondel schoof het station uit. Vlak bij het station was een hotel, Karen kon de gasten aan tafeltjes zien zitten. De gondel steeg verder en zweefde boven het dennenbos. De baan liep niet ver van de bergwand. Karen zag sporen van herten en steenbokken in de sneeuw. Ze keek er gefascineerd naar.

Ze bereikten een steiler stukje en het bakje werd voor haar gevoel bijna recht omhooggehesen. Daarna veranderde het landschap. Een grote sneeuwhelling strekte zich uit. De ochtendzon danste er voorzichtig overheen en Karen schoof haar skibril naar haar neus. Een paar vroege skiërs waren bezig met de afdeling. Ze zwierden van links naar rechts over de berghelling. De krassende geluiden van hun ski's kwamen door het openstaande raampje naar binnen. Karen voelde hoe haar hart sneller begon te slaan.

Uiteindelijk schoof de gondel het bergstation binnen. De deurtjes klapten open en Karen wachtte tot het gezin was uitgestapt voor ze zelf uit het bakje kroop. Ze greep haar ski's en liep het station uit. Boven aan de piste bleef ze even staan om de berglucht op te snuiven. Ze voelde de ijle lucht in haar longen. Het leek wel of haar hoofd meteen helderder was. De laatste maanden had ze, op momenten waarop ze het zo druk had gehad dat ze er bijna wanhopig van was geworden, vaak genoeg naar dit moment verlangd. Boven op een berg, met kilometers besneeuwde pistes die zich voor haar uitstrekten en het gevoel van de ultieme vrijheid dat door haar heen kroop, kon ze alles achter zich laten.

Ze trok haar handschoenen aan, gooide haar ski's in de sneeuw en klikte haar schoenen vast. Ze zette haar skibril nog eens recht, haalde diep adem en zette zich af voor de eerste afdaling. Het voelde meteen vertrouwd. Wonderlijk dat je skiën nooit verleerde en dat het vanaf het moment dat je naar beneden gleed, leek alsof je lichaam zich meteen aanpaste. Ze zakte wat door haar knieën, ontweek een paar skiërs en maakte meer vaart door met haar stokken af te zetten in de sneeuw. Het eerste stuk was een blauwe piste. Ze skiede handig om een paar beginnelingen heen die midden op de piste stil stonden en bereikte al snel het einde van de afdaling. Bij de stoeltjeslift was het gelukkig ook nog rustig en ze kon meteen instappen. Het was maar een klein stukje omhoog naar de Steinbergkogel, zoals het bergstation heette. Ze bevond zich hier op 1972 meter hoogte, volgens een bordje. Gelukkig had ze nooit last gehad van de hoogte, ook al was de lucht aanzienlijk dunner dan in het dal. Vanaf hier kon ze kiezen welke zwarte piste ze wilde nemen. Ze waren allemaal behoorlijk steil en haar plan was om ze allemaal een keer gedaan te hebben voor de middag aanbrak. Ze greep haar skistokken beet en begon aan de eerste afdaling. Steeds harder suisde ze naar beneden, met sierlijke bochten van links naar rechts over de piste. De sneeuw kraste onder haar ski's en spoot hoog op achter haar. Af en toe kwam ze los van de grond om daarna weer stevig te landen. Ze grijnsde.

De wind suisde om haar hoofd. Haar hoofd en wangen deden pijn van de kou. Ondanks haar skibril traanden haar ogen, maar geen moment minderde ze vaart. Dit was het ultieme gevoel. Hier had ze naar verlangd. Ze zakte verder door haar knieën en maakte nog meer vaart. Alles waar ze zich druk om had gemaakt, verdween uit haar hoofd. Ze kon het bijna voelen. Het enige wat telde was de sneeuw, de snelheid. Ze had bijna het gevoel dat ze vloog. De eerste echte afdeling was magisch, zoals altijd.

Veel te snel naar haar zin was ze onder aan de piste. Ze bracht haar ski's dichter bij elkaar en remde in een mooie bocht. Hijgend bleef ze staan. Haar hart bonkte, adrenaline schoot door haar aderen. Nog een paar van dit soort afdalingen en ze kon de hele wereld aan.

Het was druk op het terras. Karen ving flarden op van gesprekken in het Duits en Nederlands. Vooral veel Nederlands. Ze had geluk gehad dat ze een tafel had weten te vinden. Genietend legde ze haar hoofd tegen de zachte balk achter haar. Ze had een van de weinige tafels veroverd met een bank met een leuning. Dat was het voordeel van vroeg beginnen, rond halftwaalf had ze al heel wat pistes afgewerkt en had ze plaatsgenomen op het terras. Nu de lunch in alle hevigheid was losgebarsten, moest je al blij zijn als je überhaupt een tafel kon krijgen. Ze keek naar rechts. De skilift kwam vlak langs het terras en voortdurend zwaaiden de skiërs vrolijk naar hun familie of vrienden die pauze hielden onder het genot van iets te eten en te drinken. Zo nu en dan hing de lift stil, waarschijnlijk omdat iemand moeite had in te stappen of bij het verlaten van de lift was gevallen.

Over het terras kwamen haar vriendinnen aangeklost. Ze moest lachen om hoe Chantal probeerde vooruit te komen op haar skischoenen. Daar was ze blijkbaar nog niet aan gewend. 'Ik heb nu al spierpijn', verkondigde ze nog voor ze gedag had gezegd. 'Man, wat is dat zwaar.'

Karen lachte. 'Je moet er even doorheen.'

'Ik wil niet weten hoe ik me morgen voel.' Chantal plofte naast Karen neer op de houten bank. Ze strekte haar benen en kreunde licht. Isa nam aan de andere kant van de tafel plaats.

'Maar hoe vond je het?' informeerde Karen.

'Ja, wel leuk.'

Karen wierp een blik opzij. 'Dat klinkt nog niet heel enthousiast.'

'Jawel, ik vind het echt leuk. Maar ik geloof niet dat ik veel aanleg heb. Ik vond het kleine hellinkje op het oefenweidje al een hele uitdaging.'

'Kwestie van oefenen', zei Isa geruststellend.

Chantal knikte een beetje aarzelend. 'Toch geloof ik dat je op latere leeftijd nooit kunt leren skiën zoals je dat als kind kunt. Ik zag een paar van die groepjes kleuters naar beneden gaan alsof ze totaal geen angst kenden. Als volwassene denk je altijd aan wat er kan gebeuren.'

'Dat is waar', zei Isa. 'Die kinderen zijn nergens bang voor. Als je ze boven aan een zwarte piste zet, skiën ze in één rechte lijn naar beneden, als je niet uitkijkt.'

'Als je bang bent, ga je juist twijfelen', zei Karen. 'En als je gaat twijfelen, raak je uit balans. Het beste is om gewoon te gaan, en meegaan in de beweging.'

'Makkelijker gezegd dan gedaan', zei Chantal. 'Vooralsnog heb ik daar niet echt de feeling voor, geloof ik. Maar ik heb voor morgen weer les geboekt. Dan gaan we op de blauwe piste verder. Mijn doel is om eind van de week heelhuids van die piste naar beneden te komen.'

'Dat moet lukken', zei Isa.

Karen keek naar de buitenbar. 'Ik geloof dat het tijd wordt om op Chantals eerste ski-ervaring te proosten. Ik ben zo terug.'

Ze vroeg niet wat haar vriendinnen wilden, maar haalde drie glazen witbier. Ze zette de drankjes op tafel en stelde voor om binnen wat te eten te gaan halen. Chantal liep mee, Isa hield intussen hun tafeltje bezet.

Karen keek rond in het zelfbedieningsrestaurant. Veel patat, Bratwurst en andere vette happen. Ze wierp een blik op de saladebar, maar dat stelde weinig voor. Bonen uit blik en sla die bruin zag van ellende. Verlekkerd keek ze weer naar het vette voedsel. Eigenlijk at ze zelden frituurvoer, maar op wintersport maakte ze graag een uitzondering.

'Ik ben eigenlijk op dieet', zei Chantal, die haar blik in dezelfde richting had laten glijden. 'Maar ik geloof dat ik vandaag genoeg calorieën heb verbrand.'

Karen koos een schnitzel, Chantal ging voor de Bratwurst. Voor Isa namen ze ook een schnitzel met frites mee. Ze rekenden af en liepen met een volgeladen dienblad naar buiten. Isa had haar ski-jack uitgetrokken en genoot van de steeds fellere zon. Eigenlijk viel het Karen nu pas op dat haar vriendin de afgelopen tijd aardig was afgevallen. Haar taille was veel smaller geworden, en dat terwijl Isa al nooit dik was geweest.

'Hier, dat kun je wel gebruiken', zei ze, terwijl ze het volle bord voor haar neerzette. 'Volgens mij ben je tien kilo lichter dan een paar maanden geleden.'

Isa legde even haar hand op haar buik. 'Dat valt wel mee', mompelde ze weinig overtuigend.

'Nou nee hoor, Ies', deed Chantal een duit in het zakje. 'Je bent inderdaad behoorlijk afgevallen. En je was al zo dun.'

'Scheiden is in elk geval goed voor de lijn', zei Isa met een half lachje.

Maar Chantal keek haar serieus aan. 'Het lijkt me niet gezond om zo veel af te vallen. Eet je wel genoeg?'

'Natuurlijk wel.'

Er klonk irritatie in haar stem door. Chantal leek het niet te merken. 'Misschien komt het door de stress. Maar dan is het juist belangrijk om goed te blijven eten. Je wilt niet ziek worden, toch?'

'Ik red me wel, dank je.' Het klonk als een snauw.

Chantal trok haar wenkbrauwen op. 'Je hoeft niet zo gepikeerd te doen, hoor. Ik maak me gewoon zorgen om je.'

Isa slikte zichtbaar en beet op haar onderlip. 'Sorry', zei ze met een dun stemmetje. 'Ik wilde niet...' Ze boog haar hoofd. Haar schouders begonnen zachtjes te schokken.

Karen wisselde een snelle blik met Chantal. Die liep geschrokken om de tafel heen en ging naast haar vriendin zitten. Ze sloeg haar arm om Isa heen. 'Jeetje, ik wilde je niet van streek maken.' Ze wierp een vragende blik in Karens richting. 'Ik wist niet...'

'Je kan het ook niet weten', zei Isa door haar tranen heen. 'Het is gewoon...' Ze frummelde aan haar telefoon, die ze stevig in haar hand geklemd hield. 'Ik weet niet meer wat ik moet doen. Michel...'

Karen slikte. Blijkbaar had Isa nog niet aan Chantal verteld wat er speelde. 'Hij stuurt haar dreigende sms'jes', zei ze, toen Isa haar zin niet afmaakte. 'Echt heel erge dingen. Dat hij haar gaat vermoorden als ze niet toegeeft aan zijn eisen.'

'Hè?' Chantal liet Isa los en keek haar vriendin aan. 'Waarom heb je dat niet verteld?'

Isa haalde een beetje moedeloos haar schouders op. 'Ik dacht dat het over zou gaan als ik er geen aandacht aan besteedde. Maar het wordt alleen maar erger.' Ze keek naar Karen. 'Hij heeft me gisteravond zelfs nog gebeld. Toen ik al in bed lag.'

Karen schoot overeind. 'Echt? Wat zei hij?'

'Ik heb niet opgenomen.'

'Gelijk heb je', vond Chantal.

'Een paar keer heb ik dat wel gedaan, maar het enige wat ik naar mijn hoofd krijg, zijn nog meer bedreigingen.'

Chantal keek haar ongelovig aan. 'Waarom heb je dit niet eerder verteld? Je zei wel dat Michel moeilijk deed, maar dit gaat verder dan een beetje dwarsliggen.'

Isa gaf haar haar telefoon. 'Lees maar. Karen heeft het gisteren ook gelezen.'

Chantals ogen vlogen over de regels. Karen stopte een frietje in haar mond en kauwde er nadenkend op. 'Ik denk toch dat je je advocaat moet inlichten', zei ze uiteindelijk.

'Je advocaat? De politie zul je bedoelen!' Chantal legde de telefoon met een klap op tafel. Haar ogen schoten vuur. 'Die man moet gearresteerd worden. Hij is knettergek!'

'Ik ben zo bang dat ze me niet zullen geloven', zei Isa. 'En dat ik dan Lieke kwijtraak, omdat Michels advocaten een aangifte tegen me zullen gebruiken.'

'Je hebt de berichten toch om het te bewijzen?'

'Wat als hij ontkend dat hij ze heeft gestuurd?'

'Ontkennen? Je hebt het bewijs in je telefoon staan. Ik ben geen rechter, maar volgens mij is dat bewijsmateriaal genoeg.'

'Ja.' Isa stopte haar telefoon weer in haar zak. 'Misschien heb je gelijk. Ik ga het aan mijn advocaat voorleggen.' Ze stond op. 'Ik wil nu eerst even mijn moeder bellen om te vragen of alles goed is met Lieke.'

'Ja, ja. Natuurlijk.' Chantal ging weer aan de andere kant van de tafel zitten en begon haar Bratwurst te snijden. Toen Isa buiten gehoorafstand was, ontplofte ze bijna. 'Snap jij dat? Ik begrijp niet waar ze op wacht. Ik zou bij het eerste het beste sms'je al naar de politie rennen. Die vent is hartstikke gestoord!' Ze schudde haar hoofd en stopte een stuk worst in haar mond.

Karen haalde haar schouders op. 'Het ziet er inderdaad behoorlijk dreigend uit. Maar misschien heeft ze gelijk en kan het inderdaad tegen haar worden gebruikt.'

'Onzin', zei Chantal. 'De politie kan toch meteen zien dat Michel die berichten heeft gestuurd. Al heeft hij ze uit zijn eigen telefoon gewist, dan nog kan het via de telefoonmaatschappij allemaal worden gecheckt. Ze slaan al dat dataverkeer op.' Ze prikte een paar frietjes aan haar vork. 'Ik begrijp het niet. Als je het mij vraagt, is ze nog steeds veel te lief voor Michel. Hij weet dat hij overal mee wegkomt.'

'Denk je dat?' vroeg Karen.

'Ja, zo was het toch altijd al? Michel deed waar hij zin in had en Isa sputterde weleens tegen, maar nooit genoeg om hem daadwerkelijk tegen te houden. Trouwens, hij laat zich helemaal niet tegenhouden. Hij is zo eigenwijs.'

Karen fronste. 'Zo ken ik Michel niet, hoor.'

Chantal keek met een ruk opzij. 'Hoe bedoel je? Ik heb hem altijd al een dominant type gevonden. Isa dweepte met hem en daarom deed ze alles wat hij wilde en toen ze zich realiseerde dat ze zelf ook nog een mening had, gingen ze uit elkaar. Dat vond hij maar lastig. Wist je dat hij degene was die graag een kind wilde? En toen Lieke er eenmaal was, moest Isa maar werkdagen opgeven om voor haar te zorgen. Want Michels carrière mocht er natuurlijk niet onder lijden.'

Karen keek haar vriendin verbaasd aan. 'Dat wist ik helemaal niet. ik dacht dat Isa juist graag een gezin wilde.'

'O ja, dat wilde ze ook wel, maar ze wilde liever eerst nog een paar mooie reizen maken. Daar had Michel alleen geen zin in. Ze had gehoopt dat als ze met de pil zou stoppen, het nog even zou duren voor ze zwanger was. Dan konden ze misschien nog door Zuid-Amerika reizen, zoals ze graag wilde. Maar ja, ze was binnen een maand zwanger. Daar baalde ze in het begin zelfs nog een beetje van.' Dat laatste klonk bitter. Karen sneed een stukje van haar schnitzel af. Ze wist precies waarom Chantal hier moeite mee had, maar ze ging er niet op in.

Er viel een stilte. Karen nam een slok van haar bier.

'Ik weet het niet. Op mij maakte Michel altijd wel een evenwichtige indruk. Volgens mij waren hij en Isa heel gelukkig.'

'Schijn bedriegt', zei Chantal. 'Ze heeft mij weleens dingen verteld...'

'Hoe bedoel je?'

Er was weinig voor nodig om Chantal aan het praten te krijgen. 'Zeker richting het eind van hun huwelijk werd hij alsmaar dominanter. Ze was soms echt bang voor hem. En toen ze eenmaal had gezegd dat ze wilde scheiden, werd hij agressief.'

Karen trok een rimpel in haar voorhoofd. 'Dat heb ik nooit geweten.'

'Nee, maar jij...' Chantal keek weg.

'Wat?' vroeg Karen op haar hoede. Chantal kon ongelooflijk ongenuanceerd uit de hoek komen.

'Nee, niks. Laat maar.'

'Wat bedoel je? Wat heb ik gedaan?'

'Misschien praat je makkelijker met iemand als je in dezelfde situatie zit', zei Chantal omzichtig. 'Ik bedoel niet dat Rob agressief is, maar binnen een relatie gebeuren soms dingen die je niet aan iedereen wilt vertellen. En dat begrijp je beter als je zelf ook een relatie hebt.'

Karen stopte een stuk vlees in haar mond en kauwde langer dan nodig. Chantal had de neiging de wereld in te delen in mensen met en mensen zonder relatie, en Karen had de indruk dat ze maar wat trots was dat ze zelf tot het met-gedeelte behoorde. Alsof singles altijd een beetje zielig waren, al zou ze dat nooit durven zeggen. Karen moest op haar tong bijten om geen venijnige opmerking te maken. Eén zin zou alles nu op z'n kop kunnen zetten.

'Misschien heb je gelijk', zei ze toen ze de hap had doorgeslikt. 'Ik heb Isa er ook nooit naar gevraagd. Ik ben er altijd van uitgegaan dat het wel goed zat tussen hen. Ik heb ook nooit iets gemerkt van spanningen.'

'Ik ook niet, maar sommige mensen kunnen heel goed mooi weer spelen. Ik heb Michel ook nooit zo gezien, maar Isa verzint het vast niet.' Ze schudde langzaam haar hoofd. 'Wat ik niet begrijp, is dat je begint aan een kind als je eigenlijk al het gevoel hebt dat je relatie niet goed zit.'

'Misschien had ze dat toen nog niet.'

'Jawel. Dat heeft ze later gezegd. Maar Michel wilde een kindje, dus kwam er een kindje. En datzelfde kindje is nu de dupe van de scheiding.'

Karen begreep niet wat ze bedoelde. 'Vind je dan dat Isa had moeten blijven?'

Chantal haalde haar schouders op. 'Ze laat nu ook over zich heen lopen, dus zo veel schiet ze niet op met de scheiding. Het ging beter tussen hen toen ze nog bij elkaar waren. Ik heb zo vaak tegen Isa gezegd dat ze in relatietherapie moesten gaan, dan was het misschien nog wel te redden geweest. Maar dat heeft ze nooit gedaan en nu lijdt Lieke onder de scheiding. Een kind krijgen is voor sommige mensen heel makkelijk, maar er vervolgens voor zorgen...'

'Ik kan me niet voorstellen dat Isa die beslissing zomaar heeft genomen.'

Chantal maakte een geluid en richtte zich op het bord met eten voor zich. Karen staarde naar de besneeuwde bergtoppen in de verte, die lagen te glanzen in de middagzon. Robuuste stukken rots staken uit en vingen de zonnestralen op. De witte sneeuw glansde blauwig in het felle zonlicht. De lucht was strakblauw. In de verte zag ze de zwarte pistes. Kleine poppetjes gleden schijnbaar moeiteloos naar beneden. Misschien kon ze zo nog een paar afdalingen doen, al werd de sneeuw nu snel papperig.

Ze luisterde niet echt naar Chantal, die doorging over Isa's scheiding. Blijkbaar zat het haar nogal hoog. Het zou wel te maken hebben met haar eigen frustratie over het krijgen van kinderen. Gek eigenlijk dat zoveel vrouwen die zelf graag kinderen wilden maar die om een of andere reden niet hadden, andere vrouwen geen baby gunden. Wat ze over Isa's scheiding zei, kwam voort uit haar eigen gefrustreerde wens om het gezin te stichten dat Isa in haar ogen zo makkelijk kapot had gemaakt. Of waar ze überhaupt niet aan had moeten beginnen, omdat haar man blijkbaar niet deugde. Het leek Karen allemaal nogal overdreven. Ze had zin om dat tegen haar vriendin te zeggen, maar ze hield haar mond. Ze had lang geleden al geleerd zulke rake gedachten niet hardop uit te spreken, al kon Chantal best een beetje tegengas gebruiken. Het was niet bepaald aardig van haar om zulke dingen achter Isa's rug om te zeggen. Maar misschien moest ze niet verbaasd zijn. Chantal was heus wel een goede vriendin, maar een geheim moest je haar niet toevertrouwen. Karen schudde licht haar hoofd. Haar eigen geheim zou ze sowieso niet aan Chantal vertellen. Het zou de skivakantie danig bederven.

Ze keek op toen er skischoenen voorbijklosten, die toehoorden aan een dikke man in een oranje geblokte ski-jas. Hij werd op de voet gevolgd door een vrouw van middelbare leeftijd met een band om haar hoofd die haar kapsel in een soort vogelnest had veranderd. De banden die haar skibroek omhooghielden zaten zo strak over haar rug dat er aan weerszijden rollen langs bolden. Dat zou ze nooit begrijpen. Al was je de zestig gepasseerd, dan nog kon je toch best moeite doen om er leuk uit te blijven zien? Zelf hoopte ze er op die leeftijd heel wat aantrekkelijker bij te lopen. Maar ja, ze hoopte ook niet achter een dergelijke vent aan te hoeven hobbelen.

Het werd steeds warmer en Karen ritste haar pulli een stukje open. Ze pakte de zonnebrand uit haar tas en smeerde haar gezicht opnieuw in. Vanaf de andere kant van het terras kwam Isa aangelopen. Karen grinnikte. 'Door die skischoenen ga je altijd een beetje *laid back* lopen. Een soort cool rappersloopje.'

Chantal humde wat. Blijkbaar was ze nog een beetje beledigd dat Karen haar niet al te veel bijval had gegeven. Karen onderdrukte haar irritatie en keek Isa aan. 'En?'

'Alles gaat goed. Mijn moeder heeft gelukkig niks van Michel gehoord.'

'Nee, dat moest er nog eens bijkomen, zeg', zei Chantal. 'Dat hij ook nog je familie gaat lastigvallen.'

Isa knikte en at nadenkend een paar patatjes voor ze het bord van zich afschoof. 'Ik denk dat jullie gelijk hebben. Als ik weer thuis ben, ga ik aangifte doen.'

'Heel goed', knikte Chantal. 'Michel heeft een grens overschreden en je moet hem nu een halt toeroepen.'

Isa knikte. 'Precies.' Ze nam een flinke slok van haar bier en rechtte haar rug. 'En nu gaan we het over iets anders hebben. Hoe zit het met jou?' Ze keek Chantal aan.

'Hoe bedoel je?'

'Nou, heb je al met Rob gepraat?'

Karen knipperde met haar ogen. Blijkbaar waren Isa en Chantal precies op de hoogte van wat er in elkaars leven speelde, want Chantal wist meteen wat Isa bedoelde. Ze vroeg zich af of ze zich gekrenkt zou moeten voelen dat haar vriendinnen blijkbaar nogal eens zonder haar afspraken, maar dat gevoel verdween meteen weer. Gezien de aard van hun gesprekken was ze blij dat ze er niet bij hoefde te zijn. Misschien was dat sowieso beter als Chantal het over Rob had.

Chantal zuchtte. 'Ja, ik heb hem zover dat we naar de huisarts gaan. Eindelijk. We zijn nu al twee jaar bezig en tot een paar weken geleden riep hij nog steeds dat het allemaal vanzelf goed zou komen. Alsof ik na twee jaar opeens zwanger zou raken.'

'Nee, dat lijkt me niet', zei Isa. 'Maar ik kan me voorstellen dat hij een beetje huiverig is voor wat hem te wachten staat.'

'Ik denk anders dat ik het meeste werk moet doen. Als we ivf nodig hebben, is hij in een paar minuten klaar. Dan begint het voor mij pas.'

'Ivf?' Karen keek haar aan. Ze had blijkbaar iets gemist. 'Zijn jullie al in die fase?'

'Nee, was dat maar waar', zuchtte Chantal. 'Ik vind het frustrerend dat we allang actie hadden kunnen ondernemen, maar dat Rob dat de hele tijd heeft tegengewerkt. Ik zit ook niet te wachten op allerlei onderzoeken, maar we moeten er toch wel aan geloven. Dan maar zo snel mogelijk, des te eerder hebben we de kans een kind te krijgen.'

Karen zei maar niks. Ze begreep niet dat Chantal al twee jaar over bijna niks anders kon praten, laat staan aan iets anders kon denken. En dan moest het eigenlijk nog beginnen. Ze snapte best waarom Rob er nu al helemaal klaar mee was.

Rob. Even liet ze haar gedachten naar hem afglijden. Ze moest haar best doen een klein lachje te onderdrukken. De eerste keer dat ze hem ontmoette, had ze hem nogal saai gevonden. Burgerlijk. En dat terwijl hij nog maar achtentwintig was. Zes jaar geleden was het en de eerste vijf jaar had ze hem nooit met andere ogen bekeken. Hij was de man van Chantal. En bovendien was hij haar type niet.

Tot vorig jaar. Het etentje bij haar thuis. Misschien kwam het door de wijn dat ze hem met andere ogen was gaan bekijken. Of het kwam doordat ze voor het eerst alleen met hem was. Chantal was die dag ongesteld geworden en dat moest iedereen weten. Ze voelde zich ellendig en was bovendien chagrijnig dat ze niet zwanger bleek te zijn. Uit schaamte had Karen Rob nooit verteld hoe ze aanvankelijk had gebaald dat Chantal al om negen uur weg was gegaan, en dat Rob had besloten nog even te blijven. Ze had helemaal geen zin gehad om met hem opgescheept te zitten. Gelukkig waren Isa en Michel er nog, maar toen zij om halfelf naar huis gingen omdat de oppas afgelost moest worden, had Karen er flink de pest over in gehad dat Rob maar bleef plakken.

Verrassend snel was daar echter verandering in gekomen. Eén opmerking over een goede film die ze onlangs had gezien en Rob en zij bleken dezelfde passie voor films te delen. Ze begreep nog steeds niet dat ze dat in al die jaren nooit had gemerkt. Karen vond het heerlijk om met een kenner over films te discussiëren die het niveau commerciële actiefilm ontsteeg. Voor ze het wist waren ze twee uur en twee flessen wijn verder. Rob had wat aanstalten gemaakt om weg te gaan, maar echt overtuigend was het niet geweest. Karen was overmoedig geweest door de drank en had gezegd dat ze niet begreep dat hij naar huis wilde om naast zijn broedse vrouw te gaan liggen. Achteraf had ze zich daar wel lullig over gevoeld. Dat verdiende Chantal niet. Hoewel Karen haar obsessie voor kinderen krijgen niet begreep, kon je het haar niet kwalijk nemen dat ze een kinderwens had.

Maar Rob was maar al te gretig op haar opmerking ingegaan.

'Dat is het enige waar het nog over gaat', had hij gezegd. 'Zowel in als buiten bed.'

'In bed lijkt me logisch', was Karens antwoord geweest. 'Elke dag seks, daar kan een man toch niet over klagen?'

'Was het maar waar. Om de twee dagen, omdat ze op internet heeft gelezen dat dat het beste is voor de kwaliteit van het zaad. Ja, het zaad. Zo praat ze erover.' Hij keek geergerd. 'Er is niks leuks meer aan. Als we klaar zijn, moet ik wegwezen want dan moet ze met haar benen omhoog liggen. Dat schijnt de kans te verhogen.'

Karen grijnsde. 'Klinkt gezellig.'

'Ja, lach maar. Als dit nog lang duurt...' Hij maakte die zin niet af.

'Dan zoek je het buiten de deur?' had Karen onomwonden gezegd. Schaamteloos, dat wist ze zelf ook wel. Maar gaandeweg het gesprek was ze Rob met andere ogen gaan bekijken. Heel andere ogen.

Hij ging meteen in op wat ze bedoelde. 'Bied je je aan?'

Op slag was de sfeer veranderd. Er hing een spanning tussen hen die Karen nooit eerder had gevoeld. Ineens was

Rob niet de saaie man van haar vriendin, maar de man die ze vanavond nog in bed wilde hebben. Er was niet veel voor nodig geweest om Rob zover te krijgen.

Achteraf lagen ze hijgend naast elkaar. Rob steunde dat hij in tijden niet zoiets had meegemaakt, Karen was verrast dat achter zijn saaie voorkomen deze minnaar schuilging. Pas de volgende ochtend, toen de alcohol was uitgewerkt en ze zich realiseerde wat ze had gedaan, was Chantal weer in haar gedachten verschenen. Ze had zich wel degelijk lullig gevoeld over wat er was gebeurd, maar alleen omdat ze wist hoe Chantal geloofde in eeuwige trouw. En hoe belangrijk ze dat vond. Karen wilde haar droombeeld niet kapot maken. Ze voelde zich schuldig, maar niet genoeg om er acuut mee te stoppen. Want toen Rob 's ochtends al had ge-sms't dat hij haar vaker wilde zien, had ze bepaald niet tegengestribbeld. Het was uitgekomen op twee keer per maand. Altijd op dinsdag en altijd bij haar thuis. Rob was vaak gehaast, omdat hij uit zijn werk kwam en niet te laat thuis kon komen opdagen. Maar het maakte niet uit. Gehaast of niet, hij was meestal wel in voor wat nieuws. En daar was ze zelf ook niet vies van. Met een klein glimlachje vroeg ze zich af wat er zou gebeuren als Rob thuis zou komen met wat er allemaal in haar nachtkastje lag. Chantal zou een hartaanval krijgen.

Ze keek naar Chantal, die met drukke handgebaren met Isa zat te praten. Ze had haar lichtroze ski-jack uitgetrokken en zat nu in haar witte pulli waarvan ze de mouwen had opgestroopt. Af en toe haalde ze een hand door haar donkere haar, dat in een bob was geknipt. Vroeger had ze lang haar gehad, wat haar volgens Karen altijd beter had gestaan. Rob had haar weleens verteld dat hij er bang voor was hoe Chantal als moeder zou worden. Een praktisch mamakapsel, zo noemde hij de coupe die sommige vrouwen zich lieten aanmeten als ze een kind kregen. Korte plukken, lekker snel in model. Rob had er bij voorbaat al van gegruwd. Ergens hoopte Karen dat Chantal zo zou veranderen. Waarschijnlijk zou Rob dan meer dan ooit behoefte hebben aan haar. Hopelijk zou hij dan wel de stap durven wagen, al maakte een kind het er niet eenvoudiger op.

Ze was nog steeds verbaasd over haar eigen gevoelens. Ergens worstelde ze er zelfs mee. In het begin was hun affaire eenvoudig en overzichtelijk geweest. Het ging niet om gevoelens. Puur seks, en daar hield ze van. Gevoelens zouden het allemaal nodeloos ingewikkeld maken. Maar wat haar nog nooit was gebeurd bij een van haar minnaars, gebeurde haar nu wel. Ze ging uitkijken naar Robs bezoekjes en niet alleen vanwege de seks. Ze vond het jammer als hij wegging. Een paar weken geleden had ze hem verteld hoe ze zich voelde. Ze wist nog steeds niet precies hoe ze zijn reactie had moeten interpreteren. Geschrokken? Bang? Meteen had hij gezegd dat hij Chantal niet in de steek kon laten. En dat hij niet wilde kiezen. Hij wilde hen allebei. Karen had hem duidelijk gemaakt dat ze meer wilde dan die ene avond, om de week. Ze keek naar Chantal. Aan haar reactie als ze erachter zou komen wat er gaande was, wilde Karen niet denken. Ja, het was egoïstisch om Rob voor zichzelf te willen en Chantals leven op z'n kop te zetten. Maar ze kon het niet helpen dat ze deze gevoelens had.

Ze concentreerde zich weer op het gesprek van haar vriendinnen. Chantal slaakte een zucht. 'Maar hij zegt dat hij er niks meer aan vindt, dat het alleen maar gaat om zwanger worden.’ Ze keek Isa aan. ‘Sorry hoor, maar daar gaat het toch ook om?’

‘Voor mannen ligt dat toch anders, denk ik.’

‘Hij mag me weleens wat meer steunen.’

Karen stond met een ruk op. ‘Ik ga weer skiën. Ik bel straks wel.’

Ze voelde de ogen van haar vriendinnen in haar rug toen ze wegliep.

3

'GA JIJ MAAR, IK WACHT HIER WEL. DEZE IS ECHT TE STEIL.'

'Kom op, je bent een ervaren skiër.' Karen zette haar skibril recht en keek naar haar vriendin. Isa gedroeg zich onzeker, terwijl ze juist fantastisch kon skiën. Karen begreep niet waar ze zich druk om maakte.

'Nee, echt niet', hield Isa voet bij stuk, toen Karen dat hardop had uitgesproken. 'Ik heb gisteren voor het eerst sinds heel lange tijd pas weer op ski's gestaan. Ik ben nog niet zeker genoeg om me meteen aan dit soort afdalingen te wagen. Straks val ik en dan hebben we allemaal geen fijne vakantie meer.'

'Maar je hebt gisteren les gehad.'

'En daardoor heb ik nu pijn in spieren waarvan ik niet eens wist dat ik ze had. Misschien waag ik me later deze week aan een zwarte piste.'

'Oké, ik ga wel alleen', schikte Karen in. 'Tot zo.'

Ze zette af met haar stokken en skiede naar het begin van de piste. Even keek ze om. Isa had haar skistokken naast zich in de sneeuw gepland en leunde er ontspannen op. Opnieuw viel het Karen op hoe dun haar vriendin was. In een witte skibroek zag je er al snel uit als een hansworst, maar bij Isa accentueerde die kleur alleen maar dat er niet veel vet om haar botten zat. Dat kon ook bijna niet anders. Vanochtend bij het ontbijt had Isa niet meer dan een halve boterham weggewerkt.

Ze richtte haar blik op de piste die voor haar lag en haalde diep adem. Ze zette af en zakte diep door haar knieen. De piste was steiler dan ze had verwacht en ze maakte flink vaart. Ze deed geen moeite dat te corrigeren. De wind suisde langs haar oren en verdreef al haar gedachten. Vanuit haar ooghoeken zag ze bomen voorbijschieten. Steeds sneller, tot de bomenrij niet meer was dan een groene waas. Ze zag een klein heuveltje in de piste over het hoofd en kwam los van de grond toen ze er vol overheen skiede. Even wankelde ze toen ze landde, maar ze hervond haar evenwicht en suisde in hetzelfde tempo verder. Haar hart bonkte in haar keel, de kou sneed haar adem af. Ze genoot met volle teugen.

Sneller dan ze wilde was ze beneden. Ze maakte een scherpe bocht, kantte haar ski's voor ze ze nog even extra wegduwde en kwam abrupt tot stilstand. Achter zich voelde ze de sneeuw opspatten en ze lachte. De adrenaline racete door haar aderen en ze moest even blijven staan om uit te hijgen. Ze keek omhoog naar de piste die achter haar lag. De zon scheen er vol op en ze moest haar ogen een beetje dichtknijpen, ook al droeg ze een skibril. Ze keek verlangend naar de piste naast de ene die ze net had gedaan. Die was nog iets steiler en zag er aantrekkelijk uit, maar ze kon het niet maken zo lang weg te blijven. Ze had gehoopt dat Isa vandaag weer les zou nemen, maar die had vanochtend aangekondigd dat ze het skigevoel wel terug had en dat ze een extra les niet nodig vond. Het was natuurlijk logisch dat ze samen optrokken, maar Karen was niet van plan alleen maar rode pistes te pakken omdat Isa niets anders durfde. Voor deze dag om was, wilde ze in elk geval één keer van die mooie piste.

Ze zette koers richting de stoeltjeslift en sloot aan in de rij voor het poortje. Het ding gaf een piepje toen ze doorliep en ze voegde zich in de volgende rij. Gelukkig duurde het niet lang voor ze in de lift kon plaatsnemen. Precies op het juiste moment ging ze zitten en ze voelde hoe de lift meer vaart begon te maken. Ze legde haar stokken op haar schoot en trok de veiligheidsbalk naar beneden.

Karen was blij dat ze geen hoogtevrees had. Ze genoot van het uitzicht. Ook nu ze stilzat had ze het nog steeds warm. Het leek wel twintig graden, al moest het nog middag worden. Vanochtend was het bewolkt geweest in Kirchberg, maar eenmaal in de gondel waren ze dwars door de bewolking heen gegaan. Boven op de berg was het stralend weer.

Even keek ze naast zich. Een man van haar eigen leeftijd zat haar geïnteresseerd aan te kijken.

'Hai', zei hij met een licht Amsterdams accent toen haar blik de zijne ontmoette.

Karen knikte alleen, ze zei niks terug. Hij zag er niet verkeerd uit. Niet helemaal haar type met zijn gladgeschoren wangen en nauwkeurig in model geboetseerde korte haar, maar hij was ontegenzeggelijk aantrekkelijk en bovendien duidelijk uit op een flirt. Misschien was het wat voor Isa, dacht ze met een lachje. Die kon wel een leuke man gebruiken om haar gedachten te verzetten. Al zat ze zo niet in elkaar, dat had Isa de vorige dag duidelijk laten merken. Karen durfde niet meer op het onderwerp terug te komen en ze kon er ook beter geen grapjes meer over maken, hoewel ze het gisteren niet eens echt als grap had bedoeld.

De stoeltjeslift was inmiddels bij het bergstation aangekomen. Karen duwde de veiligheidsbalk omhoog en gleed in een vloeiende beweging naar de piste om precies voor Isa's voeten tot stilstand te komen.

'Dat was leuk.' Ze schoof haar skibril naar haar voorhoofd. 'Het is echt jammer dat je...' Ze hield abrupt haar mond toen ze Isa aankeek. 'Wat is er?'

Isa had rode ogen en een vlekkerig gezicht. Ze keek Karen met grote ogen aan. De angst was erin te lezen. 'Hij heeft gebeld.'

Ze hield haar telefoon omhoog. Haar hand trilde zo hevig dat ze de iPhone bijna in de sneeuw liet vallen. Ze stopte hem in haar jaszak en frunnikte neurotisch aan de ritsjes.

'Wat zei hij?'

Er blonken weer tranen in Isa's ogen. 'Echt vreselijke dingen', zei ze met een dun stemmetje. 'Dat hij Lieke...' Ze kon niet verder praten.

'Wat?' drong Karen aan. 'Wat zei hij over Lieke?'

'Dat hij haar van me af zou pakken. En mij van haar.'

Karen kneep haar ogen samen. 'Hoe bedoel je?'

'Dat hij me zou vermoorden en dat ik niet veilig ben in Sonnenschein. Hij noemde zelfs de naam, Karen! Hij weet precies waar ik zit.'

'Dat heeft hij van Facebook', zei Karen geruststellend. 'Chantal heeft op haar profiel gezet dat we hiernaartoe gaan.' Toch was ze er niet helemaal gerust op. 'We kunnen ook hier naar de politie gaan, als je wilt.'

Isa haalde wanhopig haar schouders op. 'Ik weet niet wat ik moet doen. De Oostenrijkse politie gaat er vast niks aan doen als Michel niet in Oostenrijk is. Ik moet wachten tot we weer in Nederland zijn. En ik moet tegen mijn moeder zeggen dat ze nergens heen mag gaan met Lieke. Ze moet binnen blijven en ze mag de deur niet opendoen. Voor niemand!'

'Doe nou eerst even rustig.' Karen legde een arm om de schouders van haar vriendin. 'Hij gaat echt niet meteen naar het huis van je moeder. Hij is eropuit om je bang te maken.'

'Als hij Lieke iets aandoet...' Karen voelde door het dikke ski-jack heen dat Isa verkrampte. Ze wilde haar geruststellen, maar wist niet zo goed wat ze moest zeggen.

Op dat moment maakte Isa's telefoon een geluid. Razendsnel greep ze het toestel uit haar jaszak. 'Hij sms't me!' riep ze in paniek.

Karen liet haar los en pakte de telefoon uit haar hand, omdat Isa zo trilde dat ze het niet voor elkaar kreeg het berichtje te openen. Ze keek naar de afzender. 'Het is niet van hem. Je moeder stuurt je een berichtje.'

Die mededeling leek Isa niet eens echt gerust te stellen. Met een gezicht dat achterdocht verried, pakte ze haar telefoon aan. 'O, ze stuurt dat ze met Lieke boodschappen heeft gedaan en dat ze zo een boterhammetje gaan eten.'

'Zie je wel,' zei Karen, 'er is daar niks aan de hand.'

'Ik moet haar laten weten dat ze binnen moet blijven.' Isa begon driftig een sms'je terug te typen. Ze drukte op verzenden en haar telefoon maakte een geluidje.

'Laten we nog een piste doen', stelde Karen voor. 'Zo hard mogelijk naar beneden suizen maakt je hoofd leeg. Het zal je goed doen.'

Isa schudde haar hoofd. 'Ik ga liever naar het restaurant waar we met Chantal hebben afgesproken.' Ze pakte haar stokken en duwde zichzelf in de richting van het restaurant. Karen kon een zucht niet onderdrukken toen ze haar volgde.

'Die Duitse nasynchronisatie is echt vreselijk', riep Isa lachend. 'Ik begrijp de helft niet. Behalve dat die foute vent met dat baardje het doet met die enge vrouw in dat veel te strakke mantelpakje.'

'En met die veel te grote tieten', vulde Chantal aan. 'Ongelooflijk dat er mannen zijn die vallen op dat soort opgespoten meloenen.'

'Meer mannen dan jij denkt', zei Isa.

'Ik ben blij dat Rob van puur natuur houdt. Ik zou mezelf echt nooit twee van die strandballen laten aanmeten. Willen jullie nog verder kijken?'

Karen schudde haar hoofd. Ze voelde zich lekker loom van de warme glühwein en van het witbier dat ze die middag al hadden genuttigd. Over het algemeen kon ze goed tegen drank, maar ze waren al om vier uur begonnen en het was inmiddels na tienen. Met een half oog keek ze naar de tv, maar de van oorsprong Engelse serie waarvan de hoofdpersonages nu ineens Duits spraken, boeide haar voor geen meter.

Chantal pakte de afstandsbediening van tafel en zette de televisie uit. Ze nam de laatste slok van haar glühwein en zette met een klap haar beker op tafel. 'Ik weet niet hoe het met jullie zit, maar ik ben bekaf. Skiën is echt een stuk vermoeiender dan ik dacht.' Ze wierp een blik op de klok. 'Ik denk dat ik ga slapen. Wel een beetje saai, hè?'

'Welnee', zei Karen. 'De après-ski is niet voor niks om vijf uur 's middags op z'n hoogtepunt. Iedereen is 's avonds hartstikke moe.'

'Er schijnt 's avonds toch ook nog van alles te doen te zijn. Althans, als ik de mensen van mijn skiklasje mag geloven. Zij willen morgenavond met z'n allen gaan stappen. Rob Ronalds treedt op in de Eisbar.'

'Gaan!' zei Karen meteen. 'Zijn optredens zijn legendarisch.'

'Ken je hem?'

'Iedereen kent hem.'

'Ik heb nog nooit van hem gehoord.'

Karen grinnikte. 'Hier in Kirchberg is hij een beroemdheid onder de Nederlanders. Je moet echt gaan.'

'Waarom gaan we niet met z'n drieën?'

Isa knikte. 'Leuk idee. Ik hoop dat mijn spierpijn dan zover is verdwenen dat ik nog kan dansen ook.'

Karen pakte haar beker en toostte ermee in de lucht. 'Dit helpt perfect tegen spierpijn.' Ze stond op en schonk in het keukentje haar beker nog eens vol met de wijn die ze in een pannetje had opgewarmd. Daarna nestelde ze zich op de fauteuil naast de open haard en laafde zich genietend aan de warmte die het vuur verspreidde. 'Annemieke is pas rond tienen op het station, dus voor die tijd kunnen we makkelijk gaan.'

Chantal kwam moeizaam overeind. 'Ik ga naar bed voor ik zo meteen op de bank in slaap val. Welterusten, meiden.'

Ze liep de krakende trap op en even later hoorden ze haar slaapkamerdeur dicht gaan. Karen legde allebei haar handen om haar warme beker en nam een slokje wijn.

'Leuk dat we morgenavond naar de Eisbar gaan', verbrak Isa de stilte tussen hen. 'Het is zo lang geleden dat ik een avond flink ben gaan stappen. Misschien nog wel voor Lieke werd geboren. Ik ging wel avondjes weg, maar echt stappen deed ik niet meer.'

'Had je er daarna geen behoefte meer aan?' vroeg Karen. Ze kon zich daar weinig bij voorstellen.

'Jawel, maar het kwam er gewoon niet zo van. Michel vond het niet fijn als ik uitging.'

'Kan hij niet alleen zijn?'

Isa schudde haar hoofd. 'Daar houdt hij sowieso niet van, maar dat was niet de reden. Hij was altijd bang dat er iets gebeurde als ik ging stappen. Dat ik vreemd zou gaan.'

Karen fronste haar wenkbrauwen. 'Hoezo?'

'Dat weet ik ook niet. Hij is van nature gewoon erg achterdochtig.'

'Maar hij had toch nooit een reden om jou niet te vertrouwen? Of ben je...'

'Nee, natuurlijk niet', onderbrak Isa haar. 'Nooit. Ik was eerder bang dat hij het zou doen, trouwens.'

Karen reikte voorover en pakte een toastje van de tafel. Ze moest iets eten, anders zou ze zo meteen dronken zijn. 'Wil jij ook?'

Isa schudde haar hoofd. Karen nam een hap en dacht even na. Haar gedachten gingen trager dan normaal. Zou Michel inderdaad zijn vreemdgegaan? Ze wist niet of ze dat moest geloven. Ze had lange tijd gedacht dat er een type man was dat geheid de scheve schaats reed, maar inmiddels wist ze dat zo'n type niet bestond. Van gelikte zakenman en pensionado tot nerds en zelfs de braafste huisvaders – overspel kwam overal voor. Misschien juist wel bij brave huisvaders.

'Had je een reden om daar bang voor te zijn?' vroeg ze uiteindelijk.

'Ik weet het niet. Michel is gevoelig voor aandacht van vrouwen.'

Dat verbaasde Karen niet. Michel was het type dat zichzelf nogal een mannetje vond. Het type dat voortdurend naar bevestiging zocht van hoe groots en mannelijk hij wel niet was. Voor zulke types was de aanschaf van een auto veel meer dan de koop van een voertuig. Het was een penisverlenging en egovergroting in één. Dat Michel een BMW5 reed, had haar nooit verbaasd.

Isa schudde nadenkend haar hoofd. 'Ik durf mijn hand er niet voor in het vuur te steken dat er nooit iets is gebeurd.'

'Maar hij heeft het nooit opgebiecht?'

'Nee, absoluut niet.' Ze kauwde nadenkend op haar onderlip. 'Weet je, na de geboorte van Lieke was ik twintig kilo zwaarder en heel erg onzeker over mijn lichaam. Michel versterkte dat nog eens door voortdurend te vragen wanneer ik dacht op dieet te gaan. Dat deed veel pijn, want ik wilde dolgraag afvallen, maar met een baby staat je leven op z'n kop en afvallen is dan extra moeilijk. Pas toen Lieke een halfjaar was, kwam ik enigszins aan mezelf toe. Maar tijdens die eerste zes maanden...'

'Je was net bevallen!' riep Karen verontwaardigd. 'Had hij daar dan geen begrip voor?'

'Niet echt. Er waren avonden dat hij heel laat thuiskwam of dat hij na een telefoontje ineens nog even naar zijn werk moest. Misschien had hij wel een ander, ik weet het niet.'

Onwillekeurig dacht Karen aan Rob. Hij sms'te weleens 's avonds dat hij bij haar wilde zijn, terwijl hij gewoon thuis zat. Wie weet waar Michel 's avonds had uitgehangen.

Isa haalde diep adem. 'Het leek allemaal wel rozengeur en maneschijn, maar zo leuk was ons huwelijk niet. Ik heb er niet voor niks een punt achter gezet. Voor de buitenwereld kwam het nieuws misschien als een donderslag bij heldere hemel, maar dat was het niet.'

'Waarom heb je nooit gezegd dat het niet goed ging tussen jullie?' vroeg Karen. 'Ik ben je vriendin, je had eerlijk tegen me kunnen zijn.'

Isa haalde haar schouders op. 'Ik wilde niet dat als het weer goed zou komen, jullie voor altijd zouden blijven denken dat ik een slecht huwelijk had. Vooral Chantal zou er jaren over door zijn gegaan.' Dat laatste klonk een beetje bitter, maar Karen kon haar geen ongelijk geven.

'Die gelooft nou eenmaal in het perfecte plaatje', zei ze. 'Daarin is ze onverbeterlijk.'

Isa knikte. 'Ja. Ik weet zeker dat ze iets zou zeggen als: "Rob zou nooit vreemdgaan. Het idee alleen al!" Ik denk dat ik daar niet op zat te wachten.'

Karen stak nog een toastje in haar mond. 'Wil je nog wijn?'

Isa hield haar lege beker op en Karen liep naar de keuken. Haar benen voelden zwaar. Ze hield niet van dronken zijn, maar de aangeschoten toestand waarin ze nu verkeerde, was eigenlijk best lekker. Ze wist ook zeker dat ze straks heerlijk zou kunnen slapen.

Ze liep terug naar de kamer en zette de bekers op tafel. Daarna installeerde ze zich weer bij de haard.

'Soms begrijp ik het niet', zei Isa. 'Chantal is soms zo...'

'Zo wat?'

'Alsof ze het perfecte leven heeft, op die baby na. En die zal er ook heus wel een keer komen. Bij Chantal is nooit iets mis. Chantal heeft nooit ruzie. Daarmee vergeleken heb ik me altijd een beetje...' Ze zocht naar het juiste woord. 'Een beetje een loser gevoeld, zeg maar. Onze huwelijksproblemen speelden al langer en als ik Chantal dan hoorde praten...'

Ze had iets triests over zich. Ineens had Karen medelijden met haar. Ze moest zich eenzaam hebben gevoeld en ze had blijkbaar niet het idee gehad dat ze bij haar vriendinnen terecht kon met de huwelijksproblemen waar ze onder gebukt ging.

'Met die perfecte relatie valt het anders aardig mee, hoor', zei Karen in een opwelling.

Ergens in haar hoofd zat een stemmetje dat zei dat dit geen goed idee was. Maar het klonk zacht en vaag en liet zich door de alcohol verdringen.

'Hoe bedoel je?' vroeg Isa, op haar hoede. Ze keek Karen vanonder haar wimpers schuin aan.

Die voelde haar wangen warmer worden. 'Als je denkt dat Rob het zo nauw neemt met de huwelijkse trouw, heb je het fout. Toevallig weet ik daar alles van.'

Isa's mond viel open. 'Heb jij...'

Karen keek weg en knikte. Isa blies haar adem hoorbaar uit. 'Jeetje.'

'Ja.'

'Wanneer is het gebeurd?'

'Voor het eerst? Ongeveer een jaar geleden. Weet je nog dat ik een etentje had georganiseerd en dat Chantal eerder wegging?'

'Heb je het toen met Rob gedaan?' Isa keek haar nog steeds ongelovig aan.

'Voor het eerst, ja.'

'Bedoel je...'

Karen aarzelde even, maar besloot toen eerlijk te zijn. Nu ze A had gezegd, kon ze net zo goed ook B zeggen. 'Rob komt zo'n twee keer per maand bij mij langs. Soms iets minder vaak, soms meer. Hij mist goede seks. Hij kan er niet meer tegen dat het Chantal alleen maar om een kind te doen is. We genieten er allebei van, doen dingen die Chantal never nooit zou willen. Maar we zijn niet verliefd. Het heeft niets met gevoelens te maken.' Dat laatste sprak ze met veel nadruk uit, alsof ze het dan zelf zou geloven.

'Maar voel je je dan niet schuldig?'

Karen dacht even na voor ze haar antwoord formuleerde. 'Ik voel me schuldig naar Chantal toe, omdat ik weet hoe erg ze het zou vinden als ze dit wist. Maar het gaat om seks en niet om liefde.' Nog niet, dacht ze erachteraan. Althans, niet bij Rob.

Isa liet dat even op zich inwerken. 'Ik kan seks niet los zien van liefde.'

'Ik weet heus wel dat het niet goed te praten is dat ik seks heb met de man van mijn vriendin, maar...' Ze hief haar handen in een soort vergoelijkend gebaar. 'Ik weet dat het niets met Chantal te maken heeft, ook al zou zij dat nooit begrijpen.'

'Het zou Chantals hart breken als ze dit wist', zei Isa.

'Ze hoeft het niet te weten.' Karen leunde achterover en staarde in de vlammen. 'Daar wordt niemand gelukkiger van.'

Isa keek een tijd voor zich uit. Toen brak tot Karens verbazing een glimlachje door op haar gezicht. 'Het is echt gemeen van me, maar nadat ik jarenlang heb gedacht dat Chantal de perfecte relatie had, vind ik het idee dat Rob een affaire heeft ergens wel...' Ze viel stil en dacht een moment na. 'Ik heb er geen goed woord voor, denk ik.'

'Genoegdoening?' raadde Karen.

'Nee, dat bedoel ik niet. Het komt vanuit mezelf. Ik heb me soms opgevreten bij haar verhalen over Rob als volmaakte echtgenoot en nu ik weet dat het niet zo is, voel ik me gesterkt.'

Karen haalde haar schouders op. 'Ach, je kunt het haar niet kwalijk nemen dat ze in eeuwige trouw gelooft.'

Ze meende wat ze zei. Natuurlijk was het hopeloos naïef, zeker in Chantals geval, maar een rotsvast geloof in de liefde was op zich een mooie eigenschap. Zelf was ze die eigenschap lang geleden kwijtgeraakt. Als ze hem ooit al had bezeten. Misschien kwam het door haar nogal turbulente jeugd dat ze al vroeg had besloten dat ze niet in het sprookje van "ze leefden nog lang en gelukkig" geloofde. Met een vader die meer affaires had dan vingers aan een hand en een moeder die erin slaagde dat met de nodige alcohol te gedogen, was haar jeugd nou niet bepaald het toonbeeld van een liefdevol en warm voorbeeldnest geweest. Naar de buitenwereld toe werd er altijd mooi weer gespeeld, dat wel, maar vanbinnen was het hol en leeg. Karen had al lang geleden besloten dat een man honderd procent vertrouwen een van de meest naïeve dingen was die je kon doen. Dat deed ze dan ook niet. Tijdens de twee relaties van meer dan een halfjaar die ze had gehad, was vreemdgaan aan de orde van de dag geweest. Bij de eerste relatie, toen ze midden twintig was, was hij het. De tweede keer, een jaar of vijf later, zij. Beide relaties hadden geen stand gehouden, al weet Karen dat niet direct aan het vreemdgaan. Trouw was ook geen doel op zich, ze geloofde sowieso niet dat het mogelijk was je hele leven te delen met maar één partner. Natuurlijk, er waren uitzonderingen, maar veel waren dat er niet.

Isa haalde haar uit haar gedachten. 'Maar ik kan het bijna niet geloven.' Er klonk iets door in haar stem wat Karen niet goed kon thuisbrengen. 'Jij en Rob...'

'Ach ja. Ik ben er niet trots op, maar ik wil er ook niet mee stoppen. Op een of andere manier is de seks echt heel goed. En het is vrijblijvend.'

Isa keek naar nadenkend aan. 'Maar op een bepaald moment wil je toch ook een soort vastigheid? Verlang je dan nooit naar een relatie?'

Karen richtte haar blik op de vlammen. Ze begaf zich op glad ijs. 'Niet met Rob', loog ze.

'Misschien niet, maar wel met iemand anders. Ik kan me niet voorstellen dat je er voldoening uit haalt om de rest van je leven alleen te blijven, en seks te hebben met mannen die daarna naar hun vrouw teruggaan.'

'Je moest eens weten hoeveel problemen het je scheelt.' Karen zette haar beker aan haar mond, maar haalde hem weer weg. 'Geen gezeur over tandpastadopjes of vieze sokken in de wasmand of wie wanneer de boodschappen moet doen.' Het was alsof ze zichzelf een halfjaar geleden hoorde praten.

'Dat geloof ik zo, maar relaties zijn meer dan dat', zei Isa. 'Het is ook fijn om samen te zijn, om te kunnen delen en iemand te hebben die onvoorwaardelijk van je houdt.'

Karen keek haar aan. 'Zegt degene die in scheiding ligt.'

'Ja.' Isa beet even op haar onderlip. 'En toch hoop ik dat er een moment komt dat ik weer een relatie krijg. Samen zijn is gewoon fijner. Maar wel met iemand die precies bij je past. Mis je dat dan nooit?'

Karen staarde naar de schilderijtjes met jachttaferelen. Ze waren spuuglelijk, maar gaven het huis wel iets knus. Ze dacht na over Isa's vraag. Ze wilde vaker bij Rob zijn. Niet alleen maar leuk voor de seks. Verlangde ze naar de vastigheid die bijvoorbeeld Chantal had, naar een vaste partner, naar het gelukkige plaatje? Ze kon niet ontkennen dat ergens in haar, waarschijnlijk net als in iedereen, dat verlangen zat. Maar het beeld van het gelukkige gezinnetje waar zoveel mensen van droomden, bestond gewoonweg niet. Ze wilde ernaar streven het leuk te hebben met iemand anders. Met Rob. Dat gelukkige reclamegezin kon ze missen als kiespijn.

'Ik weet het niet', zei ze uiteindelijk, starend naar de wijn, die ze ronddraaide in haar beker. 'Natuurlijk lijkt dat me leuk, maar ik heb genoeg meegemaakt om te weten dat het een ideaalbeeld is. Een utopie.'

'Niet als je ervoor open staat.'

'Dan ook. Kijk maar naar Chantal. Als iemand erin gelooft, is zij het. En wat doet Rob?'

'Ja.' Isa slaakte een zucht. 'Het perfecte plaatje bestaat misschien niet, maar jouw leven lijkt me zo...'

Karen voelde de haren op haar arm overeind gaan staan. Ze was op haar hoede voor wat Isa zou zeggen. Misschien was haar liefdesleven wat oppervlakkig, maar het was niet aan anderen om daarover te oordelen.

'Zo leeg', maakte Isa haar zin af. 'Geen man, geen gezin. Alleen mannen die komen en gaan en tussendoor niks anders willen dan seks.'

Karen kon niet voorkomen dat haar stem gereserveerd klonk. 'Ik zou het niet leeg willen noemen. Ik geniet in mijn eentje van het leven, ik heb geen man nodig om gelukkig te worden.'

'Maar een gezin dan?' ging Isa nog even door. 'Een kind?'

Karen rolde met haar ogen. 'Als ik een euro had gekregen voor elke keer dat iemand aan me heeft gevraagd of ik geen kind wil, zou ik nu miljonair zijn.'

'Je geeft geen antwoord.'

Karen voelde irritatie als een kolonie mieren onder haar huid kruipen en zich nestelen door haar lichaam. Waarom geloofde niemand dat ze niet per se streefde naar een gezinsleven en naar een baby? Natuurlijk, er waren tijden geweest dat elke vrouw om haar heen zwanger leek te zijn en ze zich afvroeg of ze al haar vriendinnen zou kwijtraken, alleen omdat ze geen kinderen had. Er waren tijden geweest dat ze na de zoveelste kraamvisite naar huis reed en zich met enige vertwijfeling afvroeg of het ooit voor haar weggelegd zou zijn om moeder te worden, maar die gevoelens verdwenen ook weer en ze had nooit uit het oog verloren wat de voordelen van haar leventje waren ten opzichte van al die mensen met kinderen. Geen zorgen voor later, geen relatieproblemen, alle vrijheid van de wereld en geld genoeg, om er maar een paar te noemen.

'Nou ja,' zei Isa uiteindelijk gemaakt luchtig, 'je bent vierendertig, jong genoeg.'

Karen zette haar beker met een klap op tafel. De irritatie was nog niet gezakt en ze had geen zin meer om met Isa te praten. 'Ik ga ook slapen. Blijf jij nog hier?'

4

'SWEE-HEET CAROLINE', BLÈRDE KAREN ONGEGENEERD mee met de dreunende muziek uit de speakers. *'O, o, o! Good times never seemed so good.'*

Ze maaide met haar arm door de lucht. In haar rechterhand hield ze een biertje, waarvan af en toe een deel over de rand gulpte. Zoals altijd realiseerde ze zich bij het meest foute nummer van de après-ski-cd pas echt hoeveel ze van de sfeer van de wintersport hield.

Ze keek naast zich. Isa stond naast haar te praten met een Oostenrijkse man, die zich net had voorgesteld als Geoff en die haar duidelijk wel zag zitten. Isa had het zelf niet door, maar Geoff deed zijn uiterste best om te zorgen dat haar glas geen moment leeg was, blijkbaar hopend dat hij op die manier bij haar in de gratie zou vallen. In haar hand hield Isa een sigaret, hoewel ze al zeker vijf jaar niet meer rookte. Even verderop spotte Karen Chantal bij haar skiklasje. Het was dinsdag, de derde dag dat ze in de Dreieck Bar waren en Chantal had zich het après-skien al helemaal eigen gemaakt. Ze danste met twee veel te gebruinde skileraren en had de grootste lol. Vanavond zou ze met haar skiklas naar de befaamde Eisbar gaan. Karen en Isa waren van plan mee te gaan, maar Karen overwoog toch om thuis te blijven. Ze had slecht geslapen en veel geskied, en ze was moe. Bovendien voelde ze in de warmte en drukte van de Dreieck Bar in rap tempo een kloppende hoofdpijn opkomen. Een warm bad en dan lekker op de bank, dat klonk aanlokkelijker dan een avondje dansen op foute muziek. Bovendien hoefden Isa en Chantal dan niet op de tijd te letten, omdat zij thuis was voor Annemieke.

Misschien konden ze morgen of overmorgen nog met z'n vieren ergens heen gaan. Elke avond was er wel ergens in een après-skibar een feest, zelfs tot in de kleine uurtjes.

Ze keek uit naar de komst van Annemieke. Het was echt wel leuk met Isa en Chantal, maar na vier dagen had ze er behoefte aan haar meest normale vriendin om zich heen te hebben. Of haar vriendin met de minste problemen, misschien was dat een betere beschrijving. Annemieke was ongecompliceerd, en dat kon je van Isa en Chantal niet zeggen. Haar huwelijk ging goed, zij en Richard werkten allebei hard aan hun carrière en hadden, zoals Annemieke dat noemde, "een toekomstige kinderwens". Dat betekende dat Annemieke vooralsnog heel goed begreep wat Karen zo aantrok in een leven zonder kinderen, omdat ze daar zelf ook nog met volle teugen van genoot. Een feestbeest was ze niet, maar als Karen op een doordeweekse avond ineens zin had om ergens een wijntje te gaan drinken, was Annemieke daar altijd voor in. Ze hoefde niet, zoals Isa, een oppas te regelen. En als Karen op zo'n moment Chantal belde, zei die meestal na wat vage uitwegen dat ze morgen weer vroeg op moest. Vier dagen met die twee meiden was oké, maar Karen keek reikhalzend naar Annemieke uit.

De Dreieck bar was afgeladen vol en na elke stop van de skibus bij de halte pal voor de deur, probeerden zich weer nieuwe mensen naar binnen te proppen. Buiten was ook geen onbezette vierkante centimeter meer te krijgen. Skileraren, wintersporters, locals – allerlei mensen liepen hier door elkaar heen. Het personeel achter de bar stond te zweten om iedereen te voorzien van, voornamelijk, bier, glühwein en de nodige shotjes. Karen nam nog een slok van haar Edelweiss. Het bier begon al lauw te worden. Het was binnen ook om te smoren. Met het stijgen van de temperatuur nam ook haar hoofdpijn toe en het lauwe bier maakte het niet veel beter. Ze zette haar bijna lege glas neer. Het was mooi geweest voor vandaag.

Ze wurmde zich langs een dikke man in een bezwete pulli richting de uitgang. Onderweg stootte ze diverse mensen aan, maar niemand reageerde geërgerd. Dat moest je eens in een hippe tent in Amsterdam proberen, dan had je zo de ene na de andere "bitch" te pakken. Hier niet, de gemoedelijkheid vierde hoogtij.

Ze klopte Chantal op haar schouder. Die stond luid en vals met de muziek mee te zingen. Karen grijnsde. 'Blijf jij lekker hier, ik ga vast terug. Ik voel me niet zo lekker.'

'Nee wacht, ik ga met je mee. We gaan vanavond ook al en ik wil nog even rustig eten en douchen.' Ze gebaarde naar Isa dat ze weggingen. Die knikte en begon ook hun kant op te bewegen.

Karen perste zich door de menigte die juist de andere kant op leek te bewegen en bereikte uiteindelijk de deur. De buitenlucht voelde weldadig op haar verhitte wangen en ze ademde diep in. Meteen werd haar hoofd helderder. Achter haar vloog de deur opnieuw open. Een golf warmte en muziek spoelde naar buiten en voerde een lachende Isa en Chantal mee. Karen hoorde hen iets roepen naar iemand binnen over vanavond. Ze glimlachte. Zelfs Isa leek eindelijk een beetje te ontspannen, al had ze vandaag al drie dreigende sms'jes van Michel gehad waarvan ze behoorlijk van slag was geweest. Maar de après-ski leek haar goed te doen.

'Ik heb zin in vanavond', zei Chantal. 'Ik hoor van iedereen hoe leuk het is.'

'Ik ook', knikte Isa. Ze haakte haar arm door die van Karen. 'We zouden dit elk jaar moeten doen. Laten we een traditie maken van samen op wintersport gaan, met Annemieke erbij natuurlijk.'

'Als ik nog een drankje in mijn hand had, proostte ik erop', zei Chantal. 'Annemieke sms'te trouwens dat haar vlucht op tijd is en dat ze dus volgens planning vanavond om tien uur op Kirchberg Bahnhof hoopt te zijn.' Ze sprak het overdreven Duits uit en Isa schoot in de lach. 'Dan moeten we daar wel op tijd zijn. We kunnen met z'n vieren wel een taxi naar het chalet nemen.'

'Ik denk dat ik niet meega vanavond', zei Karen. Nadat de hoofdpijn door de frisse lucht eerst wat was gezakt, kwam die nu weer in volle hevigheid terug.

'Waarom niet?' Chantal keek haar onderzoekend aan.

'Ik ben moe en ik heb hoofdpijn. We gaan deze week vast nog wel een keertje stappen en dan doe ik graag mee.'

Ze begonnen in de richting van de straat te bewegen, over het overvolle terras. Er stopte net weer een skibus en een nieuwe groep diende zich aan. Ze liepen de stoep op en sloegen rechts af. Chantal kwam naast Karen lopen. 'Als je wilt dat wij vanavond ook thuis blijven, moet je het zeggen, hè.'

'Welnee, gaan jullie maar lekker. Ik red me wel.'

'Oké, maar ik kan me voorstellen dat...'

Achter hen klonk een schrille kreet en Chantal draaide zich met een ruk om. Karen deed hetzelfde. 'Isa!' In twee stappen was ze bij haar vriendin, die krijtwit zag. Ze leek elk moment door haar benen te kunnen zakken.

'Ies, wat is er?' Chantal pakte haar arm en keek haar bezorgd aan.

Isa kon bijna niets uitbrengen. Met grote ogen keek ze in de richting van de skibus, die optrok en weer de straat uit reed.

'Wat is er?' herhaalde Chantal. Ze schudde aan Isa's arm.

'I-ik...' Isa's blik schoot paniekerig van links naar rechts. 'Ik zag hem!'

Karen trok haar wenkbrauwen op. 'Wie?'

'Michel! Hij is hier!' Isa begon steeds harder te praten. Her en der keken mensen nieuwsgierig om.

Chantal wisselde een vluchtige blik met Karen. Ze liet Isa's arm niet los. 'Waar heb je het over? Michel is hier niet, hoor.'

'Jawel!' Isa blikte angstig om zich heen. 'Ik zag hem. Ik weet het zeker.'

'Waar dan?' vroeg Karen. Ze liet haar blik door de straat en over het terras van de Dreieck Bar dwalen.

'Daar!' Met een bevende vinger wees Isa in de richting van de halte van de skibus. 'Hij stapte uit de bus en toen liep hij snel weg. Hij is hier. Hij is me gevolgd!' Ze ging steeds harder en hoger praten. Ze trok haar arm los uit Chantals hand en gebaarde heftig in de richting waar ze Michel had gezien. 'Ik weet het zeker', zei ze hijgend van angst. 'Hij is er. Hij keek me aan en...' Ze kon niet meer verder praten. Haar ogen vulden zich met tranen.

Chantal sloeg haar arm stevig om Isa's schouders. 'Kalm maar. Als je zeker weet dat je Michel hebt gezien, dan gaan we nu naar de politie. Dit gaat te ver.'

Karen had niet het idee dat de politie veel kon doen, want het was Michel niet verboden om hier in Kirchberg rond te lopen. Hij had geen straatverbod en hoewel ze begreep dat Isa bang voor hem was, had hij haar feitelijk niks aangedaan. Maar misschien was dat een kwestie van tijd. Ze was er niet helemaal gerust op. De sms'jes had ze verontrustend gevonden, maar nog geen reden tot paniek. Het feit dat Michel ineens opdook op hun vakantiebestemming, veranderde het verhaal echter. Ze vond het moeilijk om in te schatten wat hij van plan was.

'Maar wat gaat de politie dan doen?' vroeg Isa beverig. 'Ze kunnen Michel niet verbieden om hier te zijn.'

'Wel als je de sms'jes laat lezen!' riep Chantal strijdlustig. 'Het is toch op z'n minst verdacht dat hij eerst dat soort dingen stuurt en dan ineens hier opduikt.'

Karen zag dat Isa twijfelde. 'Laten we eerst maar naar het chalet teruggaan', stelde ze daarom voor. 'Dan kunnen we even rustig nadenken. Naar de politie kan ook later nog.'

Isa knikte. 'Oké', zei ze haast fluisterend. 'Maar wat als hij daar ook is? Wat als hij binnengekomen is?'

'Welnee', zei Karen ferm en ze zette koers in de richting van het huisje. Chantal liet Isa geen seconde los toen ze de halve kilometer naar het chalet aflegden. Karen haalde de sleutel van de voordeur uit haar tas. Even keek ze om zich heen en huiverde ze. Ze aarzelde een paar seconden voor ze de deur opende. Doe normaal, sprak ze zichzelf streng toe. Al zou Michel hier zijn, dan zat hij echt niet ineens op de bank. En dan nog... Met z'n drieën konden ze hem echt wel aan.

Ze duwde de deur open en liep met ferme passen het halletje door. Zonder verder na te denken opende ze de deur naar de woonkamer. Snel knipte ze het licht aan zodat de kamer een warme gloed kreeg en keek van links naar rechts. 'Hier is niemand', zei ze. 'Kom maar binnen.'

Ze zag Isa angstig naar de trap kijken.

'Wil je dat ik boven ga kijken?'

Isa knikte en Karen liep de trap op. Heel even trilde haar hand voor ze de deur van haar eigen slaapkamer opende. Her en der verspreid lagen kleren, maar die had ze er waarschijnlijk zelf zo achtergelaten. Ze sloot de deur en liep de kamers van Chantal en Isa binnen. Bij Chantal was het een rommeltje, maar Karen had niet anders verwacht. Isa's kamer was netjes en opgeruimd, er lag niet eens iets op het nachtkastje. Hier was niemand geweest, dat was duidelijk. Ze liep naar de badkamer en nam twee pijnstillers tegelijk in. Dat zou haar bonkende hoofd wel tot rust brengen.

'De kust is veilig', kondigde Karen aan toen ze weer beneden kwam. Chantal had inmiddels de open haard aangestoken en was in de keuken bezig. Isa zat op de bank met een kussen op haar schoot.

Karen ging naast haar zitten. 'Gaat het weer een beetje?'

Ze knikte en haalde diep adem. 'Ja. Sorry voor net, maar ik schrok me kapot. Ik begrijp gewoon niet wat Michel komt doen.'

'Weet je echt zeker dat hij het was?'

Isa knikte stevig. 'Honderd procent. Ik ben jaren met die man getrouwd geweest. Ik herken hem uit duizenden en hij stond op nog geen twintig meter afstand. Hij keek me zelfs aan.' Ze huiverde zichtbaar. 'Die blik in zijn ogen...'

'Zei hij iets?' vroeg Chantal, die met een fles wijn en drie glazen de kamer binnen kwam. 'Ik maak trouwens pasta, is dat goed?'

Karen knikte. De pijnstillers werkten nog niet en ze had niet veel trek. Ze probeerde een logische verklaring te bedenken voor de aanwezigheid van Michel, maar de hoofdpijn maakte het er niet makkelijker op.

'Hij moet weten dat hij jou er niet onder krijgt', zei Chantal. 'Hij wil dat je bang voor hem bent. Daar kickt hij blijkbaar op.'

'Maar waarom komt hij dan helemaal hiernaartoe?' vroeg Isa. Er klonk iets van wanhoop door in haar stem.

'Omdat je niet op zijn berichten hebt gereageerd en dat vindt hij natuurlijk niet leuk. Hij komt alleen maar om je te intimideren.'

'Kun je hem niet gewoon bellen?' vroeg Karen. 'Dan laat je hem merken dat je weet dat hij er is en dat je niet bang voor hem bent.'

Isa liet dat idee even door haar gedachten gaan, maar schudde uiteindelijk haar hoofd. 'Dan laat ik toch juist merken dat ik bang ben? Als het me niks doet, hoef ik hem ook niet te bellen.'

'Als het je niks doet, moet je vanavond gewoon gaan stappen', zei Chantal. 'Fuck Michel, jij laat je er niet onder krijgen.'

Isa keek haar aan alsof ze gek was geworden. 'Je denkt toch niet serieus dat ik hier nog wegga?'

'Dat is precies wat hij wil', zei Chantal. 'Dat jij je opsluit in je chalet en angstig op de bank gaat zitten. Het gaat allemaal om intimidatie.'

'Maar wat als het daar niet om gaat?' vroeg Isa. 'Wat als hij hier is om zijn dreigementen waar te maken?'

Karen en Chantal gaven allebei geen antwoord. De vraag bleef tussen hen in hangen.

Karen probeerde helder na te denken. Was dat werkelijk een optie? De dreigementen klonken serieus, maar ze had grote moeite zich voor te stellen dat Michel er echt op uit was om Isa iets aan te doen. Of erger, om haar te vermoorden. Het kon toch gewoonweg niet zo zijn dat hij zijn daad eerst via de telefoon aankondigde? Als hij haar daadwerkelijk wilde doden, zou hij dat toch al hebben gedaan?

Aan de andere kant, hij had wel een doel. Hij wilde zijn eisen erdoor krijgen en hij was bereid daar ver voor te gaan. Misschien wel veel verder dan ze allemaal dachten. De sms'jes waren zijn eerste poging geweest om Isa zijn wil op te leggen en nu dat dreigde te mislukken, greep hij naar zwaarder geschut. Misschien wel veel zwaarder dan ze konden vermoeden.

Chantal slaakte een zucht. 'Misschien moet je dan toch maar naar de politie gaan. Maak in elk geval melding van wat er allemaal is gebeurd. Het kan geen kwaad als ze een dossier aanleggen.'

'Voor als er iets gebeurt', zei Isa, meer tegen zichzelf.

'Precies', knikte Chantal.

'Maar als Michel weet dat ik aangifte heb gedaan, zal hij razend zijn.'

'Jij bent ook razend', hielp Karen haar herinneren. 'Ik denk dat Chantal gelijk heeft. Doe aangifte. En ga daarna gewoon stappen, zoals je van plan was. Laat Michel zien dat je niet bang bent. Hij krijgt jou er niet onder.'

'Ik weet niet of ik daar nog zin in heb.'

'Van hier zitten word je ook niet vrolijker', redeneerde Chantal. 'Dan ga je alleen maar zitten piekeren. En bovendien, volgens mij ben je in een volle bar een stuk veiliger dan hier in het chalet.'

'Daar heb je gelijk in', zei Karen. 'Zelfs al staat Michel recht voor je neus, wat wil hij dan doen? Hij zal je echt niet ter plekke aanvliegen.'

'Maar hij kan me wel naar huis volgen', zei Isa.

'Dan nemen we wel een taxi.' Chantal stond op en liep naar de keuken om in de pannen te roeren.

Isa aarzelde zichtbaar. 'Ik heb hier helemaal geen goed gevoel over.'

'Dan blijf je hier.' Karen wreef over haar voorhoofd. 'Al denk ik dat het geen kwaad kan je zinnen wat te verzetten. Chantal heeft gelijk, in een drukke bar kan je weinig gebeuren en een taxi kan je hier recht voor de deur afzetten.'

Isa slaakte een zucht en staarde naar de vlammen in de open haard. 'Waarom?' vroeg ze zachtjes. 'Wat wil hij nou bereiken?'

'Het heeft geen zin jezelf die vragen te stellen', zei Karen. 'Ik denk dat je boven dit alles moet staan. Laat hem zien dat je niet bang bent. En zorg ervoor dat je niet alleen met hem bent. Volgens mij ben je dan al een heel eind.'

Ze keek naar Isa's gezicht, waar duidelijk twijfel op te zien was. Haar vriendin zuchtte opnieuw. Daarna leek er iets te veranderen in haar gelaat. Er kwam een strakke trek rond haar mond. Ze knikte ferm, alsof ze zichzelf ergens van wilde overtuigen. 'Je hebt gelijk', zei ze flink. 'In een hoekje blijven zitten trillen heeft geen zin. Dan heeft Michel bij voorbaat al gewonnen. Ik ga vanavond gewoon doen wat ik wil, en dat is uitgaan.'

'That's the spirit', zei Karen en ze klopte op Isa's been. Daarna stond ze op en liep naar de keuken om een glas water te halen. Twee slokken wijn en ze voelde zich al licht in haar hoofd. Dat moest door de pijnstillers komen.

'Jullie gaan vanavond gewoon, hoor', zei ze tegen Chantal, die net de pastasaus in de pan gooide.

'Ik weet het niet.' Chantal keek vluchtig om en wierp een blik op Isa in de kamer. 'Wat denk jij dat Michel hier komt doen?'

Karen had een glas water gevuld en leunde met haar rug tegen de rand van het aanrecht. 'Ik weet het niet. Het lijkt mij dat hij alleen maar komt om haar bang te maken.'

'Daar doet hij dan wel een hoop moeite voor.'

Karen nam een slok water. 'Dat is waar, maar ik kan me niet voorstellen dat hij...' Ze liet gedachten door haar hoofd gaan die eigenlijk te bizar voor woorden waren. Zou Michel helemaal naar Oostenrijk komen om zijn bijna exvrouw iets aan te doen, terwijl hij daar in Nederland net zo goed alle gelegenheid toe had?

'Gaat Isa aangifte doen, denk je?' onderbrak Chantal haar gedachten.

'Dat weet ik niet. Ze had het er net niet meer over. Ik denk ook niet dat ze er veel mee opschiet. Michel heeft het volste recht om in Kirchberg te zijn, de politie kan hem moeilijk op grond van zijn aanwezigheid arresteren.'

'Het lijkt mij wel goed dat er in elk geval iets op papier staat. Voor als...' Ze roerde door de saus. 'Nou ja, je weet wel.'

Karen dronk haar glas leeg. Ze voelde zich alweer wat helderder. 'Ik denk niet dat de politie haar op dit moment serieus neemt, ook al heeft ze die sms'jes in haar telefoon staan. Feitelijk is er niks gebeurd.'

'Karen!' riep Isa vanuit de kamer. Haar stem klonk vreemd en hoog.

'Wat is er?' Karen liep snel naar haar toe.

Isa hield haar telefoon op. 'Hij heeft weer iets gestuurd.'

'Wat dan?'

'Weet ik niet. Ik wil niet kijken. Wil jij het lezen?'

Karen opende het sms'je. Het telde maar een paar woorden. *Ik houd je in de gaten. Overal.*

'Intimidatie', oordeelde Karen en ze gooide de telefoon op de bank. 'Niks van aantrekken.'

Isa pakte haar telefoon en las het sms'je nu zelf ook. Hoofdschuddend legde ze het toestel op tafel. 'Wat een klootzak', zei ze zacht. Karen kon niet anders dan haar gelijk geven.

Een uur later stonden Isa en Chantal met hun jassen aan in de hal. Isa was een beetje stil. Ze was er duidelijk niet gerust op dat ze Michel niet zou tegenkomen.

'Ga nou maar gewoon genieten', drukte Karen haar vriendin op het hart. 'Dat is het belangrijkste. In de taxi ben je hartstikke veilig en binnen kan je ook niks gebeuren.'

'Red jij het wel alleen?' vroeg Isa bezorgd. 'Straks staat hij hier ineens voor de deur.'

'Maak je nou maar niet druk. Als dat zo is, zal ik hem even haarfijn uitleggen wat ik van hem vind.'

De taxi toeterde voor de deur en Chantal en Isa verdwenen naar buiten. Karen sloot de deur achter hen en draaide die op slot, al wist ze zelf niet eens waarom. Ze ging de kamer weer in, bracht de borden naar de keuken en liet de afwas op het aanrecht staan. Eerst wilde ze in bad, straks zou ze wel opruimen. In haar toilettas zat een flesje badschuim dat ze eens gratis bij de drogist had gekregen. Ze verheugde zich er al op om in het schuim te liggen en bij te komen. De pijnstillers deden eindelijk hun werk. Ze zou zich straks veel beter voelen.

Een kwartiertje later liet ze zich in het warme water zakken. Ze kreunde even omdat het eigenlijk net even te warm was. De warmte voelde als kleine speldenprikken op haar huid. Ze leunde achterover in het schuim en sloot genietend haar ogen. Niet alleen het water, ook de rust in huis deed haar goed. Ze was gewend om alleen te zijn. Ze hield er ook van. Soms had ze rust nodig, stilte om haar heen. Het skiën was wat dat betreft heerlijk – ook al was Isa vandaag weer bij haar geweest – maar een avondje op zichzelf was precies wat ze nu even nodig had. Haar ogen vielen een beetje dicht. Ze dacht aan Annemieke, die straks zou komen. Ze had al ge-sms't dat ze in het vliegtuig zat en dat het op tijd zou vertrekken. Voorlopig was ze hier niet. Als ze inmiddels al was geland, moest ze nog op haar bagage wachten en een trein zien te vinden, die er vervolgens nog eens anderhalf uur over deed. Ze zou hier niet voor kwart over tien zijn, was de planning.

Na een minuut of twintig was het water lauw en het schuim verdwenen. Ze aarzelde tussen de kraan nog eens aanzetten of eruit gaan. Een beetje verlangend dacht ze aan de spannende thriller die op haar wachtte. Lezen bij het knapperende haardvuur was een aanlokkelijk idee en dus kwam ze overeind. Ze droogde zich af en rommelde in haar toilettas op zoek naar een elastiekje. Dat vond ze niet, maar ze haalde een proefmonstertje tevoorschijn van een of ander masker. Geen idee hoe ze eraan kwam, maar dit was een perfect moment om het te gebruiken. Ze scheurde de verpakking open en bracht de crèmeachtige substantie op haar gezicht aan. Lachend keek ze in de spiegel. Ze zag er niet uit. Nog twee komkommers op haar ogen en het plaatje zou compleet zijn.

Ze had geen zin om zich aan te kleden en pakte de roze badjas die aan de deur hing. Zo te zien was hij van Isa. Die vond het vast niet erg als ze hem leende. Ze schoot in haar pantoffels en liep naar beneden.

Daar liet ze de troep in de keuken voor wat die was. Ze zouden morgenochtend wel met z'n allen afwassen. Ze schoof de pannen en borden in de gootsteen, schonk een groot glas rode wijn in en nestelde zich op de bank.

Haar telefoon maakte een geluidje. Ze pakte hem van de salontafel en glimlachte toen ze zag van wie het berichtje kwam. Die durfde. Ze stelde hem voor, thuis, in zijn eentje op de bank. Eenzaam, misschien wel. En dan koos hij ervoor haar te sms'en, en niet zijn vrouw. Ze schudde even haar hoofd. Het was zo duidelijk. Uiteindelijk zou hij de knoop wel doorhakken. En het kon geen kwaad het hem een beetje moeilijk te maken.

Ze las het berichtje opnieuw.

Ik wil je. Nu. Ik mis je.

Ze grinnikte toen ze terug typte: *Je weet wat je moet doen. Wacht, dan doe ik het voor je. Ze is hier nu toch.*

Ze wist precies wat zijn reactie was bij het lezen van dit berichtje. Hij zou zich kapot schrikken, want hij was er niet gerust op dat ze het niet echt aan Chantal zou vertellen. Het was leuk hem een beetje te laten zweten. Vrijwel meteen kwam zijn antwoord.

Niet doen. Je weet wat ik heb gezegd.

Ze gniffelde toen ze het las. Ze had gelijk. Hij was bang. Nog een beetje tijd, meer kon ze hem niet geven. Dan zou ze zelf het recht in handen nemen. Ze wiste de berichtjes uit haar telefoon en legde die terug op de tafel. Ze keek op haar horloge. Iets na negenen. Ze pakte haar boek en begon te lezen.

Toen de bel ging, was ze even gedesoriënteerd. Waren Isa en Chantal de sleutel vergeten? Nee, ze konden nog niet terug zijn, zo laat was het nog helemaal niet. Ze keek op de klok. Halftien. Ze fronste en vroeg zich af wie het dan kon zijn. Haar hart sloeg even over, al wist ze zelf niet waarom.

Ze stond op en liep naar de hal.

Deel 2

5

ANNEMIEKE LANDMAN SLEURDE HAAR KOFFER ACHTER zich aan de trein uit. Met een klap kwam de Samsonite op het perron terecht, net voor het fluitje klonk en de deuren puffend dicht gingen.

Ze onderdrukte een vloek. Met de trein reizen zou nooit haar hobby worden, zeker niet met flink wat bagage. Gelukkig had ze, op uitdrukkelijk advies van Richard, toch maar besloten haar ski's thuis te laten. Het liefst gebruikte ze haar eigen latten, waar ze aan gewend was en waarop ze alles durfde, maar het was al niet te doen geweest die dingen op Schiphol te krijgen zonder dat Richard speciaal voor dat kleine ritje de dakkoffer had moeten installeren, laat staan dat ze ze van Innsbruck naar Kirchberg had kunnen vervoeren. Uit praktische overwegingen was het goed dat ze ze thuis had gelaten, maar ergens baalde ze toch een beetje. Ze hield gewoon niet zo van andere ski's.

'Doe normaal', mompelde ze bij zichzelf. Alsof ze ook maar enigszins ertoe in staat was geweest nu ook nog twee ski's mee te nemen. Eén koffer was al meer dan genoeg. Ze greep het handvat vast en begon zich richting de uitgang van het station te bewegen. Ze vond het jammer dat ze niet met haar vriendinnen in de auto mee had gekund, maar de presentatie die ze vandaag op haar werk had gegeven, kon ze echt niet laten schieten. Ze had hier vier maanden naartoe gewerkt, en nu het zover was, wilde ze de uitkomst ook zelf presenteren. Ze voelde nog een restje adrenaline door haar aderen gaan als ze er weer aan dacht. Het was een doorslaand succes geworden en aan het eind was de financieel directeur zelfs opgestaan om haar met het succes te feliciteren. Ze glunderde. Promotie kon haar niet meer ontglippen.

Ze liep het station uit. Het was ijzig koud en haar adem kwam in wolkjes haar mond uit. Ze bleef even staan en bewoog haar in panty gestoken voet in haar donkergrijze UGG. De kou kwam door haar schoenen heen en ze voelde vocht optrekken nu ze in de sneeuw stond. Blijkbaar waren haar favoriete winterlaarzen totaal ongeschikt voor in de sneeuw. Ze had dikke sokken aan moeten trekken, maar dat was ze vergeten toen ze zich na haar werk snel had omgekleed en meteen weer was vertrokken om haar vlucht te halen.

Ze keek links en rechts, maar nergens was een taxi te bekennen. Met een zucht trok ze het geprinte kaartje uit haar binnenzak. Het was maar een paar minuten lopen naar het chalet, had Karen haar gemaild toen ze het kaartje met de routebeschrijving stuurde. Annemieke voelde er weinig voor, maar zo te zien had ze geen keus. Een taxi bellen zou haar minstens zoveel tijd kosten en bovendien had ze het telefoonnummer van de taxicentrale niet. Ze kon Karen vragen het op te zoeken, maar ze vond het eigenlijk wel leuk om haar zo meteen te verrassen als ze voor de deur stond. Isa en Chantal waren gaan stappen, had Karen ge-sms't, maar zelf was ze thuisgebleven.

Annemieke bestudeerde het kaartje en begon daarna in de juiste richting te lopen. Ze was een halfuur vroeger dan gepland, omdat het vliegtuig lekker op tijd was geland en ze zowaar meteen haar bagage had gehad. Daardoor had ze nog net de trein van kwart over acht richting Wörgl kunnen halen en eenmaal daar had ze de mazzel gehad dat de trein naar Kirchberg in Tirol aan de andere kant van het perron op het punt van vertrekken stond. Jammer genoeg was het donker en had ze tijdens de treinreis niets van de omgeving kunnen zien. Ze hield van het Oostenrijkse berglandschap, van de besneeuwde heuvels en de majestueuze toppen. Als kind had ze met open mond uit het autoraam zitten kijken als ze door het land reden. Misschien was dat wel de reden dat ze zich hier zo fijn voelde. Het herinnerde haar aan vroeger, aan de vakanties met het hele gezin. Een gevoel van geborgenheid. Ergens voelde ze ook een steekje pijn als ze dacht aan haar zorgeloze jeugd. Die tijd zou nooit meer terugkomen. Drie jaar geleden waren kort na elkaar haar beide ouders overleden en broers of zussen had ze niet. Er was niemand om haar jeugdherinneringen mee te delen. Niemand die het gevoel begreep.

Ze schudde haar hoofd en stapte door. Dit was niet de tijd voor sentimentele gedachten. De vakantie moest in het teken staan van lol maken, ontspannen en tijd voor elkaar hebben. Ze begreep niet waarom ze dit niet jaren eerder hadden gedaan. Zij, Karen, Isa en Chantal kenden elkaar al zo lang en de paar keer dat ze een nachtje of een weekendje weg waren geweest, was het altijd heel goed gegaan. Toch was dit pas hun eerste vakantie samen in de ruim tien jaar dat ze nu een vriendinnengroep vormden.

Ze ontweek een bergje modderige sneeuw, die grijzig glansde in het licht van een lantaarnpaal. Haar koffer stokte even op wat ijs. Ze gaf een harde ruk. De wieltjes schoten los en ze liep verder.

Eigenlijk was het een wonder dat ze met z'n vieren op vakantie waren, bedacht ze met een glimlach. Of dat ze überhaupt vriendinnen waren. Ze waren zo verschillend. Van hun vieren leken zij en Karen nog het meest op elkaar. Een vrij en zorgeloos leven, goede baan, geen kinderen. Zelf had ze weliswaar een relatie, maar dat belette haar niet om volop van haar vrijheid te genieten. Gelukkig waren zij en Richard het erover eens dat het geen probleem was als een van de twee met vrienden op stap wilde. Of dat nou een avond of een week was. Ze wist dat Michel het nooit erg leuk had gevonden als Isa een avond weg was. Misschien was dat wel de reden dat ze nu pas met z'n vieren op vakantie gingen, de scheiding van Michel en Isa. Ze kon niet zeggen dat ze verbijsterd was toen ze het hoorde, maar ze had niet verwacht dat Isa en Michel toch nog relatief snel de knoop zouden doorhakken. Isa was niet goed in keuzes maken en Michel vond het meestal wel best, dus voor hetzelfde geld had het nog jaren kunnen duren. Ze vond het sneu voor Isa dat haar huwelijk het niet had gered, maar ze wist zeker dat ze uiteindelijk beter af was in haar eentje. Of in elk geval: zonder Michel. Ze had de combinatie altijd een beetje vreemd gevonden, maar dat had ze natuurlijk niet tegen Isa gezegd. Ze schudde haar hoofd bij het idee. Isa had jarenlang geen onvertogen woord over Michel willen horen, laat staan dat ze zelf iets negatiefs had gezegd. Maar sinds de scheiding kon hij niets meer goed doen. Isa ging maar door over wat hij allemaal had gedaan en gezegd wat niet deugde, hoe hij probeerde haar het leven zuur te maken, hoe hij Lieke volgens haar verpestte... Annemieke had besloten zich er maar niet te veel mee te bemoeien. Voor je het wist, zei je precies het verkeerde en Isa was niet iemand die makkelijk kon vergeven, laat staan vergeten.

Ze glimlachte toen ze aan Karen dacht. Ze had echt wel haar best gedaan om Isa te steunen bij haar scheiding en ze was er heus in geslaagd, maar Annemieke wist dat ze diep vanbinnen niet begreep waarom iemand überhaupt zou willen trouwen, en dat ze een scheiding als een soort bevrijding zag. Annemieke vroeg zich weleens af waar Karens hang naar vrijheid vandaan kwam. Ze had vaak genoeg geprobeerd er met haar vriendin over te praten, maar eigenlijk wist ze het nog steeds niet. Misschien zat het gewoon in haar karakter.

Ze stond nu in de hoofdstraat en keek om zich heen. Volgens het kaartje moest ze hier ergens rechts en dan links en dan kwam ze bij het chalet. Aan de overkant van de weg zag ze een straatnaambordje, schaars verlicht door een lantaarnpaal. Ze liep erheen en vergeleek de naam met die op het kaartje. Het was een heel andere straat. Kaartlezen was nooit haar sterkste eigenschap geweest.

Vanuit de straat naderde een vrouw met een hond, diep weggedoken in de kraag van haar jas en met een warme bontmuts op haar hoofd.

'*Entschuldigung*', zei Annemieke. Ze hoorde zelf haar hopeloze Nederlandse accent. '*Können Sie mich hilfen, bitte?*'

Het was grammaticaal vast niet helemaal goed, maar de vrouw begreep haar prima en pakte het geprinte kaartje aan dat Annemieke haar toestak. Ze wees aan waar ze moest zijn en de vrouw begon te knikken. '*Aha, natürlich. Da gehen Sie...*' Ze begon uit te leggen en te wijzen en Annemieke deed haar best het te begrijpen, maar de Oostenrijkse tongval van de vrouw maakte dat nog niet zo eenvoudig. Ze begreep zoveel als twee keer links en dan ergens rechts.

Met een glimlach bedankte ze de vrouw en ze zette koers in de juiste richting. Zowaar bereikte ze in één keer de goede straat. Tevreden keek ze naar het straatnaambordje. Ze verheugde zich erop Karens gezicht te zien als ze zo de deur opendeed.

Annemieke liep de straat in en bleef bij het eerste chalet staan om het huisnummer te bekijken. Nummer 2, ze moest bij 12 zijn. Ze trok haar koffer achter zich aan en zette de pas erin. Haar oren deden inmiddels pijn van de kou en haar handen waren ondanks de handschoenen gevoelloos aan het worden. Zondag had Isa al ge-sms't dat het huisje een heerlijke open haard had en ze verlangde ernaar zich te warmen aan het vuur.

Ze telde de huizen. Nummer zes, acht, tien. De volgende moest het zijn. Het was donker en ze kon niet meer dan de contouren onderscheiden. Ze duwde tegen het hekje, dat openzwaaide. Het zat niet op slot. Toen ze naar de voordeur liep, sprong de buitenlamp aan. Het licht weerkaatste in de sneeuw aan weerszijden van het pad.

Het eerste wat ze zag, was de rode vlek in de witte sneeuw. Ze voelde hoe haar nekharen overeind gingen staan. Een huivering kroop uiterst traag over haar rug. Ze durfde het rode spoor bijna niet te volgen, alsof ze wist dat wat ze zou aantreffen haar leven voorgoed zou veranderen. Langzaam verplaatste ze haar blik. Diep vanuit haar keel kwam een ijselijke schreeuw.

Rechercheur Günter Wolfsberg trok zijn dikke jack dichter om zich heen en probeerde nog dieper weg te kruipen in de kraag. Het was extreem koud vannacht en hij had nog zo gehoopt er niet op uit te hoeven. Maar toen de melding binnenkwam, had hij meteen geweten dat hij een groot deel van de nacht buiten zou doorbrengen. Hij keek op de digitale klok van zijn mobiele telefoon. Iets voor twaalven. De technische jongens zouden niet stoppen voor ze elk hoekje van de tuin en het chalet hadden uitgekamd. Het zou nog uren duren voor ze klaar waren en al die tijd zou Günter stand-by blijven. Dit waren de bepalende uren, de uren waarin de meeste aanwijzingen werden gevonden. Dat baseerde hij niet alleen op eigen ervaring, de literatuur van het recherchewerk wees dat ook uit.

Hij tastte in zijn binnenzak en haalde zijn sigaretten tevoorschijn. Voorlopig kon hij niet veel doen. Straks zou hij wel even naar het bureau gaan en met die vriendin praten, maar vooralsnog was die veel te veel van slag om iets te kunnen uitbrengen. Günter nam een stevige trek van zijn sigaret en voelde de nicotine door zijn aderen gaan.

Volgens zijn collega Elzo was dat onzin en kon je nicotine helemaal niet voelen, maar Günter was ervan overtuigd dat het gevoel van rust dat over hem kwam als hij een sigaret opstak, daardoor werd veroorzaakt. Elzo zei dat dat allemaal psychisch was. Het was de eeuwige discussie. Was je geestelijk of lichamelijk verslaafd aan roken? Het was geen vraagstuk waar Günter zich vaak mee bezighield. Elzo wel, maar hij had elke dag zijn vrouw op zijn dak dat hij moest stoppen met roken. Het was niet goed voor de kinderen. Op zulke momenten was Günter blij met zijn leven. Geen gezin, niet eens een vrouw om zich druk over te maken. Niemand hield het lang uit met een politieman. Althans, niet met een politieman die er een gewoonte van maakte hele nachten door te werken omdat hij nou eenmaal moeilijk kon slapen als een zaak door zijn hoofd maalde.

Of misschien was het juist het gebrek aan een gezin dat maakte dat hij 's nachts doorging. Hij wist het niet, en het kon hem ook eigenlijk niet schelen. Wat telde was dat deze zaak zou worden opgelost.

Hij nam nog een stevige trek van zijn sigaret en zoog de rook diep in zijn longen. Even wachtte hij, toen liet hij de rook pas ontsnappen. Het was nu bijna twee uur geleden dat de melding binnen was gekomen. Een vrouw had gebeld, helemaal overstuur. Hij had het meldkamergesprek natuurlijk nog niet gehoord, maar volgens de centralist was er in het begin geen touw aan vast te knopen geweest. Ze had in het Nederlands geprobeerd ergens melding van te maken. In haar grote paniek was ze vergeten Duits te praten. De centralist had geprobeerd haar in het Duits vragen te stellen, maar de vrouw was over haar woorden gestruikeld en uiteindelijk hadden ze het gesprek in het Engels gevoerd, omdat die taal haar beter bleek te liggen. Niet voor het eerst was Günter blij dat hij Nederlands sprak. Op sommige momenten was hij van mening dat hij met Johanna vijftien jaar van zijn leven had weggegooid, maar dankzij haar Nederlandse achtergrond had hij er in elk geval een extra taal aan overgehouden. Wat in het hoogseizoen, zoals nu, geen overbodige luxe was.

Achter hem stopte een auto. Drie agenten stapten uit met extra lampen. Omzichtig liepen ze richting de voordeur, om geen sporen te wissen. Al waren de voetsporen op het pad en daarbuiten allang in kaart gebracht door de technische jongens, die hun onderzoek nu naar de paar vierkante meter hadden verplaatst waar het delict had plaatsgevonden. Er krioelde negen, tien man door elkaar, maar iedereen had een eigen taak en wist precies wat hij deed.

De extra lampen werden geïnstalleerd en de plaats delict baadde in een fel wit licht. Günter bleef op een afstandje staan om zijn collega's niet in de weg te lopen. Verderop in de straat hoorde hij stemmen. Het mocht dan laat zijn, een misdrijf ging over het algemeen als een lopend vuurtje door het dorp en bracht altijd het nodige publiek op de been. Vandaar dat het afzetten van de straat een van de eerste handelingen was die de opgeroepen surveillancedienst voor z'n rekening had genomen.

Hij nam de laatste trek van zijn sigaret en drukte de peuk uit met zijn voet. Daarna raapte hij hem op, voordat het stompje per abuis als bewijsmateriaal zou worden meegenomen.

Günter richtte zijn blik op de plaats delict. Het lichaam lag nog op de grond, precies zoals het was gevonden. Hij zag de roze stof van de badjas en het rode bloed dat uitvloeide in de sneeuw. Binnen een paar uur zou het lijk weggehaald worden en overgebracht naar het forensisch laboratorium. Toch verwachtte Günter geen verbijsterende conclusies vanuit het lab. De schedel was ingeslagen met een hard, scherp voorwerp. De baksteen die naar alle waarschijnlijkheid als moordwapen had gediend, lag er gewoon naast. Alsof de moordenaar te lui was geweest het op te ruimen. Of misschien was het een teken van arrogantie. Günter wist al dat de baksteen weinig aanwijzingen zou opleveren. Vingerafdrukken waren er bijna niet af te halen, als de dader de steen al met blote handen had vastgehouden. Ongetwijfeld zou de herkomst van de steen achterhaald kunnen worden, maar hij betwijfelde of hij met die wetenschap veel zou opschieten. Verderop werd een chalet compleet verbouwd. Het zou hem niet verbazen als de steen afkomstig zou blijken te zijn van die bouwplaats, die openbaar toegankelijk was.

Wat wel zeker was, was dat de dader het wapen met nogal wat kracht tegen het hoofd van zijn slachtoffer had geslingerd. Het getuigde van veel spierkracht of veel woede. Of een combinatie van die twee. Günter had de plek gezien waar de steen de schedel had geraakt. Van het bot was weinig over. Het slachtoffer had waarschijnlijk nauwelijks tijd gehad om zich te verdedigen en was na de slag meteen neergegaan. Ze lag in een onnatuurlijke houding. Haar benen in een bijna haakse hoek ten opzichte van haar lichaam, haar rechterarm langs haar hoofd. Haar linkerarm lag ongemakkelijk achter haar lichaam, alsof ze had geprobeerd haar val ermee te breken waarna ze was doorgerold zonder haar arm mee te nemen. Haar badjas was een beetje opengeschoven en toonde een slank, atletisch lichaam. Het gezicht ging schuil onder een laagje crème, vast zo'n maskertje dat vrouwen af en toe nodig vonden. Blijkbaar was het slachtoffer niet van plan geweest het chalet te verlaten en had ze ook geen bezoek verwacht.

Het lijk lag in een plas bloed die groot te noemen was, maar niet ongebruikelijk bij dit soort trauma. De ambulancedienst was er nog bij geweest, maar die hadden ter plekke alleen maar kunnen vaststellen dat het slachtoffer was overleden. Günter was blij dat die gasten het lichaam tegenwoordig dan lieten liggen, omdat ze volgens de nieuwe afspraken geen lijken meer hoefden te vervoeren. Vroeger was daar nog weleens discussie over geweest, toen de ambulance dode slachtoffers mee moest nemen, terwijl de recherche liever wilde dat het lichaam op de plaats delict bleef. Tegenwoordig was het niet meer aan de orde. Als het geen twijfel meer leed dat het slachtoffer dood was, bleef het lichaam gewoon liggen tot het onderzoek op de plaats delict was afgerond en het slachtoffer naar het laboratorium kon worden overgebracht. En in dit geval leed het geen twijfel dat het slachtoffer niet meer leefde. De rigor mortis begon al in te treden. Günter schatte in dat het slachtoffer kort na het toedienen van het trauma moest zijn overleden. Ze was om kwart voor tien gevonden, meer dan twee uur geleden, en toen was ze al dood geweest. De vraag was hoeveel tijd er tussen de moord en het ontdekken van het lijk had gezeten. Hij maakte een rekensom in zijn hoofd. Lijkstijfheid kwam meestal opzetten na twee uur, al kon het zeker in een koude omgeving ook langer duren. Twee uur geleden was ze gevonden en toen was ze al overleden. Omdat de rigor mortis nu pas begon in te treden, gokte hij dat ze niet meer dan drie of drieënhalf uur dood was. Maar dat zou de patholoog beter kunnen inschatten.

Günter kon zich ook niet voorstellen dat het slachtoffer daar al uren had gelegen. Het licht in de hal had gebrand, de deur had opengestaan. Een oplettende wandelaar had haar al kunnen zien. Ondanks het feit dat dit een rustige straat was, kwam er ook laat op de avond heus weleens iemand voorbij.

Hij ging na wat hij tot nu toe over het slachtoffer te weten was gekomen. Ze was een Nederlandse vrouw van vierendertig jaar, die met haar twee vriendinnen een weekje op skivakantie in Kirchberg was. Of eigenlijk: drie vriendinnen. Nummer drie was vanavond aangekomen en had haar gevonden, in de plas bloed. Zij en haar twee vriendinnen zaten momenteel op het politiebureau om een beetje op adem te komen. Günter wilde hen zo snel mogelijk horen, als het even kon vannacht al. Van slapen zou voor het drietal toch niet al te veel komen, vermoedde hij.

Diverse scenario's gingen al door zijn hoofd, geen van alle concreet, geen van alle gebaseerd op feiten. Maar hij herinnerde zich een zaak van zeker tien jaar geleden, waarbij een op het oog totaal smetteloze Duitse vrouw – op brute wijze vermoord in haar vakantiewoning – een drugsverleden bleek te hebben waar je u tegen zei. Of die studente in Kitzbühel, zo'n vijf jaar terug, die door haar eigen vriend om het leven was gebracht omdat hij haar had zien praten met haar ex, en daar zo zijn eigen conclusies uit had getrokken. Günter had nog medelijden met die jongen gehad, die haar zogenaamd na een avondje uit had gevonden en zelf de politie had gebeld. Hoewel hij ervoor waakte gevoelsmatig bij een zaak betrokken te raken, had hij zich toen behoorlijk genaaid gevoeld. Hij had uren met die knul doorgebracht, glaasjes water voor hem gehaald en tissues om zijn tranen te drogen. Misschien was genaaid niet het goede woord. Hij was vooral verbijsterd geweest over het toneelspel. Een wijze les had hij uit die zaak wel getrokken. Niets, maar dan ook niets, hoefde te zijn wat het leek. Die wetenschap maakte zijn werk niet makkelijker, maar ook in de zaak die hem nu te wachten stond, zou hij die les geen moment uit het oog verliezen.

6

‘IK KAN HET GEWOON NIET... IK KAN NIET...’ ANNEMIEKE had het gevoel dat haar keel werd dichtgesnoerd. Alsof iemand er een touw omheen had gelegd en dat steeds strakker aantrok. Ze legde haar vingers tegen haar hals, maar het verdween niet. Ze staarde naar de klok aan de muur. De wijzers stonden op kwart over twee, maar tijd zei haar niks meer.

‘Ik weet het.’ Isa nam een slokje water uit een doorzichtig plastic bekertje. Het trilde in haar hand. Ze schudde haar hoofd. Ze beet op de rand van haar bekertje. Het plastic kraakte en brak. Ze merkte niet eens dat er water op de tafel drupte.

Chantal zei niets. Ze staarde voor zich uit met een onbestemde blik in haar ogen. Normaal was ze een open boek, maar Annemieke wist niet wat er nu voor gedachten door haar hoofd gingen, al zouden die waarschijnlijk niet veel verschillen van die van haar. Het verschil was wel dat Chantal Karen niet had gezien.

Annemieke wilde dat dat voor haar ook gold. Ze durfde haar ogen bijna niet te sluiten, want dan kwamen de beelden keihard terug. Ze dacht niet dat ze ooit nog zou kunnen slapen. Niet zonder de hele film opnieuw te beleven, zonder terug te zien wat ze vanavond had gezien en wat alles overtrof.

Ze herinnerde zich niet eens precies hoe het allemaal was gegaan. Alsof haar brein haar ervoor wilde behoeden dat ze alles tot in detail opnieuw kon beleven. Maar het gevoel was er nog steeds, alsof het ingebeiteld zat en niet meer weg wilde gaan. Het besef van waar ze naar keek, de schreeuw die uit haar omhoog kwam en waarvan ze zich niet eens meteen realiseerde dat ze zelf degene was die het geluid voortbracht. Ze herinnerde zich dat ze haar telefoon tot drie, vier keer toe in de sneeuw had laten vallen, omdat haar trillende handen hem niet konden vasthouden. Daarna had ze moeite gehad zich het alarmnummer te herinneren. Het voelde alsof ze de cijfers uiteindelijk in slow motion had ingetoetst. Ze had nooit eerder 112 gebeld, realiseerde ze zich. Toen ze iemand aan de lijn had gekregen, was ze over haar woorden gestruikeld. Ze had niet eens echt door gehad dat ze in het Nederlands had gepraat. Ze herinnerde zich het suizen van haar oren en hoe troebel haar blik was geweest. Uiteindelijk was ze in het Engels aangesproken, een taal die ze veel beter beheerste dan het Duits, en had ze kunnen uitleggen wat er aan de hand was.

Ze voelde zich vreemd. Doodmoe en tegelijkertijd klaarwakker. De angst om haar ogen dicht te doen was enorm. Het enige wat ze zag was bloed. Donkerrood in de witte sneeuw. En Karen. Doods. Annemieke wist nu pas wat dat woord betekende. In eerste instantie leek het lichaam niet eens op Karen. Twee keer had ze moeten kijken. En dan nog had ze haar vriendin nauwelijks herkend. Het lichaam dat ze had gezien kon Karen niet zijn. Ze kon het simpelweg niet rijmen met haar mooie, levenslustige vriendin.

Toch wist ze dat het zo was. Ze had het gezicht gezien. De open ogen. De starende blik. Het gat aan de zijkant van het hoofd. De steen.

Ze schudde ferm haar hoofd en duwde met een woest gebaar haar stoel naar achteren.

'Ik ga Richard bellen.'

Ze had hem nog niet eens gesproken. De afgelopen uren was ze geleefd. Ze had agenten gesproken, mensen wiens werk het was haar op te vangen en te begeleiden en op wiens ongetwijfeld geruststellend bedoelde woorden ze helemaal niet zat te wachten. Het was bijna ongelooflijk dat Richard nog van niks wist. Het laatste wat ze hem per sms had gemeld was dat ze een goede reis had gehad en dat ze bijna in Kirchberg was. Ze benijdde hem. Wist zij maar van niks. Het leek een eeuwigheid geleden dat ze dat berichtje had gestuurd. Toen was haar leven nog normaal geweest. Toen had ze uitgekeken naar een leuke vakantie. Zorgeloos. En nu...

Ze wilde Richard spreken, horen dat het allemaal goed zou komen, hoewel ze zelf wist dat dat niet zo was. Het zou niet goed komen. Niks zou meer goed komen. Ze liep naar de deur. 'Ik ga Richard bellen', herhaalde ze.

Chantal keek op, een beetje paniekerig. 'Rob weet ook nog van niks. Ik moet het hem nog vertellen. En Karens ouders...'

'Dat regelt de politie', zei Annemieke. 'Dat zei die ene agent daarstraks, die ons naar dat kamertje bracht. Ze gaan dat via de politie in Nederland doen.' Ze schudde haar hoofd. 'Die arme mensen...' Ze had Karens ouders weleens ontmoet, maar goed kende ze hen niet. Ze wist van Karen dat het in haar jeugd niet echt rozengeur en maneschijn was geweest en dat een groot deel van Karens wantrouwen tegen mannen terug te voeren was op die jeugd, maar toch had ze altijd wel het idee gehad dat er veel liefde was tussen Karen en haar ouders. Annemieke kon zich niet eens voorstellen wat voor klap deze mensen straks zouden krijgen.

Ze liep de gang op en leunde met haar rug tegen de muur. Ze wreef met haar koude handen over haar verhitte hoofd. Richard zou zich rot schrikken als ze hem nu belde, maar ze pakte haar mobiele telefoon en drukte op de sneltoets met zijn nummer. Het duurde lang voor hij opnam. Ze telde het aantal keren dat de telefoon overging en was bang dat ze de voicemail zou krijgen, maar op het laatste moment klonk zijn slaperige stem.

'Hallo?'

'Ries...' Annemieke wilde iets zeggen, maar haar keel werd weer dichtgeknepen nu ze zijn vertrouwde stem hoorde. Ze knipperde en er liepen tranen over haar wangen.

Richard was blijkbaar in één klap wakker. Hij klonk alert en een beetje bezorgd. 'Schat? Wat is er?'

'Er is iets verschrikkelijks gebeurd.' Annemieke vertelde hem wat zich die avond had voltrokken. Richard onderbrak haar een paar keer, omdat hij dacht dat hij het niet goed begreep.

'Mijn god', zei hij met een zucht toen ze uiteindelijk haar verhaal had gedaan. 'Wil je dat ik naar je toe kom?'

Annemieke haalde zwakjes haar schouders op. 'Ik weet het allemaal niet. Ik wil naar huis, maar ik weet niet hoelang we hier moeten blijven.'

'Ik kan morgen een vlucht boeken.'

Annemieke sloot even haar ogen. 'Ik weet het gewoon nog niet', herhaalde ze.

Aan de andere kant van de lijn hoorde ze Richard uitblazen. 'Jeetje, ik kan het gewoon niet geloven. Wie doet nou zoiets?'

'Wisten we dat maar. De politie is nu bezig met een onderzoek, maar...' Ze kon niet verder praten. Uiteindelijk zei ze. 'Ik kan me niet voorstellen dat iemand Karen iets wil aandoen. Ze heeft toch geen vijanden.' Het was een vraag en een bevestiging tegelijk.

Richard zei niets. Annemieke zag iemand aankomen vanaf de andere kant van de gang. 'Ik moet ophangen', zei ze. 'We zijn nog bij de politie. Ik bel je zodra ik kan.'

Ze verbrak de verbinding en zag de agent een kamer in gaan. Even overwoog ze naar hem toe te lopen, ze moest weten of er al nieuws was. Maar als de politie iets zou weten, zouden ze vast wel naar hen komen. Ze opende de deur en ging de kamer weer binnen. Ze knipperde tegen de felwitte tl-verlichting. Isa zat nog steeds op haar plek aan tafel, Chantal ijsbeerde door de kamer.

Annemieke hoorde haar voetstappen weerkaatsen tegen de muren van de holle ruimte. Haar vriendinnen zeiden niks. Even was het stil. Toen stelde ze de vraag die maar door haar hoofd bleef razen en waarop haar vriendinnen het antwoord natuurlijk ook niet wisten.

'Wie wil Karen nou iets aandoen?'

Isa deed haar mond open, maar sloot die weer zonder iets te zeggen. Ze schudde haar hoofd en staarde naar haar handen, die ze voor zich op tafel had gevouwen. Annemieke veegde woest tranen weg.

Met een ruk keek Chantal op. Toen ze begon te praten, klonk haar stem schor en rauw. 'Denk je dat hij dit heeft gedaan?'

Annemieke wilde vragen wat ze bedoelde, maar hield haar mond toen ze Chantals blik zag. Die was strak op Isa gericht en naast pijn was er ook woede in te lezen. Isa richtte haar eigen blik op het tafelblad. Haar gezicht had een harde trek, ze trok heel even met haar schouders. 'Hij is hier. Ik heb hem zelf gezien.'

'Maar denk je dat hij het heeft gedaan?'

'Denk je dat hij mij zocht?' was haar wedervraag.

'Over wie hebben jullie het?' vroeg Annemieke ademloos.

Chantal draaide haar gezicht naar haar toe. 'Michel', zei ze zacht, bijna onhoorbaar.

Annemieke dacht eerst dat ze het niet goed had verstaan. 'Michel? Hoe bedoel...' Ze keek naar Isa. 'Jouw Michel?'

Haar vriendin knikte. Ze zei niks. Annemieke had zo veel vragen dat ze niks kon uitbrengen. De woorden stokten in haar keel en ze keek met open mond heen en weer tussen haar vriendinnen. 'Maar...'

'Michel heeft haar bedreigd', beantwoordde Chantal de vragen die Annemieke niet uitsprak. 'Met telefoontjes en sms'jes. Vanmiddag heeft ze hem in Kirchberg gezien en nu...' Haar zin eindigde in een hulpeloos schouderophalen.

'Bedreigd?' Annemieke keek Isa ongelovig aan. 'Wat heeft hij gezegd dan?'

Isa haalde haar telefoon uit haar tas en overhandigde die. 'Lees zelf maar.'

Annemieke opende de berichten en las de laatste sms'jes. Er liep een ijskoude rilling over haar rug. Haar hart hamerde en ze hijgde een beetje toen ze weer opkeek. 'Heb je dit tegen de politie gezegd?'

'Zodra er iemand komt, ga ik dat doen', zei Isa. 'Er is een rechercheur onderweg, zeiden ze net.'

'Wacht even.' Annemiekes gedachten vlogen door elkaar heen. Ze stak haar hand op alsof ze ze daarmee tot staan kon brengen. 'En je zegt dat je Michel vanmiddag hebt gezien?'

Isa knikte. 'We gingen weg uit een après-skibar en toen zag ik hem bij de skibus.'

'Jij ook?' Annemieke keek Chantal aan.

Die schudde haar hoofd. 'Karen en ik liepen een stukje vóór Isa. Toen we omkeken, was Michel al verdwenen.'

'Maar terwijl Michel allerlei bedreigende berichten heeft gestuurd en je hem ook nog eens hier, duizend kilometer van huis, hebt gezien, zijn jullie vanavond gewoon gaan stappen alsof er niets aan de hand was?' Haar stem schoot omhoog aan het eind van de zin. Er ging van alles door haar heen. Ongeloof, verontwaardiging, angst.

Chantal ademde zwaar uit. 'Karen stond erop. We wilden thuis blijven, maar ze dacht dat een avondje uit Isa goed zou doen. Als we hadden geweten...' Ze schudde haar hoofd.

'Je had naar de politie moeten gaan!'

'Hou op!' Isa keek met een ruk op. 'Denk je niet dat dat al de hele tijd door mijn hoofd gaat?'

‘Waarom heb je het dan niet gedaan?’ Annemieke besefte dat ze schreeuwde, maar ze had zichzelf niet in de hand. ‘Als iemand je zulke berichten stuurt, moet je op z’n minst aangifte doen!’

‘Ik was bang.’ Isa snoof. ‘Ik dacht dat een aangifte het alleen maar erger zou maken. Ik wilde rust, voor mezelf en voor Lieke. En ik dacht dat als ik er geen aandacht aan zou besteden, Michel vanzelf zou stoppen.’

‘Hij is helemaal naar je vakantiebestemming gekomen!’ Annemieke kon niet geloven dat haar vriendin niet linea recta naar de politie was gerend.

‘Ik wilde aangifte doen als ik terug was in Nederland’, zei Isa. ‘Ik dacht dat de Oostenrijkse politie er niets mee zou doen. En dat ik alleen maar in de problemen zou komen als Michel er vervolgens achter kwam dat ik aangifte had gedaan.’

Chantal viel haar bij. ‘Het leek ons alle drie beter als ze zou wachten tot ze weer thuis was. Ik denk niet dat de politie hier meteen in actie zou zijn gekomen. En dit kon niemand weten, natuurlijk. We weten het ook nog niet zeker.’

Annemieke beet op haar onderlip. ‘Ik kan me gewoon niet voorstellen dat iemand Karen iets aan zou willen doen.’

‘Als het Michel was, denk ik niet dat hij voor Karen kwam.’ Isa wreef met haar handen over haar voorhoofd. ‘Dan was hij op zoek naar mij.’

Annemieke keek van de een naar de ander. ‘En als het hem niet was?’

Haar vraag bleef hangen toen de deur van de kamer werd geopend en een man naar binnen stapte. Hij had zwart haar dat aan de randen wat lichter werd en droeg een blauw overhemd met het logo van de politie erop. 'Günter Wolfsberg', stelde hij zich voor. 'Rechercheur.'

Tot Annemiekes verbazing sprak hij Nederlands, al was het met een zwaar Duits accent. 'Contacten in Nederland', verklaarde hij toen hij haar blik zag. Ze knikte.

'Laten we maar even gaan zitten', stelde Günter voor. Hij nam aan de donkere tafel plaats en wachtte tot Annemieke hetzelfde had gedaan. Daarna keek hij haar en de twee anderen aan.

'Weet u al meer?'

'We zijn op dit moment nog bezig met het onderzoek naar de dood van jullie vriendin. Haar lichaam zal worden overgebracht naar het laboratorium voor forensisch onderzoek. Dat kan nu elk moment gebeuren.'

Laboratorium, forensisch onderzoek, de woorden maakten Annemieke duizelig. Ze keek hulpzoekend naar haar vriendinnen, maar zij hadden hun blik op Günter gericht. Even kneep ze haar ogen dicht. Kon het nog zo zijn dat dit niks anders dan een heel foute droom was?

Maar de beelden op haar netvlies waren levensecht, net als de kale ruimte waarin ze zaten en de rechercheur die op zachte toon vertelde dat het onderzoek tot nu toe nog niks had opgeleverd dat rechtstreeks naar de dader leidde, maar dat ze natuurlijk nog veel uit te zoeken hadden.

'Morgen willen we graag met jullie praten', zei hij. 'Het is nu veel te laat. Jullie kunnen nu niks meer doen, het lijkt me het beste als jullie proberen nog wat te slapen.'

Annemieke keek hem aan. 'Maar betekent dat dat u nu niets gaat doen? Dan geef je de dader alle kans om weg te komen!' Ze herinnerde zich iets wat ze ooit in een documentaire had gehoord. 'Ik dacht dat de eerste vierentwintig uur van het grootste belang waren.'

'Om geen sporen verloren te laten gaan', knikte de rechercheur kalm. 'Daarom zijn mijn collega's meteen een technisch onderzoek gestart. En natuurlijk begint ook de recherche nu met een onderzoek waarvoor we jullie zullen willen spreken, maar het heeft geen zin dat nu, in het holst van de nacht, te doen. Bovendien kan ik me voorstellen dat zo'n gesprek nu het laatste is waarop je zit te wachten. Morgenochtend is vroeg genoeg.'

'Maar nu loopt de dader nog gewoon vrij rond!' riep Annemieke op hoge toon. 'U wilt toch niet zeggen dat er geen klopjacht op hem wordt gemaakt?'

'We kunnen pas een klopjacht houden als we weten wie we zoeken. Natuurlijk zijn we bezig met onderzoek en natuurlijk houden we alles scherp in de gaten, maar we hebben op dit moment nog geen idee in welke richting we moeten zoeken. Dat gaan we de komende uren en dagen onderzoeken en daar hebben we jullie natuurlijk bij nodig.'

'Maar...' begon Annemieke, maar Chantal onderbrak haar.

'U moet Michel zoeken', zei ze op gejaagde toon. 'Hij heeft hier iets mee te maken, dat kan niet anders.'

'Wie is Michel?'

'Haar ex.' Chantal keek vluchtig naar Isa. 'Hij heeft haar bedreigd en hij is hier in Kirchberg. En nu is Karen... Dat is geen toeval.'

Günter haalde een opschrijfboekje uit zijn borstzak. 'Wat is zijn achternaam?'

'Van den Berg', zei Chantal. Ze keek naar Isa. 'Je moet die berichtjes laten zien.'

Isa pakte haar telefoon uit haar tas en schoof die over de tafel naar de rechercheur. Annemieke keek strak naar zijn gezicht toen hij de sms'jes las. Hij vertrok geen spier. Toen hij de telefoon op tafel teruglegde, keek hij Isa aan.

'Wanneer zijn die berichten verstuurd?'

'In de afgelopen zes of zeven weken', zei ze schor. 'De laatste gisteren nog.'

'Ik wil je telefoon hier houden', zei de rechercheur zakelijk. 'Je krijgt hem morgen terug.'

'Gaat u Michel oppakken?' vroeg Chantal. 'Zijn dreigementen zijn duidelijk!'

'We gaan dit zeker onderzoeken.'

'Hij is hier ook!' riep Chantal op hoge toon. 'Isa heeft hem vanmiddag in Kirchberg gezien.'

'We trekken hem na', zei Günter. 'Ik wil graag dat jullie hier morgenochtend weer terugkomen, dan willen we met ieder van jullie uitgebreid praten. Om negen uur.'

Nu pas realiseerde Annemieke zich dat ze niet in het chalet konden blijven. 'Waar moeten we heen?'

'Er is een hotel aan de overkant van de straat', zei Günter. 'Mijn collega heeft kamers voor jullie geregeld. De nachtportier van het hotel weet ervan.' Hij keek naar Annemieke. 'Je koffer staat hier op het bureau.'

'En onze spullen?' Isa keek op. 'Kunnen we dingen ophalen in het chalet?'

Günter schudde zijn hoofd. 'Op dit moment niet, mijn collega's zijn nog met hun onderzoek bezig. Op z'n vroegst morgenochtend wordt het chalet vrijgegeven.'

'We regelen wel wat', zei Annemieke. 'Ik heb toiletspullen en kleren. We hebben zo'n beetje dezelfde maat.' Het hielp om met praktische dingen bezig te zijn, haar gedachten heel even op iets anders te richten. Alsof ze meer houvast had.

Na Günter verlieten ze de kamer. Annemieke liep achter haar vriendinnen aan naar de uitgang van het politiebureau. Ze pakte haar bagage. De koffer kwam haar vreemd voor. Nog maar een paar uur geleden had ze hem de trein uit gesleept, rekenend op gezellige dagen en hopend op mooi weer. Alsof ze zich ooit nog druk zou maken om het weer.

7

GÜNTER TIKTE MET ZIJN PEN TEGEN HET SCHRIJFBLOK waar hij krabbelige aantekeningen op had gemaakt. Zijn handschrift was voor iedereen behalve hemzelf onleesbaar. Hij had nog niet veel bruikbaars opgeschreven, bedacht hij. Zijn bevindingen op de plaats delict waren beperkt en van het onderzoek waren nog geen resultaten bekend.

Hij wierp een blik op de klok aan de muur van zijn kantoor. Het was iets voor halfzeven in de ochtend en hij twijfelde tussen twee uurtjes slapen of een dubbele espresso. Slapen klonk aantrekkelijk, maar hij verwachtte de eerste bevindingen van de technische recherche elk moment en hij wilde die doornemen voor hij aan de verhoren begon. Dan maar een dubbele espresso; hij zou Bernd wel vragen er een extra sterke van te maken. Hij greep zijn leren jasje van zijn stoel en liep naar buiten.

De geur van koffie en versgebakken broodjes sloeg hem tegemoet toen hij de deur van het koffietentje openduwde. Ondanks het vroege tijdstip waren er al klanten in de zaak. Bernd ging altijd voor zessen open. Hij sliep al jaren niet langer dan vijf uur per nacht en nadat hij van alles had geprobeerd om van zijn slapeloosheid af te komen, had hij zich er maar bij neergelegd en besloten van de nood een deugd te maken. Nu wist heel slechtslapend Kirchberg hem te vinden.

Günter stak zijn hand op naar zijn vriend achter de toonbank. Die zwaaide terug en draaide zich meteen om naar het grote koffieapparaat om Günters vaste bestelling te maken. Terwijl hij op zijn favoriete plek bij het raam plaatsnam, bedacht hij dat hij bij Bernd nog nooit iets anders had besteld dan een dubbele espresso, en 's ochtends een croissant of een koffiebroodje, afhankelijk van wat Bernd die dag op voorraad had.

Het was een van de dingen geweest die Johanna ongelooflijk irritant aan hem had gevonden. Althans, dat bleek tegen de tijd dat ze bij hem wegging en ze in één keer leegliep over wat er allemaal niet aan hem deugde. Günter zelf beschouwde zijn drang om in vaste patronen te denken juist als een goede eigenschap. Hij had gemerkt dat misdadigers dat ook vaak deden en het hielp hem om zaken op te lossen. Al was hij blij dat hij genoeg jongens in zijn team had die nog nooit van een patroon hadden gehoord, omdat daarmee voorkomen werd dat het hele team aan chronische tunnelvisie zou gaan lijden.

Zijn gedachten gleden naar Karen van Heusden, zoals hun slachtoffer bleek te heten. Een volkomen normale toeriste op een volkomen normale skivakantie, dat leek het plaatje te zijn. Dat dat plaatje niet klopte, mocht duidelijk zijn.

Günter kende het chalet dat de vriendinnen hadden gehuurd. Hij was er weleens binnen geweest en herinnerde zich de standaard Oostenrijkse inrichting. Er zat geen geld, er was weinig tot niets te halen. Een vluchtige check op Karen van Heusden had uitgewezen dat een overvalmotief niet erg waarschijnlijk was. Of ze moest op haar vakantie een vermogen met zich mee slepen, waarvan in elk geval via de officiële kanalen niets bekend was. Daar zou nog wel een check op worden gedaan, maar Günter achtte de kans nihil. Zelfs als ze een hele berg contanten in haar koffer had zitten, dan nog was het uiterst merkwaardig dat ze hier in Oostenrijk werd overvallen. Tenzij iemand hier wist dat ze geld bij zich had, omdat ze er een bepaald doel mee had. Maar op een skivakantie met vriendinnen was dat niet meteen waar je aan dacht. Het was niet het meest logische verhaal. Aan de andere kant, de waarheid was zeker niet altijd voor de hand liggend.

Bernd zette de koffie en een croissant voor hem neer. 'Nachtwerk?' informeerde hij, zoals altijd als Günter voor zevenen zijn opwachting maakte.

Hij knikte. 'Een hoop commotie vannacht.'

'Iets ergs?'

'Een moord.'

'O.' Bernd was het gewend niet verder te vragen. Het grootste deel van Günters werk viel onder zijn geheimhoudingsplicht.

'Ja. Je hoort er nog wel over.'

Bernd verdween weer en Günter nam een slok van zijn sterke koffie. Hij voelde zich meteen helderder. Zijn gedachten kwamen steeds meer op gang. Straks wilde hij die drie vriendinnen spreken, apart van elkaar. Eens kijken of ze hetzelfde vertelden over hun vriendin. Hij had al begrepen dat Karen single was geweest, dus relatieproblemen als motief kon hij vooralsnog uitsluiten. Althans, niet bij haar eigen relatie. Er was wel de ex van die ene vriendin, Michel van den Berg, die in Kirchberg was gesignaleerd. Hij had de gegevens doorgestuurd naar de Nederlandse politie. Eerst maar eens kijken of hij niet gewoon thuis was, voor ze hem hier zouden gaan opsporen.

Hij had de berichten die gestuurd waren vannacht gelezen. Ze kwamen bedreigend over, maar hadden ondanks de dreigende toon ook iets knulligs. Op basis van deze sms'jes zou hij niet meteen zeggen dat Michel van den Berg veel ervaring had met criminele activiteiten, maar dat hoefde niets te betekenen. Zijn strafblad was ook zo wit als sneeuw, had hij al gezien. Toch zou hij niet de eerste keurige vent zijn die achteraf een tikkende tijdbom bleek te zijn. Blijkbaar zat er wel iets niet helemaal goed, gezien de sms'jes. Hij had het nummer al laten natrekken. Het was van een prepaid telefoontje dat onlangs in Nederland was gekocht. Niet dat hij anders had verwacht. Weinig mensen stuurden dreig-sms'jes met een telefoon die gewoon open en bloot op hun naam stond. Al leek Michel verder weinig moeite te doen om de afzender van de berichten te verbergen.

Günter dronk zijn koffie op en kauwde de laatste hap van zijn croissant weg. Bernd zette een nieuwe espresso voor hem neer. Günter knikte hem dankbaar toe. Hij haalde zijn telefoon uit zijn borstzak en scrolde door zijn nieuwe mails. Nog geen melding van de technische recherche dat het rapport er was, maar wel een mailtje uit Nederland. Een rechercheur uit Haarlem liet weten dat ze bij Michel van den Berg langs zouden gaan om te verifiëren of hij echt thuis was, wat hij aan de telefoon tegenover diezelfde rechercheur had beweerd. Günter rolde met zijn ogen. Als die knuppel zijn tijd zou gebruiken om het daadwerkelijk te doen en er niet over te mailen, zouden ze er misschien nog iets aan hebben.

Hij legde zijn telefoon aan de kant en zette de zaak even uit zijn hoofd toen hij de ochtendkrant pakte. Gelukkig lag de deadline rond negen uur 's avonds en was de zaak nog niet opgepikt. Straks zou ongetwijfeld die vervelende journalist zijn opwachting maken. Het was zaak zich tegen die tijd in het bureau te verschansen en niet meer tevoorschijn te komen.

Hij liet zijn ogen langs de krantenkoppen gaan. Er gebeurde niet veel in Kirchberg, ook al zaten ze midden in het hoogseizoen. Een paar skiongelukken en gisteren had de skibus een lekke band gehad. Bovendien was er brand geweest in een pension omdat iemand in slaap was gevallen met een brandende sigaret. Klein nieuws, waarmee de plaatselijke krant over het algemeen werd gevuld. Hij bladerde erdoorheen en gooide hem daarna dubbelgevouwen op het tafeltje. Het was tijd om aan de slag te gaan.

'Heb je een beetje geslapen?' Günter keek naar de vrouw tegenover hem, die er ronduit belabberd uitzag. Zijn vraag was eigenlijk overbodig.

'Nee.'

'Dat begrijp ik.'

'Weet u al wat? Is Michel al opgepakt?'

Günter schudde zijn hoofd. 'De Nederlandse politie is met hem bezig. Er wordt gecheckt of hij inderdaad in Oostenrijk is geweest.'

Chantal keek hem ongelovig aan. 'Waarom gaat dat zo langzaam? Als hij thuis is, moet hij worden opgepakt. Dat betekent dat hij gisteren in allerijl teruggereden is naar Nederland. Dat doe je niet als je niks te verbergen hebt. En als hij er niet is, lijkt het me helemaal duidelijk.'

'We moeten uitzoeken wat er werkelijk aan de hand is', hield Günter zich op de vlakte.

'Isa heeft hem gezien. Als je het mij vraagt, is hij de enige verdachte.'

Günter keek even naar Elzo, die wat aantekeningen maakte. Zelf schreef de rechercheur ook dingen op. Elzo sprak inmiddels ook een klein beetje Nederlands, maar hij kon zeker niet alles volgen.

'Wat was Karen voor iemand?' vroeg Günter aan Chantal, haar opmerking over Michel van den Berg negerend.

'Een schat', zei Chantal meteen. Ze frunnikte met haar vingers aan het koordje van haar shirt.

Günter wachtte af. Hij was het gewend dat familieleden en vrienden van een slachtoffer nooit meteen diens tekortkomingen op tafel gooiden. Over de doden niets dan goeds. Maar iemands zachtaardige, door en door goede aard was zelden reden voor een moord.

'Beschrijf eens hoe haar leven eruitzag.'

Chantal trok met haar vinger een onzichtbare lijn over de tafel terwijl ze nadacht over het antwoord op die vraag. 'Ze was gelukkig', zei ze uiteindelijk. 'Althans, dat denk ik. Ze maakte die indruk. Ze had een mooi appartement in Haarlem, aan het Spaarne.' Ze keek op. 'O, dat zegt u natuurlijk niks. Op een mooie plek, in elk geval. Een duur appartement, stijlvol ingericht. Ze hield van mooie spullen, zeker in huis. Als ik bij haar kwam, voelde ik me soms zo...' Ze fronste even, alsof ze verbaasd over het gevoel dat ze wilde beschrijven. 'Zo degelijk, zeg maar. Ik houd van gezellig, zij van design.'

Günter knikte even. Er viel een stilte, Günter zei niks.

'We waren eigenlijk best verschillend', ging Chantal ongemakkelijk door. 'Ik vond het heerlijk om een relatie te krijgen, te trouwen en te settelen. Karen moest daar niet aan denken. Maar we begrepen elkaar wel. Althans, we respecteerden elkaars mening.'

'Heeft ze weleens een relatie gehad?' Günter wist nu al dat hij deze informatie vandaag nog twee keer te horen zou krijgen, want hij zou Annemieke en Isa dezelfde vragen stellen.

Chantal knikte. 'Twee keer. Maar een vaste relatie was niks voor haar. Dat vond ze benauwend, volgens mij. Ze hield meer van die los-vaste contacten.'

'Los-vaste contacten?' vroeg Günter met gefronste wenkbrauwen.

'Ja. U weet wel. Casual seks.' Uit haar mond klonk het als iets vies. Chantal haalde adem en ging toen door. 'Ze had genoeg mannen die haar ongelooflijk spannend vonden en die kwamen zo nu en dan bij haar langs. Meestal maar een paar keer, dan had ze het wel weer gezien.'

'Getrouwde mannen?'

Chantal verstrakte even. Daarna haalde ze haar schouders op. 'Ook. Ze liet zich er niet zo over uit. Althans, niet tegenover mij.'

'Waarom niet?'

Een lichte aarzeling. 'Omdat ze wist hoe ik erover dacht. Ze moest het zelf weten, maar het was niet mijn manier van leven.'

'U keurde het af, zeg maar.'

'Nou ja...' Ze aarzelde. 'Karen had geen schuldgevoel als ze het met een getrouwde man deed. Dat vond ze zijn probleem. Daar had ik weleens moeite mee. Maar ja, zij was niet getrouwd, zei ze dan. Dat was haar moraal. Iedereen wist hoe ze over het huwelijk dacht. Dat vond ze overschatte onzin. Ze geloofde sowieso niet in monogamie.'

'Wat voor mannen waren dat?'

'Geen idee, ik ken ze niet. Ze gaf nooit namen en ik vroeg er niet naar.'

'Enige kans dat meneer Van den Berg...'

Chantal keek op. 'Michel? Natuurlijk niet. Ze had haar grenzen.'

'Meneer Van den Berg was niet langer de man van haar vriendin.'

'Dat bedoel ik niet, ze vond het niet haar verantwoordelijkheid of een man getrouwd was. Maar Michel was haar type niet. Hij is het type degelijke huisvader, ook al blijkt hij nu een heel andere kant te hebben. Karen hield niet van degelijke huisvaders. Althans, voor zover ik weet.' Ze keek op en leek zich ineens te realiseren wat Günter eigenlijk vroeg. 'Denkt u dat hij voor haar kwam en niet voor Isa?'

'Wij denken nog niks', antwoordde Günter kalm. 'We proberen een beeld te krijgen en houden alle mogelijkheden open.'

'Het is echt onzin', zei Chantal stellig. 'Karen zou echt niet op Michel vallen.'

Günter besloot van onderwerp te veranderen. 'Wat deed je op de avond van de moord?'

Chantal keek hem met enige verbazing aan, alsof ze zich afvroeg of dit een strikvraag was. Onbewogen keek hij terug.

'Ik was met Isa in de Eisbar', antwoordde ze toen. 'Karen had hoofdpijn en wilde niet mee.'

'Zijn jullie de hele avond daar gebleven?'

'Ja, tot Annemieke belde.' Ze dacht even na. 'Dat moet rond kwart over tien zijn geweest, denk ik.'

Günter knikte half. 'Hoe laat gingen jullie van huis?'

'Halfacht ongeveer. We zijn met de taxi gegaan, omdat Isa Michel 's middags had gezien en bang was om te gaan lopen.'

'Zijn jullie de hele avond bij elkaar gebleven?' Günter stelde de vraag luchtig, maar monsterde de vrouw tegenover hem scherp. Ze leek verwonderd te zijn over zijn vragen, maar niet nerveus.

Chantal schudde haar hoofd. 'Nee, Isa kwam de leraar tegen van wie ze de eerste dag les heeft gehad en ik heb een tijdje gedanst met wat mensen van mijn skigroepje. Toen ik vervolgens Isa zocht, zag ik haar met die leraar op de dansvloer.'

'Had ze het naar haar zin?'

Chantal haalde haar schouders op. 'Volgens mij wel. Het was goed om weer eens te gaan stappen, zeker na al dat gedoe met Michel. Isa was wel gespannen, ze keek de hele tijd om zich heen of hij niet ineens zou opduiken.'

'En?' vroeg Günter, toen ze niet verderging.

'En wat?'

'Was hij er?'

'Nee, gelukkig niet.' Chantal keek een beetje verbaasd. 'Dat lijkt me van hem uit gezien ook niet echt handig: eerst een moord plegen en dan doodleuk de *Eisbar* binnenwandelen.'

Als je op zoek was naar een alibi, was dat juist handig, bedacht Günter. Hij krabbelde die gedachte op zijn notitieblok. Hij moest uitzoeken of die Van den Berg zich in de Eisbar of in een van de andere uitgaansgelegenheden had laten zien.

Hij keek op. 'Verwachtte Karen iemand?'

'Annemieke, maar die zou eigenlijk pas later komen.'

'Niet een van haar los-vaste contacten?' Günter sprak het woord uit alsof het tussen aanhalingstekens geschreven stond.

'Voor zover ik weet niet. Dat lijkt me ook nogal wat, dat iemand helemaal uit Nederland naar haar toe zou zijn gekomen.'

'Ze kan in Kirchberg iemand hebben opgedaan. De après-ski maakt mensen nog weleens wat losser. Zeker mannen die uit zijn op een avontuurtje.'

Chantal aarzelde. 'Ik heb dat niet gemerkt.' Ze dacht na. Günter wachtte kalm af tot ze weer begon te praten. 'Het zou kunnen', zei ze uiteindelijk. 'Ze had eerst nergens last van en toen ineens had ze hoofdpijn en wilde ze niet meer mee. Maar ze stond erop dat wij wel gingen.'

'Heb je haar met iemand zien praten?'

Chantal maakte een handgebaar. 'Ze praatte met zoveel mensen. Maar niet met iemand in het bijzonder, volgens mij. Hoewel...' Ze haalde kort haar schouders op. 'Ik heb er ook niet op gelet. Ik was met de mensen van mijn skiklas en Karen was aan de andere kant van de bar.'

'Zou het iets voor haar zijn om zomaar met een man af te spreken voor dezelfde avond?'

Chantal liet een kort lachje horen. 'Wat denkt u zelf? Natuurlijk zou ze dat doen. Ze deed dat zo vaak. Maar ze zou er niet geheimzinnig over hebben gedaan. Ik denk dat ze gewoon tegen ons zou hebben gezegd dat ze het chalet voor zichzelf wilde, omdat ze met een man had afgesproken. Smoesjes verzinnen was niet echt Karens stijl.'

'Misschien was ze bang dat jullie het zouden afkeuren?'

Chantal lachte kort en zonder vreugde. 'Daar was ze niet bang voor, want dat kon haar niet schelen. Karen deed wat ze zelf wilde.'

'Wat denk jij?' Günter keek Elzo aan.

Die klikte zijn pen aan en weer uit. 'Ze heeft op het eerste gezicht geen mensen die haar iets aan zouden willen doen, en tegelijkertijd een hoop. Een jaloerse echtgenote?'

'Waarom zou die naar Oostenrijk afreizen?'

'Een nieuw contact dat ze hier heeft opgedaan? Met die après-ski gaat het snel.'

'Volgens haar vriendin is dat bijna niet mogelijk. Ze waren de hele tijd met z'n drieën.'

'Het zou haar ontgaan kunnen zijn. De meeste getrouwde vrouwen hebben geen radar voor geflirt, al loopt er een poedelnaakte man met een bordje om zijn nek voorbij.'

Günter keek hem met een schuin oog aan. 'Ervaring?'

'Ik ben zelf getrouwd', hielp Elzo hem herinneren.

Günter maakte een aantekening op zijn blok. De mogelijkheid van een uit de hand gelopen vakantieflirt kon hij nog niet afschrijven. Aan de andere kant had Chantal misschien wel gelijk dat het onwaarschijnlijk was dat dat geheel aan de vriendinnen voorbij zou zijn gegaan.

Hij pakte een geprint vel dat net uit de fax was gerold. Het was afkomstig van de Nederlandse politie. Ze hadden Michel van den Berg om halfvijf die ochtend thuis hadden aangetroffen en hij ontkende die nacht in Oostenrijk te zijn geweest. Günter maakte een rekensom. Isa en Chantal waren om halfacht vertrokken. Het was niet waarschijnlijk dat de moord toen al was gepleegd; gezien de staat van het lichaam gokte hij op minstens een uur later. Maar stel dat hij ervan uitging dat het toch om iets na halfacht was gebeurd en dat Michel meteen daarna in de auto was gestapt. Dan nog was het onwaarschijnlijk dat hij zo hard had gereden dat hij om halfvijf 's ochtends in Haarlem was. Je kon zeker 's nachts lekker doorrijden op de Duitse Autobahn, maar in negen uur uit en thuis was bijna onwaarschijnlijk snel. Bovendien had hij een alibi, al was het er niet eentje van het meest betrouwbare soort. Een blonde vrouw die in zijn bed had gelegen had verklaard dat Michel de avond ervoor allesbehalve van huis was geweest. Günter wreef even over zijn voorhoofd. Familieleden, partners, vrienden en minnaressen bleken vaak genoeg bereid de waarheid een beetje te verdraaien om iemand uit de wind te houden. Maar hij was geneigd het verhaal te geloven.

'En die dreigberichten dan?' vroeg Elzo, toen Günter opmerkte dat hij zijn twijfels had bij de man die door de vriendinnen meteen als verdachte werd aangewezen.

'Daar hebben ze hem naar gevraagd.' Günter las het stukje erover in de fax. 'Hij heeft gezegd dat zijn ex zich de laatste tijd allerlei rare dingen in haar hoofd haalt en dat hij eigenlijk niet echt verbaasd is te horen dat ze nu weer dit heeft verzonnen. Hij noemt haar zelfs paranoia en geeft aan dat hij zich soms zelfs zorgen maakt over de veiligheid van zijn dochter. Ook zegt hij dat hij heeft geprobeerd hier met Isa over te praten, maar dat ze niet open staat voor wat voor gesprek dan ook. Hij ontkent ten stelligste de berichten te hebben gestuurd en hij ontkent ook dat zijn ex-vrouw het hierover met hem heeft gehad. Natuurlijk is zijn telefoon meegenomen voor onderzoek.' Günter keek Elzo aan. 'Niet dat ik daar veel van verwacht, want die berichten zijn niet vanaf zijn eigen nummer verstuurd.'

'Zie je een verband tussen die sms'jes en de moord?' vroeg Elzo. 'Stel dat de berichten helemaal niet van Michel afkomstig zijn, maar van iemand anders.'

Günter leunde achterover in zijn stoel en vouwde zijn handen achter zijn hoofd. 'Die berichten waren niet voor Karen bedoeld.'

'Dreigend zijn ze wel.'

'Isa is toch niet vermoord?'

'Misschien had hij de verkeerde voor zich.' Elzo tikte met zijn pen op tafel. 'En kwam hij daar pas achter toen het al te laat was?'

'Dan moet hij staar hebben gehad.'

'Ze droeg een badjas en had een maskertje op haar gezicht. Misschien kon hij het niet goed zien en realiseerde hij zich te laat dat het iemand anders was.'

Günter trok een wenkbrauw op. 'Hij wist toch dat ze daar met z'n drieën zaten? Kans van twee op drie dat er iemand anders open zou doen. En als hij wist dat twee van de drie niet thuis waren, is het helemaal onwaarschijnlijk dat hij de dader is. Dan had hij met zijn eigen ogen kunnen zien dat degene die hij zocht met haar vriendin stond te feesten in de Eisbar.'

Elzo legde zijn pen voor zich op zijn lege schrijfblok. 'Denk je dat die Van den Berg er überhaupt iets mee te maken heeft?'

Günter liet die vraag vooralsnog onbeantwoord. Hij had nog twee gesprekken te gaan en hoopte zich daarna een beter beeld te kunnen vormen.

'En Annemieke?' veranderde hij van onderwerp. 'Ze komt eerder dan gepland aan, weet dat de andere twee weg zijn en heeft alle gelegenheid.'

Elzo knikte langzaam. 'Maar heeft ze een motief?'

'Nee', moest Günter toegeven. 'Niet dat ik weet.'

'Wie hebben we zo?'

'Eerst Isa en dan Annemieke.'

Er klonk een korte klop op de deur, die meteen daarna open vloog. 'Binnen', mompelde Günter een beetje cynisch.

'Het onderzoeksrapport van de technische recherche', zei de afdelingssecretaresse, terwijl ze een map voor hem op tafel legde. 'Net binnengekomen. Ik dacht dat je het wel meteen zou willen hebben.'

Günter knikte. Hij keek op de klok. Tien uur. Hij had het eerder verwacht. 'Dank je.'

De secretaresse verdween en knalde de deur hard achter zich dicht, een irritante eigenschap die Günter haar al jaren probeerde af te leren. Hij rolde zijn ogen naar Elzo en sloeg de map open.

Het rapport begon met een uitgebreide omschrijving van de plaats delict. Günter las weinig nieuws, hij had de plek met eigen ogen aanschouwd en er waren niet veel belangrijke details. Zoals hij al had verwacht was het moordwapen afkomstig van een nabijgelegen bouwplaats, die voor iedereen openbaar toegankelijk was en waar door de vorst al tijden niet meer werd gewerkt. Mogelijk had de dader eerder rondgekeken en die bouwplaats gezien, of was hij erlangs gelopen om ter plekke te beslissen dat dat maar eens het moordwapen moest worden.

'Een baksteen is niet de makkelijkste manier', merkte Elzo op, die over zijn schouder meelas. 'Een stuk hout of een knuppel is veel zekerder.'

'Onze dader heeft een vaste hand.'

'Hij heeft er in elk geval geen moeite mee gehad', zei Elzo, die naar de foto's keek die in het dossier zaten. Het lichaam werd nog onderzocht in het forensisch laboratorium, maar hij hoefde die resultaten niet af te wachten om te zien dat de baksteen de schedel één keer en met volle kracht had geraakt.

Günter bladerde het rapport een stukje door. Er zaten nog meer foto's in en een beschrijving van het chalet, maar het leek allemaal weinig op te leveren.

Hij keek op naar Elzo. 'Zijn de telefoongegevens er al?'

'Ik ga even kijken. Laten we daarna verder gaan met vriendin nummer twee.'

Günter knikte en stond op. Hij volgde zijn collega de gang op en bleef staan bij de koffieautomaat terwijl Elzo naar zijn computer liep. Günter drukte op de knop om een bekertje espresso te tappen en dacht verlangend aan de koffie van Bernd. Wat er uit de automaat kwam was niks anders dan water met koffiesmaak.

Elzo kwam terug lopen. 'Nog niks', zei hij. 'Ze hebben beloofd het binnen een uur te sturen.'

'Dan zien we het zo wel. Wil jij iets?' Günter gebaarde naar de automaat. Tot zijn afgrijzen tapte zijn collega een bekertje cappuccino.

'Ik krijg tegenwoordig maagpijn van koffie zonder melk', verklaarde hij enigszins beschaamd toen hij Günters afkeurende blik zag.

Achter elkaar liepen ze de verhoorruimte in. Günter nam de vrouw die aan de tafel zat te wachten in ogenschouw. Ze had haar handen in elkaar gevouwen en was duidelijk nerveus. Er stond een bekertje water onaangeroerd voor haar op tafel. Ze was dun, mager zelfs. Haar gezicht was spits en een beetje ingevallen en Günter vroeg zich af of dat altijd zo was of dat de zorgen van de laatste tijd zich aftekenden.

'Hoe gaat het?' informeerde hij.

Ze keek op, verward, alsof ze geen antwoord op die vraag wist. Günter knikte haar geruststellend toe. 'We zijn druk bezig met het onderzoek', zei hij, hoewel ze geen vraag had gesteld.

'En Michel?'

Günter gaf haar een update. Haar enige reactie was een kort knikje met haar hoofd. Te laat realiseerde hij zich dat de blondine voor haar niet slechts het alibi van de verdachte was.

Hij legde haar telefoon op tafel. 'Deze kunt u weer meenemen. We hebben de berichten nagetrokken, ze zijn met een prepaid telefoon gestuurd. Het is lastig om dat soort telefoons na te trekken. De berichten zijn in elk geval binnengekomen via een Oostenrijks netwerk, maar daarmee vertel ik u niks nieuws. We zijn nog aan het onderzoeken of ze ook via een Oostenrijks netwerk zijn verstuurd, zodat we kunnen vaststellen of uw man inderdaad in Oostenrijk is geweest.'

'Ik heb hem gezien.'

'We zijn op zoek naar meer getuigen die hem hier hebben gezien.'

'Ik ben toch getuige?' Ze keek op met een felle blik in haar ogen. 'Is dat niet genoeg?'

'Het is niet erg sterk', zei Günter eerlijk. 'Een of twee mensen erbij zou helpen. Maar maakt u zich daar niet druk om. Als we een foto van hem verspreiden, zijn er vast mensen die hem herkennen. Hij is bijna twee meter, nietwaar? Zo iemand zie je niet over het hoofd.'

Isa knikte en gaf geen reactie. Günter pakte een mapje uit het dossier dat hij van de technische recherche had gekregen en schoof het over de tafel naar haar toe. 'Het spijt me dat ik dit moet doen, maar het is belangrijk dat u naar deze foto's kijkt. Ik moet u waarschuwen, ze zijn schokkend.'

Hij zag dat haar hand een beetje trilde toen ze een paar slokken water nam en het mapje pakte. Günter monsterde haar scherp. Er gleed afgrijzen over haar gezicht toen ze naar de foto's van de plaats delict keek. Ze maakte een geluid dat het midden hield tussen een snik en een kreet. Daarna duwde ze de foto's van zich af. 'Ik kan hier niet naar kijken!'

Günter pakte het mapje. 'Het spijt me, maar het is toch heel belangrijk dat u dat wel doet. U moet mij vertellen of u iets opvalt. Elk detail kan belangrijk zijn.'

Haar hand trilde heviger toen Isa na enig aarzelen opnieuw de map pakte. Ze beet zo hard op haar onderlip dat die een beetje begon te bloeden. Günter wachtte af.

Toen Isa begon te praten was haar stem schor. Ze tikte op de foto, op de plek waar het lichaam lag. 'Die roze badjas... Die is van mij.'

Daarna begon ze te huilen. Günter stond op en vulde haar bekertje opnieuw met water. Hij zette het voor haar neer. Langzaam begon ze te kalmeren. Toen ze opkeek, zag Günter angst in haar ogen. 'Hij kwam voor mij. Hij dacht dat ik dat was, met mijn badjas aan.'

Günter liet niks merken. Het was een mogelijkheid die hij niet kon uitsluiten, maar zo stellig als Isa wilde hij de conclusie niet trekken. Karen van Heusden was ongeveer 1.80 geweest, een lange, slanke vrouw. Isa Vertongen was hooguit 1.70, en niet slank maar ronduit mager. Als het, zoals zij beweerde, haar ex-man was die voor de deur had gestaan, had hij wel een heel domme fout gemaakt. Ze waren jaren getrouwd geweest. Hij zou toch op z'n minst haar gestalte herkend hebben? Bovendien, als hij het chalet die avond in de gaten had gehouden, had hij geweten dat Isa helemaal niet thuis was. Nogal dom om dan aan te bellen en te denken dat iemand met een heel ander lichaam in weliswaar een herkenbare badjas toch degene was die hij zocht, ook al had hij die persoon nog geen uur eerder opzichtig de deur uit kunnen zien lopen. Günter wilde best geloven in het concept van een oerstomme moordenaar, maar oerstomme moordenaars lieten sporen na. En dat kon je van deze moordenaar niet zeggen. Dat betekende dat hij niet dom, maar geraffineerd en goed voorbereid was. In elk geval genoeg om het juiste slachtoffer neer te slaan.

Maar dat zei hij niet tegen Isa. Hij pakte de foto's weg en schakelde over op zijn standaard vragenlijstje. Isa gaf vrijwel dezelfde antwoorden als Chantal. Ze gebruikte zelfs het woord los-vaste contacten, exact dezelfde formuleringen. Günter vroeg zich af of ze het er onderling weleens over hadden gehad.

'Chantal en ik?' vroeg Isa met enige verbazing toen hij die vraag hardop uitsprak. Ze schokschouderde licht. 'Nee, niet echt. Zolang we Karen kenden was ze al zo. We waren eraan gewend. We moesten er altijd wel een beetje om lachen.'

Günter keek peinzend. 'Maar jullie zijn allebei getrouwd. Dachten jullie nooit: best vervelend voor de vrouwen van al die los-vaste mannen met wie ze het bed deelt?'

'Eerst wel, maar nu dacht ik...' Ze hield abrupt haar mond en keek snel weg. Günter schoof iets naar voren op zijn stoel. Wat in haar blik beschreven lag, ontging hem niet. Ze leek geschrokken.

'Wat dacht je?'

'Niks. Hoezo?' Ze speelde toneel, dat was duidelijk.

Günter keek haar strak aan. 'Als er iets is, moet ik dat weten. In deze fase van het onderzoek is alles belangrijk.'

Ze ontweek zijn blik en staarde naar een punt vlak voor hem op de tafel. Ze leek te weifelen.

'Alles komt uit', zei Günter. Hij hield zijn stem neutraal, maar hij wist dat de boodschap die eraan ten grondslag lag, Isa niet ontging. 'Alles komt altijd uit.'

Even leek ze in tweestrijd te staan, toen ging ze overstag. 'Karen heeft me iets verteld', zei ze zacht, bijna fluisterend. 'Maar nu ze dood is... Ik weet niet of ik het wel moet zeggen. Het is...' Ze slikte. 'Het is persoonlijk en niet relevant.'

'We weten nu niet wat wel en niet relevant is', zei Günter. Hij had zijn strenge toon verruild voor een begrijpende. 'Het is echt heel belangrijk dat we alles te weten komen wat er in de laatste dagen is gebeurd. Wat nu niet belangrijk lijkt, kan straks het ontbrekende puzzelstukje blijken te zijn.'

Isa keek hem aan, duidelijk nog aarzelend. 'Maar ik wil niet dat er een verkeerd beeld van Karen ontstaat. Ze was een van mijn leukste en liefste vriendinnen en...' Haar onderlip trilde een beetje en ze beet erop.

Günter zei niks en wachtte tot ze ging praten. Lang duurde dat niet. Isa haalde diep adem, vermande zich en keek hem en Elzo aan. 'Maandagavond zaten we wat te praten, Karen en ik. Chantal was al naar bed gegaan. We waren allebei een beetje aangeschoten en Karen was loslippig en vertelde me...' Ze schraapte haar keel, blijkbaar om tijd te winnen en over haar laatste restje twijfel heen te stappen. 'Ze vertelde me dat ze al een tijdje een verhouding heeft. Met Rob.'

Günter kneep zijn ogen samen. 'Wie is Rob?'

'De man van Chantal.'

Günter blikte naar Elzo, die meeschreef. Dit hoefde hij niet te vertalen. Hij leunde een stukje achterover. 'En Chantal wist daar niet van, neem ik aan.'

Isa verschoof even. 'Nee.'

Günter merkte de lichte aarzeling feilloos op. 'Dat denk je of dat weet je zeker?'

Isa likte nerveus aan haar bovenlip. 'Karen heeft het haar natuurlijk niet verteld en ik ook niet, maar toen Karen het aan mij vertelde...' Ze wrong haar handen. 'Achteraf realiseerde ik me dat het een gehorig huisje is. En Karen praatte nogal hard omdat ze aangeschoten was. Wij allebei trouwens.' Ze keek op. 'Pas de volgende dag realiseerde ik me dat er best een kans is dat Chantal het heeft gehoord. Als ze wakker was en uit haar slaapkamer is geweest.'

'Gedroeg ze zich de volgende dag anders?'

Isa dacht even na. 'Niet dat het mij is opgevallen. Maar ik heb er ook niet op gelet.'

Günter wisselde een blik met Elzo. Die knikte licht. Hij begreep meteen dat dit iets was om verder uit te zoeken.

'Vond Karen zelf niet dat ze dit niet kon maken?'

Isa lachte zonder vreugde. 'Nee, dat vond ze niet. Zo zat Karen niet in elkaar. En zij en Chantal...' Ze sloeg haar blik neer.

'Zij en Chantal wat?'

'Nou ja, we zijn met z'n vieren bevriend, maar als ik onderscheid zou moeten maken, zou ik zeggen dat Karen en Chantal het minst met elkaar hadden. Misschien dat Karen er ook daarom geen probleem mee had een affaire met Rob te beginnen. Ze heeft altijd een beetje afgegeven op Chantals voorstelling van haar huwelijk, dat volgens haar perfect is. Inmiddels weet ik wel dat achter haar voorstelling van zaken een hoop onzekerheid schuilgaat, maar Karen kon zich er af en toe wel aan ergeren.'

'De affaire als wraak?'

'Nee, dat bedoel ik niet. Maar Karen voelde zich er niet schuldig over, dat is zeker. Ze vond Chantals huwelijk...' Isa zocht naar het juiste woord. Uiteindelijk zei ze: 'Overschat.'

Günter leunde naar achteren. 'Hoelang was het al aan de gang tussen Karen en Rob?'

'Een maand of acht, geloof ik. Ze zei dat hij elke week naar haar toe kwam en dat ze dan seks hadden. Voor allebei was het vrijblijvend, volgens Karen.'

Günter haalde een hand door zijn korte haar. Hij probeerde de affaire te plaatsen in het licht van de nogal hechte vriendinnengroep die het viertal op het eerste gezicht leek. Allemaal schijn, was zijn conclusie. Zo hecht waren ze blijkbaar niet.

'Wat zou het met Chantal doen als ze het echt heeft gehoord?'

'Het zou haar hart breken', zei Isa meteen. 'Chantal gelooft met alles wat ze heeft in de liefde, en in haar huwelijk.'

'En Rob?'

'Die is stapelgek op haar. Maar het is wel...' Ze pauzeerde even, blijkbaar om haar woorden zorgvuldig te formuleren. 'Chantal heeft een doel en dat doel is een baby. Ik kan me voorstellen dat het voor een man weleens vermoeiend kan zijn als je vrouw alleen nog maar seks wil omdat er een zwangerschap uit voort kan komen. Ik weet het niet, maar als je het mij vraagt denk ik dat Rob op zoek is geweest naar wat vertier. Niet dat ik het wil goedpraten, maar Chantal...' Ze zweeg even. 'Chantal is nogal geobsedeerd door zwanger worden. Maar dan heeft ze het nog niet verdiend dat hij vreemdgaat. Dat vind ik van hem echt beneden alle peil.'

'Zou Chantal boos zijn als ze het zou horen?'

'Natuurlijk', zei Isa schamper. 'Gekwetst, woedend, alles tegelijk.'

'Woedend op Rob of woedend op Karen?'

'Op allebei, uiteraard. Ze zou zich vooral bedrogen voelen, zowel door haar man als door haar vriendin. Ik denk dat het einde vriendschap zou betekenen.' Ze schrok even. 'Ik bedoel natuurlijk, als Karen niet...' Ze beet op haar lip.

Günter knikte licht. Woedend, dat zou een logische reactie zijn. En als Chantal inderdaad had opgevangen wat er speelde tussen haar vriendin en haar man, zou die woede zich gemakkelijk gericht kunnen hebben tegen degene die zaagde aan het fundament van haar op het oog zo gelukkige huwelijk. Hij krabbelde iets op zijn notitieblok. Was het een motief?

Hij richtte zijn aandacht weer op Isa. 'Wat vind jij er eigenlijk van dat Karen het met Rob deed?'

'Ik?' Ze leek te schrikken van die vraag. Ze richtte haar blik op het grijze formica tafelblad en dacht lang na voor ze haar antwoord formuleerde. Uiteindelijk zei ze: 'We wisten allemaal hoe Karen in elkaar zat. Misschien had geen van ons verwacht dat ze dit zou doen, maar ze had een andere moraal als het op mannen aankwam.'

'Keurde je het goed?'

Langzaam schudde ze haar hoofd. 'Dat niet. De man van je vriendin versieren, dat doe je niet. Maar blijkbaar dacht Karen daar anders over.' Ze frunnikte aan haar plastic bekertje en slikte een paar keer. In haar ogen blonken tranen. 'Wat een puinzooi', zei ze kleintjes voor ze begon te snikken.

8

MET EEN LICHTE HUIVERING STAPTE ANNEMIEKE UIT DE taxi. Het kippenvel dat over haar rug kroop werd niet veroorzaakt door de koude buitenlucht, maar door de plek waar ze zich bevond. Ze hief haar gezicht en voelde haar maag samentrekken toen ze het chalet voor het eerst bij daglicht zag. Het zag er anders uit dan gisteren, vriendelijker, maar toch kwam meteen hetzelfde gevoel op. Ze slikte en proefde gal. Ze stopte haar handen in haar zakken om het trillen tegen te gaan, maar het hielp niet.

In gedachten zag ze zichzelf weer over de stoep lopen. Ze probeerde het gevoel terug te halen. Zorgeloos. Vakantiestemming. Ze wist niet of ze zich ooit nog zo zou voelen. Ze zag weer haar hand, die ze uitstrekte om het tuinhekje open te duwen. Hetzelfde hekje waar ze nu voor stond. Ze durfde het niet te openen.

Gisteravond had ze het zonder nadenken gedaan. Het was donker geweest. De buitenlamp was uit. Zo'n sensording dat aansprong als het beweging waarnam. Misschien moest ze dat nog tegen de politie zeggen. Hoelang duurde het voor zo'n lamp uitging? Een kwartier? Langer? Ze wist het niet. Het enige wat ze wist was dat de lamp was aangesprongen toen ze het tuinpad op gelopen was en dat daarna niks meer hetzelfde was.

Gek genoeg wist ze eerst niet eens waar ze naar keek. Of misschien wist ze het wel, maar de realiteit had niet meteen tot haar willen doordringen. Het had hooguit een paar seconden geduurd, maar in haar herinnering leek het alsof ze er uren had gestaan. Een dier, was er door haar heen geschoten. Er lag een beest. Bloedend. Maar het klopte niet. Het paste niet met wat ze zag. En toen was het besef ineens als een kanonschot binnengekomen en had ze de longen uit haar lijf gegild. Maar er kwam niemand, niemand hoorde haar. Haar instinct had haar ingegeven om weg te rennen, maar ze had aan de grond genageld gestaan. Haar hart spatte bijna uit haar ribbenkast. Ze wist dat ze iets moest doen, maar ze wist ook dat het te laat was. Nooit had ze zoiets gezien, en tegelijkertijd had ze nog nooit zo zeker geweten dat ze naar een lijk stond te kijken. Met bevende handen had ze haar telefoon gezocht, die ze natuurlijk niet kon vinden. Het enige waar ze haar blik op kon richten waren die ogen. Open ogen. Starende ogen, die niks zagen. En daarnaast het deel van de schedel dat er niet meer zat en dat het gezicht een bizar vervormde aanblik had gegeven. Als een misvormde pop, weggegooid in een hoek. Rood vocht in de kring rond het hoofd. Bloed, overal. Er was nu niks meer van te zien. De roodverkleurde sneeuw was verwijderd.

Uiteindelijk had ze haar telefoon gevonden en met moeite was het gelukt haar ademhaling onder controle te krijgen, zodat ze kon vertellen wat er was gebeurd. In een vreemde taal. Ze wist niet eens meer wat ze had gesproken. Duits? Engels? Het maakte ook niet uit. Binnen een paar minuten was de plek waar ze stond veranderd in een bizarre filmscène. Politieauto's met zwaailichten en sirenes stopten voor de deur. Iemand had haar weggeleid. Weg van dat verschrikkelijke beeld, dat ze nooit meer zou kwijtraken.

Annemieke knipperde met haar ogen. Ze realiseerde zich dat haar vriendinnen nog steeds achter haar stonden. Langzaam draaide ze zich om. Allebei hadden ze tranen in hun ogen. Zelf huilde ze niet. Het leek alsof ze dat niet meer kon. Alsof haar tranen ergens vannacht waren opgedroogd en plaats hadden gemaakt voor een pijn in haar hart die niet fysiek was en daarom des te erger. 'Laten we maar naar binnen gaan', zei ze met een stem die niet op die van haarzelf leek. 'Des te sneller zijn we hier weg.'

'Ik durf niet.' Isa's stem was hoog en angstig. 'Ik wil het huisje niet meer in.'

'We gaan met z'n drieën', zei Chantal.

'Gaan jullie maar zonder mij. Ik ga echt niet.'

'Doe normaal.' Chantal was duidelijk ook nerveus, maar probeerde dat te maskeren met een ferme houding. 'Als dit voor een van ons al erger is dan voor de anderen, dan is dat wel het geval voor Annemieke. Zij heeft Karen hier gevonden.'

Annemieke fronste. Zo kende ze Chantal niet, al was het voor Isa misschien goed dat ze zo werd toegesproken. Ze zette in elk geval met kleine stapjes koers richting de voordeur.

Annemieke keek naar haar twee vriendinnen. De hele situatie maakte dat ze zich allemaal anders gedroegen dan normaal. Toch was het belangrijk juist nu elkaar te steunen, ze hadden elkaar harder nodig dan ooit. Misschien nam Chantal het Isa kwalijk dat de situatie met Michel zo uit de hand was gelopen, al kon Isa er natuurlijk niks aan doen dat hij nu als de belangrijkste verdachte gold. En trouwens, was dat wel zo? Uit de verhalen van Isa en Chantal had ze opgemaakt dat de politie nog alle opties openhield. Over een uur moest ze op het bureau verschijnen. Hopelijk zou ze dan meer duidelijkheid krijgen over die andere opties, die ze zelf met de beste wil van de wereld niet kon bedenken. Ze kende Karen goed. Als ze eerlijk was, beter dan de andere twee. En ze wist zeker dat haar vriendin door niemand zo werd gehaat dat diegene haar zou willen vermoorden. Al helemaal niet op vakantie.

Ze wreef even in haar ogen. De hele nacht hadden haar gedachten in dit cirkeltje rondgedraaid. Geslapen had ze niet. Het bleef maar malen in haar hoofd. Had ze iets gemist? Een aanwijzing? Had Karen laten merken dat er iets speelde?

Overal was het antwoord nee, en tegelijkertijd wist ze dat dat niet kon. Want je werd niet vermoord als er niks aan de hand was. Zou Karen zelf hebben geweten dat ze gevaar liep? Annemieke vond het moeilijk voor te stellen dat dat niet zo was.

Aan de andere kant, als de moordenaar inderdaad op Isa uit was geweest, had Karen eigenlijk niets te vrezen gehad. Annemieke ademde diep in en uit. Zo bleef het maar doorgaan. Haar gedachten waren net balletjes in zo'n computerspel. Ze bounceten tegen de muur, stuiterden terug en veranderden elkaar van richting. Maar nergens vonden ze een uitweg.

Ze liet haar blik over de frêle gestalte bij het hek gaan. Karen was zo anders. Dat moest de moordenaar toch hebben gezien? Michel zou hen toch niet door elkaar halen? Tenzij het Michel niet was.

Een nieuwe gedachte schoot door haar heen, een nieuw balletje dat tegen de andere aan stuiterde. Als het nu eens allebei waar was? Dat het wel Michel was, en dat hij ook precies wist wie hij voor zich had? Ze had geen flauw idee wat Michels reden zou kunnen zijn om Karen te willen vermoorden, maar dat zei niets. Hoe goed hun vriendschap ook was, Karen was er ook een meester in geweest dingen niet vertellen.

Annemieke wist niet waarom, maar de gedachte bleef in haar hoofd steken. Niet dat ze er veel mee opschoot, want net als alle scenario's die ze al had bedacht, was ook deze eigenlijk compleet onwaarschijnlijk. Alles wat er was gebeurd was onwaarschijnlijk. En toch stond ze hier, voor een tuin waar een grote open plek en talloze voetstappen in de sneeuw verrieden wat zich hier had afgespeeld. Het was nog steeds bijna niet te geloven.

Voor de voordeur stonden ze alle drie stil. Annemieke legde haar hand op Isa's rug. 'Ik begrijp dat je het moeilijk vindt, Ies', zei ze zacht. 'Maar je moet toch je spullen ophalen. Het is in elk geval fijn dat je hier niet hoeft te blijven.'

'We gaan.' Kordaat stapte Chantal naar voren en legde haar hand op de deurklink. De deur was niet op slot. De politie had net haar onderzoek afgerond en als ze hun bagage hadden gehaald, zou de eigenaar het chalet schoonmaken en klaarmaken voor de volgende huurder. Annemieke rilde even. Als zij die huurder was, zocht ze wel iets anders.

Ze stapte het chalet binnen. Het rook er naar haardvuur en dennentakken en iets mufs dat ze niet kon thuisbrengen. Stof. Misschien hoorde het bij dit soort huisjes. Als kind had ze met haar ouders elk jaar een of twee weken in zo'n chalet doorgebracht. De aanblik van de grenen wandbetimmeringen en donkere plafondbalken bracht herinneringen terug die vanaf nu nooit meer dezelfde lading zouden hebben. Ineens wilde ze meer dan ooit haar moeder bellen. Iemand moest haar vertellen dat het goed kwam, al wist ze zelf niet wat precies.

'Gaat het?' Chantal pakte haar arm even vast.

Annemieke knikte kort. Haar blik gleed langzaam door de kamer. 'Raar dat we hier eigenlijk met z'n vieren zouden zitten.'

'Ik zie haar nog zitten op de bank.' Chantal veegde langs haar ogen. 'Het is alsof ze elk moment weer binnen kan komen. De afwas staat gewoon nog in de keuken.'

Annemieke draaide zich om. Op het aanrecht stonden twee pannen en wat borden. Daarnaast wijnglazen en een koffiebeker. Het zag er huiselijk uit, en tegelijkertijd detoneerde het beeld volledig. Ze haalde diep adem. 'Zullen we maar weer gaan?'

'Ik pak mijn spullen.'

Chantal liep de trap op, gevolgd door Isa. Annemieke stond nu alleen in de huiskamer. De geur van haardvuur was hier nog sterker. Het as in de open haard verried dat die onlangs nog had gebrand. Ze stelde zich Karen voor, zittend op de bank bij het vuur, een wijnglas in haar hand. Wat had ze gedaan? Een boek gelezen? Met haar telefoon gespeeld? Je kon Karen uittekenen met haar iPhone in haar hand. Ze keek om zich heen. Waar was dat ding eigenlijk?

Vast meegenomen door de politie. Ze moest die rechercheur er vanmiddag naar vragen.

Uit haar jaszak haalde ze haar eigen telefoon. Ze opende de sms'jes. De nieuwste waren van Richard, die probeerde haar vanuit Nederland bij te staan. Hij had net weer een berichtje gestuurd waarin hij vroeg of hij naar haar toe moest komen. Ze hield het af. Het liefst wilde ze hier zo snel mogelijk weg. Hopelijk konden ze vanavond of anders morgen een vlucht naar Amsterdam nemen. Er viel zoveel te regelen. Karens lichaam moest naar Nederland komen, er moest een begrafenis worden geregeld. Of een crematie. Ze wist niet eens wat haar vriendin had gewild. Nooit had ze het met haar over de dood gehad. Waarom ook? Allebei waren ze van plan minstens negentig te worden en dan samen in het bejaardenhuis te eindigen. Dat zei Karen altijd. En nu...

Nu welden er wel tranen op in haar ogen, maar Annemieke veegde ze weg met de mouw van haar jas. Ze concentreerde zich weer op haar telefoon. Snel stuurde ze Richard een berichtje terug en daarna opende ze de sms'jes van Karen. Korte berichtjes.

Ben je er al?
Ik kom eraan.
19.00 Stempels.

Gezellig.

Wijntje doen?

Tranen drupten op het schermpje. Nooit meer.

'Hé, gaat het?'

Annemieke draaide zich met een ruk om. Ze had helemaal niet gehoord dat Isa naar beneden was gekomen.

'Ik kan het gewoon niet geloven', zei ze zacht en met een verstikte stem. 'Onze lieve Karen... Wie doet nou zoiets?'

Isa sloeg haar blik neer. 'Als we dat wisten...'

Annemieke veegde haar tranen weg. 'Laten we gaan. Ik wil hier niet langer blijven. Waar is dat andere huis dat de eigenaar ons heeft gegeven?'

'Volgens mij een paar straten verderop. De taxichauffeur weet het.' Ze pakte haar koffer en liep voor Annemieke uit naar buiten. Zonder nog één keer om te kijken volgde die haar vriendin. Ze schakelde haar gedachten uit toen ze over het tuinpad liep. Ze zou het moment waarschijnlijk nog vaak genoeg moeten beleven. Straks bijvoorbeeld, tijdens het gesprek met de politie waar ze ineens huizenhoog tegenop zag. Ze moest proberen zich alles zo precies mogelijk te herinneren, maar op sommige punten leek haar herinnering vertroebeld. Hoelang had het geduurd voor ze het alarmnummer had gebeld? Ze wist het niet precies. Tien seconden? Een minuut? Haar besef van tijd was verdwenen.

'Dat begrijpen ze heus wel', zei Isa toen Annemieke die gedachte hardop uitsprak. 'Ze maken het je echt niet zo moeilijk. Wij zijn getuigen, geen verdachten.'

'Ik kreeg anders gisteren het idee dat iedereen verdacht is zolang er geen dader is gevonden.'

Isa stapte in en Annemieke volgde haar voorbeeld. Over het tuinpad kwam Chantal aanzetten. 'Ze moeten wel doen alsof ze alle opties openhouden', zei Isa. 'Maar natuurlijk weten zij ook allang wie de dader is.' Het kostte haar duidelijk moeite hierover te praten.

Annemieke kneep even in haar arm. 'Hé. Jij kunt er niks aan doen.'

Isa knikte en keek weg. Ze gaf geen antwoord.

Chantal legde haar koffer achterin en ging naast de chauffeur zitten. Geen van drieën zeiden ze iets toen ze bij het chalet wegreden. Annemieke richtte haar blik recht naar voren. Sneeuwvlokken dwarrelden tegen de voorruit.

'Wat een weer, hè?'

Annemieke keek de rechercheur aan. Ze strengelde haar klamme handen in elkaar en legde ze voor zich op tafel. 'Ja, het sneeuwt', zei ze uiteindelijk. Ze had het gevoel alsof er een strakgespannen veer tussen haar kruin en haar voeten was bevestigd, die elk moment kon knappen. In haar hoofd hoorde ze Isa's stem. 'We zijn getuigen, geen verdachten.' Waarom had ze dan het gevoel dat elk woord, elke beweging zorgvuldig werd bestudeerd?

Ze probeerde te ontspannen door achterover te leunen en diep adem te halen, maar de spanning verdween niet uit haar lichaam. De twee rechercheurs tegenover haar rommelden nog wat in hun papieren. Allebei hadden ze iets voor zich staan dat een beetje rook naar koffie, maar vooral leek op water met een donker kleurtje. Annemieke werd al misselijk als ze ernaar keek. Misschien niet zo raar. Er was momenteel niet veel voor nodig om haar misselijk te maken. Ze had ook nauwelijks iets gegeten sinds gisteravond. Ze hoefde maar even te denken aan wat ze had gezien en dan vreesde ze dat ze nooit meer zou kunnen eten.

Ze nam een slokje veel te sterke thee en verbrandde haar mond. Een van de rechercheurs, de oudste die Nederlands sprak en met wie ze vannacht ook hadden gepraat, nam het woord. Günter, heette hij. Zijn achternaam was haar ontschoten.

'Het is heel vervelend, maar we willen graag dat je naar deze foto's van de plaats delict kijkt en ons vertelt wat je opvalt', zei hij. 'Ik begrijp dat dat een vreselijke opgave is, maar als we niet elk detail kennen, elke kleine aanwijzing onderzoeken, kunnen we geen gedegen onderzoek doen.'

Annemieke keek hem afwerend aan. 'Ik wil dat echt niet.'

'In het kader van het onderzoek is het helaas noodzakelijk.' Hij schoof het mapje naar haar toe. Aarzelend pakte Annemieke het. Ze slikte en proefde iets zuurs toen ze naar de foto's keek. Haar hart roffelde. Even kneep ze haar ogen dicht, toen dwong ze zichzelf er goed naar te kijken. Het suisde in haar hoofd toen ze opnieuw dat vreselijke beeld zag. Elk detail, zei die rechercheur. Dat lukte niet. Maar ze keek lang genoeg naar de eerste foto en daarna naar de tweede om vast te stellen dat haar niks opviel. Ze had ook geen idee waar ze op moest letten.

Ze schoof de foto's over tafel terug naar Günter. 'Mij valt niks op.'

'Oké.' Hij stopte ze in een map en sloot die. Daarna tikte hij erop met zijn pen. 'Dit is het rapport van de technische recherche. We weten inmiddels van de patholoog-anatoom dat je vriendin toen jij aankwam ongeveer een halfuur tot een uur dood was. De kans is klein dat je de dader hebt gezien, maar toch is het belangrijk dat je je probeert te herinneren wie je allemaal tegen bent gekomen op weg naar het chalet.'

Annemieke groef in haar geheugen. 'Er waren mensen op het station', begon ze. 'Maar die kwamen voornamelijk uit de trein, geloof ik. Buiten was het rustig. Ik heb de weg gevraagd aan een mevrouw met een hond.'

'Waar was dat?'

'Een paar minuten bij het huis vandaan. Ik was de verkeerde straat in gelopen.'

'Wat voor hond was het?'

Annemieke keek vertwijfeld. 'Een zwarte? Ik weet niet zo veel over honden.'

'Probeer je te herinneren hoe die vrouw eruitzag. Was ze jong? Oud?'

'Een jaar of vijftig, zestig, denk ik. Ze wist de weg, dus ik denk dat ze uit het dorp komt. Ze was volgens mij geen toeriste.'

Er volgden nog wat vragen over de vrouw. Annemieke deed haar best zich precies te herinneren hoe de vrouw eruit had gezien, maar het was donker geweest en ze had zich vooral geconcentreerd op de routeaanwijzingen. Uiteindelijk wist de rechercheur blijkbaar genoeg. Hij zei een paar dingen in het Duits tegen de andere man aan tafel. Annemieke kon het niet goed verstaan.

Er schoot haar iets te binnen. 'Hebben jullie haar telefoon al?'

Günter knikte. 'Die wordt onderzocht. Vooralsnog hebben we niks gevonden waar we iets mee kunnen, maar we zijn nog niet klaar.'

Annemieke schudde even haar hoofd. Ze verwachtte er eigenlijk niet zoveel van. Alsof de moordenaar zijn komst eerst even per telefoon zou hebben aangekondigd.

'Heb je de laatste tijd iets vreemds gemerkt aan Karen?' vroeg Günter.

'Nee', zei Annemieke ferm. Ze had zichzelf deze vraag al tientallen keren gesteld. 'Helemaal niks. Ze had het druk gehad en was hooguit wat vermoeider dan anders, maar verder was ze gewoon zichzelf.'

'Had ze een nieuwe liefde?'

Onwillekeurig glimlachte Annemieke even. 'Die had ze voortdurend. Maar nooit iets blijvends. Nu ook niet, voor zover ik weet.'

'Was ze daar open over?'

Was... Annemieke probeerde niet aan dat woordje te denken. Vanaf nu zou het "was" zijn. Ze vermande zich en zei: 'Meestal wel. Ze noemde bijna nooit namen, maar dat was meer omdat ik die mannen toch niet kende. Er waren altijd wel mannen met wie ze wat had.'

'Hoeveel?'

'Ik weet het niet precies.'

'Waar kende ze hen van?'

Annemieke slikte. 'Weet ik ook niet. Zoveel details gaf ze niet.'

'Bekenden?'

'Ik weet het gewoon niet', zei ze, luider. 'Ze hield ook veel voor zichzelf. Als ze iets vertelde, was het in het algemeen. En ik vroeg niet verder. We waren vriendinnen, maar dat betekende niet dat ze alles met me deelde. En ik hoefde ook niet te weten met wie ze allemaal het bed in dook.'

'Wat vond je van haar levensstijl?'

Annemieke dacht een moment na. Het was een simpele vraag, maar eigenlijk had ze hier nooit echt over nagedacht. Zolang ze Karen kende was het al zo geweest. Uiteindelijk zei ze: 'Het was haar keuze, niet de mijne. Dit paste bij haar. Ze was allergisch voor huisje-boompje-beestje. Settelen was niet haar ding. Een gezin ook niet.'

'Deed ze het met getrouwde mannen?'

Annemieke keek op. 'Ik denk het wel. In het verleden in elk geval wel.'

'Iemand die je kent?'

'Nee.'

'Weleens bang geweest voor jouw man?'

Annemieke keek hem onthutst aan. 'Nee, natuurlijk niet. Richard zou zoiets nooit doen.'

'En Karen?'

'Ook niet. Ze had respect voor haar vriendinnen. Wat u suggereert is echt absurd.' Ze kon niet helpen dat haar stem trilde van ingehouden woede. Wat die rechercheur zei was niet alleen klinkklare onzin, het was respectloos.

'Excuses', zei Günter toen ze dat laatste hardop zei. 'Maar we moeten alles onderzoeken.'

'Karen zou dat nooit hebben gedaan', herhaalde Annemieke. 'Ze wist dat Richard en ik gelukkig zijn samen.'

'Maar Isa en Michel...' Günter legde met uiterste precisie zijn pen recht voor zich op tafel voor hij verder ging. 'Er waren huwelijksproblemen. En Karen was een aantrekkelijke, single vrouw die wel in was voor een avontuurtje.'

'Vraagt u nu of ze het met Michel heeft gedaan?' vroeg Annemieke verbluft. 'Natuurlijk niet! Zeker niet voor de scheiding en daarna bleek hij een klojo eersteklas. Bovendien, Karen viel niet op zulke types.' Ze schudde ferm haar hoofd om haar woorden extra kracht bij te zetten. 'Dat zou ze Isa ook nooit aandoen.'

'Dus geen mannen van bekenden?'

'Niet van vriendinnen, in elk geval.' Annemieke nam een slokje thee. De ruimte was benauwd en ze had het warm. De manier waarop ze over Karen moest praten stond haar helemaal niet aan. Ze had het gevoel dat ze dat moest ombuigen. Karen was een van haar liefste vriendinnen geweest en nu kwam ze uit de bus als een soort mannenverslindster. Ferm zei ze: 'Aan haar vriendinnen was ze loyaal tot op het bot. Je kon altijd bij haar terecht. Ze zou een vriendin niet op die manier bedriegen, dat geloof ik gewoon niet.'

Ze kon de blik waarmee de rechercheur haar aankeek niet precies duiden. Het was vast zijn werk om achterdochtig te zijn, maar nu keek hij alsof hij haar gewoonweg niet geloofde. Ze had het gevoel dat ze nog duidelijker haar punt moest maken. 'Juist doordat ze zelf niet in het standaardplaatje paste, had ze respect voor andermans keuzes. Ze begreep die keuzes misschien niet, maar ze accepteerde ze. Ook de keuze van Isa en Chantal om wel voor dat gezinsleven te gaan.'

'Chantal heeft geen gezin.'

Annemieke schokschouderde. 'Nog niet.'

Günter keek nadenkend. 'Was Karen weleens jaloers? Ik bedoel, ze zat toch ook erg vaak in haar eentje thuis... Al haar vriendinnen lekker bij hun partners en daar zat zij dan, met haar mooie spullen maar zonder liefde. Dat moet toch ook pijn hebben gedaan. Diep vanbinnen verlangt iedereen toch naar liefde. Naar samenzijn.'

'Zij niet.'

'Natuurlijk wel.'

Annemieke voelde verbijstering opkomen. 'Waarom wilt u niet accepteren dat Karen gelukkig was met haar levensstijl? Ze vond het heerlijk in haar eentje. Vrijheid, blijheid, en ze hoefde met niemand rekening te houden. Misschien dat ze zich ooit wilde binden, maar nu echt nog niet.'

'Ze verlangde naar warmte', ging de rechercheur nog even door. Hij leunde nu ver voorover. 'Naar wakker worden naast iemand die niet zijn spullen zou pakken en terug zou gaan naar zijn vrouw. Naar de wetenschap dat er van haar werd gehouden. Zoals haar vriendinnen dat wel hadden. Ik kan me best voorstellen dat dat af en toe begon te steken. En als ze dan de kans kreeg met een van hun echtgenoten...' Wat hij niet uitsprak bleef in de lucht hangen.

'Onzin!' riep Annemieke uit. 'U schetst een beeld van Karen dat helemaal niet klopt. Het is ronduit absurd te suggereren dat ze uit jaloezie iets met een van onze mannen begonnen zou zijn. Echt volledig uit de lucht gegrepen!'

Er veranderde iets in de houding van rechercheur. Hij leek te ontspannen en leunde naar achteren. 'Mijn excuses.' Hij knikte naar haar bekertje. 'Wilt u wat water?'

Annemieke accepteerde zijn aanbod en hij stond op. Ze merkte dat ze trilde van woede. Waar haalde hij het lef vandaan om zo over Karen te praten? Wat was dit voor achterlijk onderzoek?

Een uur later was haar boosheid nauwelijks gezakt. 'Op deze manier lossen ze het nooit op!' brieste ze. 'Hij gooit allemaal onzin over haar op tafel alsof het de waarheid is. Volgens mij luisterde hij niet eens toen ik zei dat ze zo helemaal niet in elkaar zat. Hij deed zelfs alsof ze ongelooflijk jaloers op ons was, omdat wij een relatie hadden en zij niet. Alsof dat ook maar bij Karen op zou komen!'

Isa en Chantal luisterden zonder haar te onderbreken. Ze keek hen een voor een aan. 'Denk je dat we de Nederlandse politie moeten inschakelen? Hier in Oostenrijk hebben ze duidelijk andere methodes. Ik wil dat het onderzoek goed gebeurt en dat gevoel heb ik nu niet.'

Blijkbaar was ze de enige die ermee zat, want allebei haar vriendinnen reageerden nogal lauw.

'Het valt toch wel mee?' zei Isa. Chantal gaf überhaupt geen antwoord.

'Het valt helemaal niet mee', zei Annemieke fel. 'Als die Günter zijn tijd verdoet met dit soort onzin, zullen we nooit weten wie Karen heeft vermoord. Ik wil een beter onderzoek.'

'Het is toch goed dat hij alle opties onderzoekt', zei Chantal. 'Misschien heeft hij wel gelijk, was er inderdaad een kant aan Karen die wij niet kennen.'

'Wat?' Annemieke keek verbluft naar haar vriendin. 'Natuurlijk niet!' Ze voelde woede in zich koken. Na die idioot van de politie begon haar eigen vriendin ook nog eens.

'Wat is er aan de hand met jullie allemaal?' riep ze met tranen van onmacht in haar ogen. 'Ben ik dan de enige die wil dat deze zaak wordt opgelost? Nee, we krijgen Karen er niet mee terug, maar ik wil weten wie haar dit heeft aangedaan. De moordenaar mag zijn straf niet ontlopen!'

Ineens kon ze er niet meer tegen om met haar vriendinnen in één ruimte te zijn. Zonder nog een woord te zeggen beende ze de trap op en stormde haar slaapkamer binnen. Ze ging op de rand van haar bed zitten met haar hoofd in haar handen. Er drupten tranen tussen haar vingers door op haar spijkerbroek. De enige die ze op dit moment om zich heen wilde hebben was dood en dat deed ongelooflijk veel pijn.

9

'EN DIE DERDE VRIENDIN?'

'Die weet duidelijk van niks. Of ze kan heel goed toneelspelen, maar ik ben geneigd haar te geloven.' Günter keek onopvallend op zijn horloge. Hij zat hier al drie kwartier en hij wilde weg. Er was genoeg werk te doen. Maar nu de media de moordzaak begonnen op te pikken, meende de korpschef dat het nodig was zich ertegenaan te bemoeien.

'Heb je een idee?' Harold Bezinger kneep zijn bleekblauwe ogen samen. Günter keek naar de grote, grijze snor, die zoals altijd nodig getrimd moest worden. Een taakje dat de korpschef over het algemeen zo lang mogelijk uit leek te stellen.

'Ideeën genoeg. Maar het gaat om de feiten. En die zijn we nog aan het onderzoeken.' Günter wist dat hij zat te zwetsen, maar hij had er geen behoefte aan zijn gedachten over de zaak met de korpschef te delen. Hij had werkelijk geen idee hoe die man op deze positie terecht was gekomen en hij sloeg hem qua recherchecapaciteiten zelfs lager aan dan de stagiair die hij vorige week had aangenomen.

'Precies', knikte de chef. 'Ga daar dan mee door, maar kom met resultaten, want die heb ik nodig. De media storten zich er nu op.'

In zijn borstzakje trilde Günters telefoon kort. Zijn hand vloog meteen naar het toestel, maar de melding kwam van zijn agenda en vertelde hem dat hij vanavond een eetafspraak had met een vriend. Een afspraak die hij moest afzeggen. Desalniettemin stond hij snel op. 'Een belangrijke mail', mompelde hij. 'Wij zijn klaar, toch?' Zonder op antwoord te wachten liep hij het kantoor uit.

'Baas!' Halverwege de gang kwam Elzo hem al tegemoet. Hij wapperde met een dunne map. 'Dit wil je zien.'

'Wat is dat?' Günter liep voor hem uit zijn kantoor in. Elzo volgde en gooide de glazen deur achter hen dicht. De lamellen rammelden.

'De telefoongegevens van Karen van Heusden.'

Günter liet zich op zijn bureaustoel vallen. Hij keek op, meteen vol aandacht. 'Laat zien.'

'Ze bleek wat sms'jes te hebben verwijderd.' Elzo gooide het mapje voor hem op zijn bureau en ging vervolgens zelf in de tweede stoel zitten. Günter trok het papier uit het plastic en liet zijn ogen over de regels gaan. Experts hadden de sms'jes die de afgelopen tijd uit de telefoon waren verwijderd, teruggehaald. Meteen viel Günters oog op het bericht, ontvangen om iets voor negenen op dinsdagavond.

Met een ruk keek hij op naar Elzo.

'Ik geloof dat iemand iets uit te leggen heeft.'

'Waarom moet ik weer komen?' Chantal keek nu een beetje achterdochtig. Günter staarde strak terug. Hij wist nog niet precies waartoe dit zou leiden, maar hij zou in elk geval proberen de duimschroeven iets meer aan te draaien. Hij dichtte zichzelf voldoende mensenkennis toe om enigszins te kunnen inschatten of degene aan de andere kant van de tafel goudeerlijk was of toch licht nerveus reageerde, al was hij ook weleens door notoire leugenaars om de tuin geleid en wist hij dat vertrouwen op je mensenkennis nooit doorslaggevend mocht zijn in het onderzoek van een rechercheur.

Chantal voelde zich zo te zien ongemakkelijk onder zijn blik, maar ze sloeg de hare niet neer. Een paar seconden lang was het stil in de ruimte. Toen kwam Elzo binnen en gebruikte Chantal dat als excuus om weg te kijken.

'Omdat een paar dingen niet duidelijk zijn', gaf hij antwoord op haar vraag toen Elzo was gaan zitten.

Chantal hield haar hoofd scheef.

Günter dacht na voor hij zijn vraag formuleerde. Als Chantal van niks wist, zou hij nu niet minder dan een bom droppen. Als ze wel op de hoogte was van het buitenechtelijke avontuur van haar man, was het interessant te zien hoe ze zou reageren nu ze erachter kwam dat de politie ook op de hoogte was. Gelukkig had hij dit met Elzo doorgesproken. Die zat geconcentreerd te wachten en wist precies waar hij op moest letten.

'Het gaat om Rob', zei Günter.

Chantal schrok zichtbaar. 'Wat is er met hem?' Ze wees naar haar mobiel die voor haar op tafel lag. 'Ik heb hem een uur geleden nog gesproken. Is er iets gebeurd?'

Günter schudde zijn hoofd. Hij dacht heel even na over de juiste formulering. 'Het gaat om Rob en Karen. En wat er tussen hen speelde.'

'Hoe...' Hij zag dat Chantal verstijfde. 'Hoe bedoelt u? Ik weet niet waar dit over gaat. Er speelde niks.'

'We hebben goede redenen om aan te nemen dat dat niet waar is', zei Günter.

Chantal werd waakzaam. Ze leek wat achterover te leunen, alsof ze wilde wegkruipen. Haar mond stond een beetje open.

Günter besloot zijn mededeling een beetje formeel te houden. 'Uit ons onderzoek is inmiddels naar voren gekomen dat Karen meer dan een vriendschap onderhield met Rob Damstra, jouw man. Ze hadden een affaire.'

Met een ruk kwam Chantal naar voren. Haar ogen drukten pure ontzetting uit, haar hele houding ademde verbijstering. 'Wát?'

'Ik begrijp dat dit een hele schok voor je moet zijn', zei Günter, terwijl hij probeerde in te schatten of haar schrik oprecht was. 'Maar uit sms-verkeer in Karens telefoon en uit de verklaring van een van jouw vriendinnen is gebleken dat dit de feiten zijn.'

Chantal keek hem ontzet aan. Ze deed haar mond open om iets te zeggen, maar sloot hem weer. Ze wreef over haar voorhoofd en haar neus en keek toen weer op. 'Weet u het zeker?'

Günter knikte kalm.

Chantal kreeg een vastberaden trek om haar mond. 'Ik wil die sms'jes zien.'

'Later', beloofde Günter. 'Ik neem aan dat je niet op de hoogte was van deze affaire?'

Ze schudde haar hoofd, nog steeds van slag. Het ongeloof sprak uit haar ogen. Ze leek oprecht verbijsterd. Günter was benieuwd wat Elzo's observaties waren. Als Chantal het wel al had geweten en nu een toneelstuk opvoerde, deed ze het met verve. Hij wist wel dat dat nog altijd een optie was die hij niet kon uitsluiten.

'Je hebt er niks van gemerkt?' vroeg Günter, toen Chantal zweeg.

'Nee, ik...' Ze sloot even haar ogen. 'Ik kan het niet geloven. Rob zou zoiets nooit doen.'

'Soms ken je iemand minder goed dan je denkt.'

'Het kan niet.' Chantal keek hem ineens hulpzoekend aan, alsof ze wanhopig op zoek was naar bevestiging. 'Het is onmogelijk. Rob zou nooit...' Ze schudde haar hoofd. Verslagenheid begon zich af te tekenen op haar gezicht. 'Niet met Karen.' Ze keek naar hem op. 'Niet met Karen', herhaalde ze, zachter. Haar stem leek ineens gebroken. Günter wisselde een blik met Elzo.

Chantal leek zich ineens iets te herinneren. 'U zei dat een van mijn vriendinnen dit heeft gezegd?'

Günter knikte. Dit was de tweede bom die hij moest droppen. 'Isa heeft ons verteld hoe Karen haar maandagavond op de hoogte heeft gebracht van de affaire. Volgens Isa was jij al naar bed gegaan en was Karen nogal aangeschoten. Drank maakt loslippig, en haar bekentenis was het gevolg.'

'Maar Isa heeft niks gezegd.' Chantal snapte er duidelijk niks van. 'Ze is mijn beste vriendin, ze zou toch wel eerlijk tegen mij zijn geweest?'

Günter keek haar aan. Zou ze echt hebben verwacht dat haar vriendin de vakantie om zeep zou helpen door meteen naar haar toe te komen? 'Misschien wilde ze dat nog doen', zei hij uiteindelijk. Hij keek haar geringschattend aan. 'Al dacht ze wel dat het in een gehorig huisje niet uitgesloten was dat jij het zelf al had opgevangen.'

Hij monsterde haar scherp. Het duurde even voor Chantal begreep was hij bedoelde, maar toen keek ze hem geschokt aan. 'Dat ik het al wist, bedoelt u? Nee, natuurlijk niet! Dan had ik allang...' Ze keek voor zich uit. Günter had graag het tweede deel van die zin gehoord, maar dat ging er niet komen. Chantal schudde verbluft haar hoofd. 'Ik kan niet geloven dat Rob... En dan een vriendin...' De verslagenheid tekende zich af op haar gezicht. Ze zag haar huwelijk, haar leven, alles wat ze had nu in stukjes uiteen vallen en dat deed duidelijk pijn.

'Tja.' Günter liet zijn vingers met zijn balpen spelen. 'Blijkbaar vertelde Karen jullie niet alles. Jou niet alles', verbeterde hij zichzelf. 'Natuurlijk snap je ook wel waarom ze dat niet deed. Als ze het wel had gedaan, was jij woedend op haar geworden. Zo woedend dat je ik-weet-niet-waartoe in staat was.'

'Ik zou inderdaad woedend zijn geworden', fluisterde Chantal. Er lag iets grimmigs in haar woorden. 'Op haar, maar nog veel meer op Rob. Ik moet hem bellen, ik moet weten wat hij zegt, hij heeft vast een verklaring, hij...' Het klonk alsof ze hoopte op een verklaring waarmee ze kon leven, een reden waarom dit allemaal een misverstand zou blijken te zijn. Ze keek de rechercheur aan. 'Weet hij dat ik het weet?'

'Ik heb het hem niet verteld', zei Günter schouderophalend.

Chantal zuchtte diep. 'Maar waarom heeft Karen dit tegen Isa gezegd? Was ze dronken?' Ze hief haar handen in een wanhopig gebaar. 'Misschien wilde ze alleen maar stoer doen. Een hoop branie, dat had ze wel. Ze vond het vast een mooi verhaal dat ze wilde ophangen en Isa geloofde het. Natuurlijk, want die is sinds haar scheiding van mening dat elke man in wezen een klootzak is. Ze gunt niemand meer geluk in de liefde, en mij al helemaal niet. Dus gaat ze maar al te graag bij jullie vertellen wat Karen heeft gezegd, zonder zelf een seconde na te denken en tot de conclusie te komen dat het je reinste onzin is.' Ze ging meer rechtop zitten en ging duidelijk in haar eigen verhaal geloven. 'Ik weet zeker dat als jullie Rob bellen, hij het ook zal ontkennen. En als er sms'jes in Karens telefoon staan, dan komen die van een andere Rob. Ze had honderden mannelijke contacten, er heetten er vast wel een paar Rob.'

Nu ze blijkbaar een manier had gevonden zichzelf voor de gek te houden, knapte ze zienderogen op. Het gesprek begon een richting uit te gaan waar Günter niet heen wilde. Hij leunde wat naar voren en keek haar recht aan. Het was tijd om haar aan te gaan pakken. 'Hoezo zou het niet kunnen? Tussen jullie waren er spanningen, al een tijdje. Jij wilde een kind en daar had je alles voor over. Hij wilde het ook, maar niet zoals jij. Niet zo wanhopig. Jullie dreven uit elkaar en daar stond Karen klaar om hem op te vangen. Ongebonden Karen. Spannende Karen. Die onder dat dunne laagje genieten van al die vrijheid net als iedereen verlangde naar de warmte van een relatie. En die jullie al je geluk gunde, maar zichzelf nog een beetje meer. En daar bood ineens Rob zich aan. Natuurlijk hoefde ze daar niet lang over na te denken. Een leuke man, en ook een mooie manier om die vriendin met haar o zo perfecte leventje een hak te zetten.'

'Dat is echt onzin!' riep Chantal uit. 'Rob viel niet op Karen. Als hij al...' Ze schudde wild met haar hoofd om wat ze zelf had gezegd. 'Het was niet aan de orde. Hij zou dat nooit doen.'

'Toch wel.' Günter keek haar strak aan. 'En ergens wist je het. Je hebt Rob vragen gesteld. Hij schrok. Hij sms'te naar Karen dat ze voorzichtig moesten zijn. Dat is twee weken geleden, Chantal. Als het allemaal koek en ei was, waarom stelde je hem dan vragen?'

Zijn woorden hadden effect. Chantal slikte en wendde haar blik af om zich te concentreren op de grijze wand achter hem. Hij wachtte.

'Ik weet niet waarom ik dat deed', bracht ze uiteindelijk uit. Ze praatte zacht, bijna onhoorbaar. Günter moest naar haar toe leunen om haar goed te kunnen verstaan. 'Ik heb Rob nog nooit gewantrouwd, maar er waren dingen... Hij wilde minder seks, voor het eerst sinds we samen zijn. En ineens was hij laat thuis, elke twee weken wel een keer. Hij had het over een project waarbij hij betrokken was, maar ik kon daarover niks vinden in zijn mailbox.'

'Dus je bent zijn gangen nagegaan.'

'Alleen zijn mailbox, maar ik zag er niks vreemds in. Ik vroeg hem nog wel naar die mailtjes over dat project, maar toen hij zei dat die in een aparte map stonden die niet in te zien was vanaf zijn telefoon, liet ik het erbij zitten. Ik wantrouwde hem niet.' Ze keek weer op. 'Ik heb geen reden om hem te wantrouwen. We zijn gelukkig samen. We willen nota bene een kind! Rob zal me nooit bedriegen.'

Günter vroeg zich af hoelang het zou duren voor ze de waarheid zou inzien. Het was tijd om haar met haar neus op de feiten te drukken. Hij keek even naar Elzo. Die begreep gelukkig meteen wat hij bedoelde en haalde uit een map een blaadje tevoorschijn.

Günter trok het naar zich toe. 'Ik heb hier een uitdraai van de sms'jes die de laatste tijd door Karen zijn ontvangen en verstuurd. Ook de berichten die ze uit haar telefoon had verwijderd.'

Hij schoof de lijst naar Chantal. De gecensureerde versie. De belangrijkste berichten had hij in deze versie achterwege gelaten. Daar moest eerst verder onderzoek naar worden gedaan. Met wat er op deze lijst stond, zou Chantal al even zoet zijn.

Hij sloeg zijn armen over elkaar, wisselde een blik met Elzo en wachtte de reactie af. Hij wist wat ze nu las. Berichten over wat haar echtgenoot allemaal van plan was met de vrouw die ze als een vriendin beschouwde, verstuurd vanaf zijn eigen telefoonnummer. Ongetwijfeld had Chantal nooit geweten dat haar man er dergelijke seksuele fantasieën op nahield, die Karen blijkbaar maar al te graag voor hem had vervuld. Hij keek toe hoe haar huid bleker werd en in haar nek rode vlekken begon te vertonen.

'Dit kan niet', zei ze.

'Het valt niet te ontkennen', zei Günter. 'Is dit wat je in zijn telefoon hebt gezien, waardoor je achterdochtig begon te worden?'

Chantal keek hem verbijsterd aan. 'Ik heb dit nooit gelezen. Rob heeft... Dit stond niet in zijn telefoon.'

'Dus je hebt ernaar gezocht?'

'Nee. Maar ik zag zijn sms'jes weleens. Gewoon. Omdat zijn telefoon op tafel lag.' Ze friemelde aan de rand van het papier. 'Maar dit heb ik nooit gezien.'

Günter knikte. Een overspelige echtgenoot zou dit soort sms-berichten niet open en bloot in zijn telefoon laten staan. De kans dat Chantal al voor de skivakantie op de hoogte was van wat er speelde tussen haar man en haar vriendin, achtte hij sowieso zeer klein. Dan zou ze nooit mee zijn gegaan op die vakantie. Hij was de laatste om te ontkennen dat vrouwenvriendschappen in de ogen van mannen soms vreemde aangelegenheden zijn en hij zou nooit begrijpen hoe vrouwen het ene moment leuk konden doen tegen iemand om diegene nog geen drie seconden later af te branden – althans, Johanna was daar erg goed in geweest. Maar hij meende vrij zeker te weten dat als je op de hoogte was van het feit dat je vriendin het bed deelde met je man, je niet gezellig op wintersport ging met diezelfde vriendin. Bleef over: twee opties. Ze wist het wel en wilde wraak, of ze hoorde er vandaag voor het eerst van.

Chantal zat nog steeds met het papier in haar handen, maar ze was gestopt met lezen. Ze zag er een beetje verslagen uit. 'Ik begrijp niet waarom Isa niets tegen mij heeft gezegd en wel tegen jullie', zei ze. Ze staarde naar de muur. Günter had het idee dat ze vooral tegen zichzelf praatte. 'Misschien niet dinsdag, maar nadat Karen was vermoord... Ze heeft al die tijd haar mond gehouden.'

'Ze leek te denken dat je het zelf had opgevangen.'

'Dan nog had ze het er toch met mij over kunnen hebben?' Chantal leek boos en verdrietig tegelijk. 'Het kan toch niet haar bedoeling zijn geweest dat ik dit van jullie moest horen?' Ze haalde haar schouders op. 'Aan de andere kant, ik weet sowieso niet wat haar bedoeling is. Soms doet ze dingen... Dat zal wel door de scheiding komen. Ze is zichzelf niet.' Ze vermande zich. 'Ik denk dat ik Rob moet gaan bellen. Hij heeft me heel wat uit te leggen.' Haar lip trilde licht. Ergens had Günter met haar te doen, al wist hij nog steeds niet wat hij moest geloven. Hij sloot even zijn ogen en probeerde voor zichzelf op een rijtje te zetten of hij met dit gesprek nou duidelijkheid of alleen nog maar meer vragen had gecreëerd. Hij vreesde het laatste.

Pas toen de voordeur van het chalet open- en dichtging, realiseerde Annemieke zich dat ze al een hele tijd voor zich uit zat te staren. De televisie stond aan omdat ze niet tegen de stilte kon, maar ze had niks meegekregen van wat er werd vertoond. Ze zocht naar de afstandsbediening, die tussen de kussens van de bank was gegleden en zette het apparaat uit.

De deur van de woonkamer ging open en Chantal kwam binnen. Er was iets met haar. Haar ogen waren rood en haar haar zat anders. Alsof ze er te vaak haar hand doorheen had gehaald. Bovendien was de huid van haar gezicht vlekkerig. Ze had duidelijk gehuild.

'Hoe ging het?' vroeg Annemieke voorzichtig. 'Waarom wilden ze dat je nog een keer kwam?'

Chantal haalde stijf haar schouders op. Ze liep naar de keuken en kwam terug met een glas wijn uit de fles die Isa eerder vanmiddag had geopend. Zelf had Annemieke geen zin in alcohol. Ze had al het gevoel dat ze leefde onder een dikke deken, waardoor ze soms bijna geen adem kreeg en haar gedachten trager gingen dan ze wilde. Alcohol zou het alleen maar erger maken. Haar vriendinnen leken echter meer dan ooit behoefte te hebben aan wat verdoving.

'Waarom moest je komen?' herhaalde ze haar vraag.

'Ik weet het niet', zei Chantal stroef. Annemieke keek haar aan. Zou ze zelf ook weten dat ze voor geen meter kon liegen?

'Hoezo weet je het niet? Je hebt toch weer een gesprek gehad? Hebben ze nieuwe informatie?'

'Nee, dat niet. Ze wilden nog wat dingen checken, die ik vanmorgen allemaal al had uitgelegd.' Ze keek Annemieke vluchtig aan en richtte daarna haar blik op het zwarte tv-scherm. 'Ik snap echt niet waarom ze niet Michel oppakken en hem verhoren.'

Annemieke zuchtte. 'Ze moeten echt harder hun best gaan doen. Het lijkt wel alsof ze niet willen zien dat de dader op een presenteerblaadje voor hen ligt. Ze doen nauwelijks onderzoek naar Michel en als hij zegt dat hij het niet was, geloven ze hem klakkeloos. Ik begrijp dat niet.'

Chantal nam twee flinke slokken wijn na elkaar. 'Ik ook niet. En ze kunnen het ook niet uitleggen. Ze bedenken allerlei scenario's, maar het meest voor de hand liggende, daar kijken ze nauwelijks naar.'

'Denk je dat ik de politie in Nederland moet bellen?'

'Waarom?' Chantal keek haar aan. 'Om te zeggen dat ze in Oostenrijk hun werk niet goed doen?'

'Misschien kunnen zij druk zetten. Het gaat uiteindelijk wel om een Nederlandse vrouw die is vermoord.'

'Ik weet niet of het zin heeft', schokschouderde Chantal. 'Maar je kunt het proberen. Het onderzoek hier levert in elk geval niks op. Ze zoeken helemaal in de verkeerde richting.'

'Welke richting dan?' Annemieke had het idee dat er helemaal niet in een richting werd gezocht, maar dat de recherche niks anders deed dan losse flodders schieten.

'Nou ja...' Chantal keek weer weg. 'Ze vroegen dingen over Karens relaties met mannen.'

'Aan jou ook al? Dat deden ze dus bij mij ook. Dat was precies wat ik vanochtend zei! Ik vind het absurd dat ze suggereren dat Karen het met Jan en alleman deed, en dat de dader in die hoek moet worden gezocht.'

'Ah, je bent er weer.'

Annemieke keek om. Ze had Isa helemaal niet naar beneden horen komen. Een uur geleden was haar vriendin naar boven vertrokken met de mededeling dat ze moe was en even ging slapen. Te oordelen naar haar bleke gelaatskleur en dikke ogen, was dat niet echt gelukt.

'Wat wilden ze?' vroeg ze aan Chantal, terwijl ze naar de keuken liep en ook wijn inschonk.

'Ze wilden dingen weten.'

Annemieke fronste bij het horen van Chantals stem. Alsof de temperatuur erin ineens met tien graden was gedaald. Ze wilde haar mond opendoen om iets te zeggen, maar Isa was haar voor.

'Hebben ze Michel al opgepakt?' vroeg ze, alsof ze niet had gemerkt dat er iets veranderd was in Chantal. Die gaf geen antwoord. Isa keek verwonderd. 'Nou?'

'Nee.'

Isa schudde haar hoofd. 'Ongelooflijk. En al die tijd moet ik bang zijn dat hij terugkomt en het karwei afmaakt.' Met een ruk stond ze op en liep naar de voordeur. Annemieke hoorde de sleutel twee keer klikken.

'Geloof je echt dat hij dat doet?' vroeg ze toen Isa weer ging zitten. 'Volgens de politie is hij in Nederland. Ik neem aan dat ze hem wel in de gaten houden en dat hij zichzelf enorm verdacht maakt als hij nu naar Oostenrijk gaat.'

'Ik weet ook niet of hij het hier zal doen. Maar als ik straks weer thuis ben...' Isa rilde. 'Ik wil er nog niet aan denken.'

'Heeft hij nog ge-sms't?'

'Nee, hij kijkt nu wel uit, natuurlijk. Ze streek een losgeraakte lok blond haar uit haar gezicht. Het viel Annemieke op dat haar hand trilde. 'Maar zodra hij door heeft dat hij uit het vizier van de politie is, begint hij natuurlijk opnieuw. Hij was er niet op uit om Karen te doden, dat weet ik zeker.' Ze slikte en veegde even langs haar ogen. 'Dat is eigenlijk nog het ergste. Haar dood was zó nutteloos.'

Annemieke knikte en beet op haar onderlip. 'Ja', zei ze schor. 'Dat is het ergste. En dat de politie de dader niet lijkt te willen pakken, frustreert me.'

'Het is zo duidelijk.' Isa schudde haar hoofd. 'Karen droeg mijn badjas, ze had haar gezicht ingesmeerd en was daardoor minder goed herkenbaar. In een flits heeft hij gedacht... Er is gewoon geen andere mogelijkheid.'

'Volgens de politie wel', zei Chantal met een harde ondertoon in haar stem. 'Ze menen over informatie te beschikken die aantoont dat er nog andere opties zijn. Informatie, die ze van iemand hebben gekregen.'

'Van wie dan?' vroeg Annemieke vertwijfeld. 'Wat bedoel je precies?'

Ze keek naar Chantal, maar die hield haar blik op Isa gericht. Haar andere vriendin leek ook niet te begrijpen wat er werd bedoeld en kneep haar ogen samen. 'Ja, wat bedoel je?'

Even bleef het stil. In de open haard knapte een stukje hout. Het klonk als een schot door de kamer. Annemieke huiverde, maar ze wist niet waardoor. Misschien door de spanning die ineens als een ijskoude vlaag door de kamer leek te gaan.

Uiteindelijk haalde Chantal haar schouders op. Ze liet zich achterover in de kussens van de bank zakken en schudde haar hoofd. 'Ik weet het niet precies', zei ze zacht. 'Ik begrijp het ook niet.'

Annemieke liet haar adem ontsnappen, maar er bleef een klemmend gevoel achter in haar borst. Er klopte iets niet. Wat wilde Chantal nou eigenlijk zeggen? Ze keek naar haar vriendin, die haar volle aandacht op het haardvuur had gericht. De vlammen gaven haar huid een zachtoranje gloed, maar daaronder was haar huid een beetje grauw. Haar trekken waren scherp, haar ogen waakzaam. Het gesprek met de politie had meer indruk op haar gemaakt dan ze wilde toegeven. Annemieke wilde haar door elkaar schudden en eisen dat ze zou vertellen wat er echt was gezegd, maar ze bleef roerloos zitten.

Dat gold ook voor Isa. Die leek niet te merken dat Chantal vreemd deed, of ze reageerde er niet op. Ze liet haar telefoon door haar handen glijden en was met haar gedachten duidelijk ergens anders. Annemieke bewoog even. Isa schrok op. De spanning hing zwaar tussen hen drieën in en voor het eerst wist Annemieke niet wat ze eraan moest doen. Normaal gesproken zou ze iets hebben gezegd, een opmerking, een grapje. Maar ze kon niks bedenken. Grapjes waren er niet, een opmerking kon verkeerd vallen. Zou verkeerd vallen. Ze had het gevoel dat er weinig voor nodig was om de bom te laten ontploffen. Was het verwijt? Van Chantal naar Isa, dat het haar ex-man was die nu als belangrijkste gedachte gold? Zo zat Chantal niet in elkaar. Aan de andere kant, alles was nieuw. Ook de kanten van haar vriendinnen die ze nu leerde kennen. Misschien gold dat zelfs wel voor haarzelf.

De klem in haar borst werd groter en strakker. Ze had het benauwd. Ze wilde hier weg. Alleen zijn, frisse lucht. Met een ruk stond ze op. 'Ik ga een stukje lopen. Even naar buiten.'

Haar vriendinnen keken op. Geen van beiden zei iets. Annemieke liep naar de hal. 'Zo terug', mompelde ze nog voor ze de deur met een klap achter zich dichttrok. Pas buiten wurmde ze haar armen in de mouwen van haar jas en sloeg ze haar sjaal om haar nek. Het was snijdend koud, veel kouder dan gisteren. Er stond een flinke wind die haar ogen onmiddellijk deed tranen. Ze deed geen moeite die tranen weg te vegen. Met haar hoofd gebogen liep ze recht tegen de wind in de straat uit.

Het was iets na zessen. De pistes waren gesloten, de après-skibars vol. Op straat kwam ze groepjes jongeren tegen, luid pratend en lachend. Het was donker, maar de sneeuw op de stoep lichtte op in het licht van de straatlantaarns. Ze moest kijken waar ze haar voeten neerzette, op sommige stukken was de sneeuw veranderd in een ijslaag. Er begonnen kleine vlokjes neer te dwarrelen. Ze had nog nooit zo hard gewenst dat ze ergens anders was.

Toen ze de straat uit was, stond ze vrijwel midden in het centrum. Ze koos willekeurig een richting. Ze had geen doel, behalve weg zijn uit het huisje. De ijzige lucht deed pijn aan de binnenkant van haar longen, maar het deed haar goed. De sfeer in het chalet was bedrukt, de spanning om te snijden. Ze had nooit goed tegen spanning gekund, en al helemaal niet als ze niet wist waar die vandaan kwam. Ze begreep er niks van. Chantal, Isa en zij waren vriendinnen – juist nu zouden ze elkaar moeten steunen. Dit was voor hen allemaal verschrikkelijk moeilijk, maar ze konden elkaar helpen. Ze wist waar haar vriendinnen doorheen gingen, en zij wisten wat zij voelde. Dacht ze. Toch leken ze mijlenver van elkaar af te staan. Alsof er iets groots tussen hen in stond, en ze wist niet eens precies wat.

Daarstraks had ze zeker geweten dat Chantal loog, dat ze iets achterhield over haar gesprek met de politie. Maar nu ze buiten stond en de vrieskou haar gedachten ophelderde, twijfelde ze daaraan. Chantal had geen reden om iets te verbergen. En dat Isa er iets mee te maken had, moest ook haar eigen verbeelding zijn. Het kwam gewoon door de bizarre situatie waarin ze terecht waren gekomen. Die maakte dat ze allerlei dingen zag die er helemaal niet waren.

Ze stopte haar handen diep weg in haar zakken. Haar handschoenen lagen nog in het chalet en ze voelde haar vingers bijna niet meer. Het begon harder te sneeuwen. Een skibus reed langs haar heen en stopte even verderop. Een groep skiërs dromde naar buiten in een wirwar van ski's, stokken, mutsen en dikke jassen. Annemieke volgde hen met haar ogen. Bijna de hele groep ging rechtstreeks de bar naast de halte binnen. Er stond een bord op het dak: DREIECK BAR. De bar waar Karen, Chantal en Isa die avond waren geweest. De plek waar Isa Michel had gezien.

Ineens bekroop haar een onheilspellend gevoel. Ze staarde naar de optrekkende skibus. De achterlichten blonken fel in het duister. Ze keek om zich heen. Er was niemand en toch had ze het idee dat iemand naar haar keek. Ze draaide zich om. Er naderde een auto, maar verder was de straat leeg. Achter haar klonk het gedempte gebonk van muziek. Het geluid van pratende mensen dreef haar kant op. Ze knipperde met haar ogen. Aan de andere kant van de straat, een stuk verderop stond iemand. Even sloeg haar hart over. De figuur stond stil en keek in haar richting. Ze tuurde, maar de dwarrelende vlokken benamen haar het zicht. Er trok een rilling over haar rug. Werd ze paranoïde of keek diegene echt naar haar?

Ze slaakte een kreet toen ze iets voelde trillen in haar zak. Het volgende moment besefte ze dat het haar telefoon was. Isa. Ze nam op.

'Kom snel!'

Annemieke schrok. Isa's stem klonk huilend en doodsbang. 'Wat is er?'

'Je moet nu komen! Hij is... Iemand... Kijk goed uit!'

Annemieke staarde verbijsterd naar haar telefoon toen Isa de verbinding verbrak. Onder haar dikke jas prikte er zweet op haar rug en ze huiverde. De figuur aan de overkant was weg. Ze begon te lopen in de richting van waaruit ze was gekomen. Steeds sneller. Haar ademhaling jaagde en ze probeerde er niet aan te denken dat ze een lege straat in liep. Net hadden hier nog mensen gelopen en nu was de straat verlaten. Ze duwde haar handen dieper weg in haar zakken en boog haar hoofd tegen de sneeuw die terechtkwam op haar gezicht en voelde als kleine ijspegeltjes. De paniek in Isa's stem klonk na in haar oren. Er was iets mis. Haar hart hamerde. Ze keek om. In de verte naderde een gestalte. Iemand die sneller liep dan zij. Ze begon te rennen. Struikelde half, maar hervond haar evenwicht en rende verder. Een blik achterom. Nog steeds liep hij in op haar. Ze moest sneller, veel sneller, maar ze gleed weg op de gladde stoep. Het leek donkerder dan zo-even. Ze hoorde haar eigen ademhaling, haar hartslag weerklonk in haar oren en de koude lucht stak in haar longen. Rechts doemde de straat op waar het chalet stond. Ze keek niet meer achterom, bang om vaart te verliezen. Ze ontweek op het laatste moment een ijslaag, waardoor haar rechtervoet even weggleed, maar ze minderde geen vaart. Ze hoefde niet om te kijken om te weten dat haar achtervolger er nog was. Ze voelde het. Ze hoorde weer Isa's stem. Ze blikte achter zich. Nog twee huizen. Nog één. Met haar laatste krachtsinspanning rende ze naar de voordeur. In haar zak zat een sleutel. Ze greep ernaar, maar vond hem niet. Met bonkend hart bleef ze staan. Ze was nog niet veilig. Ze rukte haar handschoen uit en voelde het metaal van de sleutel in haar zak. Even keek ze om. Ze zag niemand. Ze duwde de sleutel in het slot en de deur sprong open. Nog een blik achterom. Op straat liep iemand. Nu ze bijna binnen was, durfde ze te kijken. Ze kneep haar ogen samen. Op straat was niemand te zien. Ze schudde haar hoofd. Deze hele situatie maakte ze dat spoken begon te zien. Stond ze op het punt krankzinnig te worden?

'Doe dicht!' Isa stormde de gang in en smeet de voordeur dicht.

'Wat is er aan de hand?'

'Hij is hier geweest!'

'Wie?' Annemieke voelde hoe haar hart weer begon te bonzen.

'Michel!' Isa zwaaide met een stuk papier. 'Hij heeft dit achtergelaten.'

Annemieke hing haar jas aan de kapstok. Ze pakte het papier aan. Er stonden getypte letters op.

Dat was één. Denk maar niet dat je veilig bent.

Onthutst keek ze Isa aan. 'Hoe kom je hieraan?'

'Dat heeft hij achtergelaten. De bel ging en ik dacht dat jij het was, dat je je sleutel was vergeten. Ik keek, maar ik zag niemand. Behalve deze envelop, die lag op de deurmat. In plaats van hem door de brievenbus te doen, heeft hij hem daar neergelegd. Ik weet zeker dat hij ergens vanaf de straat heeft gekeken of ik hem heb gepakt.'

'Hoe laat was dat?'

'Weet ik veel. Even voordat ik jou belde, een paar minuten. Hij is hier weer en ik was bang dat hij... Ik wilde niet dat je in je eentje buiten zou rondlopen. Hij komt afmaken waar hij aan begonnen is, ik weet het zeker.' Ze keek met grote angstogen naar Annemieke. 'We zijn hier niet veilig. Ík ben hier niet veilig.'

Annemieke dacht aan de man buiten. Michel... Hij had ongeveer zijn lengte gehad, maar leek breder. Wat natuurlijk door die dikke jas kon komen. Isa's telefoontje kwam op het moment dat ze hem net zag. Als hij in een hoog tempo naar het centrum was gelopen, had hij dat makkelijk gered in een paar minuten. Het kon. Het paste.

Chantal was verschenen. 'Wat denk je?' vroeg ze toen Annemieke even niks zei.

'Ik weet het niet. Ik dacht dat ik iemand zag, maar...'

Isa staarde haar met open mond aan. 'Zie je wel...' begon ze, maar Annemieke onderbrak haar.

'Toen ik beter keek zag ik niemand. Ik heb het me vast gewoon verbeeld.'

'Natuurlijk niet!' riep Isa fel toen ze die gedachte uitsprak. 'Het klopt precies. Eerst legt hij hier zo'n brief neer en dan gaat hij achter jou aan. We moeten alle deuren en ramen goed op slot doen en we kunnen echt niet meer naar buiten.'

'Je moet die brief naar de politie brengen', zei Annemieke.

Hopelijk zou dit het onderzoek eindelijk op het juiste spoor zetten. En konden ze binnenkort allemaal naar huis in de wetenschap dat de dader veilig en wel in de cel zat. Even liet ze zichzelf toe de opluchting te voelen die daarbij hoorde. Ze kreeg tranen in haar ogen. Het was genoeg geweest. Ze wilde hier weg.

10

GÜNTER LIET DE WITTE IPHONE DOOR ZIJN VINGERS GLIJden en tikte er in gedachten verzonken mee op zijn bureau. Nu het apparaat aan alle kanten was onderzocht, was het vrijgegeven als bewijsmateriaal. Günter wist eigenlijk niet wat hij ermee moest. Wat interessant was, was eruit gewist. Hij trok de uitdraai van de ontvangen sms-berichten naar zich toe en liet zijn ogen over de regel glijden. Al hoefde hij de woorden niet meer te lezen.

Waag het niet haar iets te vertellen. Echt, ik vermoord je als je dat doet.

Een regelrecht dreigement, net aan vierentwintig uur voor haar dood. Dat er een lachend gezichtje achter stond, maakte de woorden niet anders. Günter was benieuwd naar de verklaring waar Rob Damstra mee op de proppen zou komen.

Hij staarde naar zijn vaste telefoontoestel. Het telefoontje kon nu niet lang meer op zich laten wachten. De deur van zijn kantoor ging open en Elzo stak zijn hoofd om de hoek. 'Hebben ze al gebeld?'

Günter schudde zijn hoofd. 'Nog niet. Hoelang kan het duren om iemand een paar vragen te stellen?'

Net op dat moment begon de telefoon te rinkelen. Günter greep de hoorn. 'Wolfsberg.'

Waar hij verwachtte een Nederlandse collega te horen, kreeg hij iemand van de balie aan de lijn. 'Ik heb een telefoontje voor je. Isa Vertongen, inzake Karen van Heusden. Ze wil je per se persoonlijk spreken.'

Günter fronste. 'Verbind maar door.' Hij wachtte even tot hij een klikje hoorde. 'Wolfsberg.'

'U moet hierheen komen!' De vrouw aan de andere kant van de lijn klonk paniekerig. Günter wisselde een blik met Elzo, die vragend keek.

'Wat is er aan de hand?'

'Ik heb een dreigbrief gekregen. Van hem, van Michel.'

Nu had ze Günters volle aandacht. Hij wenkte Elzo dichterbij en gebaarde hem de deur dicht te doen. 'Wat voor dreigbrief?'

'Van Michel. Hij schrijft dat ik niet moet denken dat ik veilig ben. Hij is hier geweest!' Haar stem sloeg over. 'U moet komen!'

Günter knikte kort. 'We komen er meteen aan.'

Hij hing op en maakte een korte hoofdbeweging naar Elzo. 'Kom mee. Ik praat je bij.'

Ze haastten zich naar buiten en stapten in Günters Volkswagen, die altijd voor de deur geparkeerd stond. Hij had geen gereserveerde plek, maar elke andere politieagent liet het wel uit zijn hoofd daar een auto neer te zetten. Inclusief de korpschef, wist Günter met enig genoegen.

Het was maar een kort ritje, Günter had niet lang nodig om Elzo te vertellen wat hij had begrepen.

Zijn collega knikte een paar keer kort. 'Kunnen we ze meteen tegenover elkaar zetten', zei hij.

Günter fronste. 'Hoe bedoel je?'

'Isa en Chantal. Een van de twee liegt, dat is duidelijk. Daar kunnen we ze mooi mee confronteren. Eens kijken wat hun uitleg is.'

Daar dacht Günter even over na. Uiteindelijk schudde hij zijn hoofd. 'Nee, dat gaan we niet doen. Dan dwing je hen allebei er een verhaal van te maken. Het is interessanter om te wachten tot een van de twee zich verspreekt. De vraag is wie en de vraag is ook waarom diegene liegt. We moeten nog wat geduld hebben en met allebei afzonderlijk een nieuw gesprek aangaan.'

'Maar als je ze confronteert, voelen ze zich in het nauw gedreven.'

'En dus gaan ze rare sprongen maken', maakte Günter die zin af. 'Daar hebben we niks aan. Bovendien zullen ze allebei nog veel alerter zijn. Terwijl ze zich verspreken als ze onoplettend zijn.'

Na drie minuten zette hij de Volkswagen stil voor de deur van het chalet. Hij keek om zich heen toen hij uitstapte. De straat was donker en verlaten, op het eerste gezicht leek er weinig aan de hand.

Ze liepen naar de voordeur, die al openzwaaide voor ze konden aankloppen. Isa Vertongen keek hem angstig aan. 'Hij is in de buurt', was het eerste dat ze zei. 'Ik weet het zeker.'

'Rustig aan', zei Günter terwijl hij naar binnen stapte. Elzo sloot de deur achter hen. Isa duwde de brief in zijn handen. De envelop was opengescheurd en het was duidelijk dat de brief al door de handen van alle drie de vriendinnen was gegaan. Qua vingerafdrukken zou hij er vast weinig meer aan hebben, maar toch trok hij een plastic handschoen aan voor hij de brief aanpakte. Elzo pakte een zakje waarin ze hem straks konden meenemen.

Hij zag Isa schrikken. 'O, wij hadden hem ook niet moeten aanraken.'

Günter haalde kort zijn schouders op. 'Je bedenkt niet dat je zomaar een brief niet zou kunnen openmaken zonder handschoenen. Maar elke vingerafdruk die er niet opstaat, scheelt er eentje.'

De tekst was kort. Günter probeerde te bedenken hoe hij dit moest inschatten. Als een serieuze bedreiging, of als het werk van een grappenmaker? De zaak was inmiddels op de websites van de kranten terechtgekomen en in het dorp werd erover gepraat, als hij zijn collega's van de surveillance mocht geloven. Het was voor dorpsbewoners niet moeilijk om uit te vinden in welk chalet het drietal nu verbleef en daarom zou deze brief net zo goed neergelegd kunnen zijn door iemand die het nodig achtte een zeer misplaatste grap te maken. Aan de andere kant, het ging hier wel om een moordzaak en hij kon er niet zonder meer van uitgaan dat deze brief onschuldig was.

'We nemen hem mee', zei hij met een knikje richting het papier. Elzo had de envelop al in het zakje gestopt. Günter stopte de brief erbij. 'We gaan kijken of er bruikbare vingerafdrukken op zitten.'

'En nu?' vroeg Annemieke hem. Er zat een lichte trilling in haar stem.

'U kunt ons toch niet zo achterlaten?' vroeg ook Isa.

Günter keek hen aan. 'Ik zal mijn collega's van de surveillance laten weten wat er is gebeurd. Zij zullen vanavond het chalet extra in de gaten houden.'

'Kan er niet iemand hier komen? Binnen?' Isa zag eruit alsof ze in staat was achter in de auto te stappen, als ze maar niet in het chalet hoefde te blijven. Günter achtte de kans nogal klein dat er vanavond iemand het huisje binnen zou vallen, maar om de duidelijk angstige vrouwen zo achter te laten, dat kon eigenlijk ook niet.

'Laat ik met jullie afspreken dat er elk uur iemand langskomt om te kijken of het allemaal goed gaat.'

'Elk uur?' Annemieke keek ongelovig. 'Dat is veel te lang! Tien minuten is al te lang.'

'En als er iets is, wat dan ook, kunnen jullie me rechtstreeks op mijn mobiele telefoon bellen.' Hij pakte zijn kaartje en krabbelde het nummer achterop. 'Aarzel niet, ik ben hier binnen drie minuten als het nodig is.'

Hij merkte dat de vrouwen een klein beetje kalmeerden, maar nog steeds waren ze er niet helemaal gerust op. Toch liet Günter hen alleen. Als er al sprake van was dat de moordenaar van Karen zich vanavond zou laten zien, dan moest hij nog altijd drie mensen trotseren. Hij kon zich niet voorstellen dat iemand dat risico zou nemen.

'Ik kan me überhaupt niet voorstellen dat die zich vanavond laat zien', zei Elzo in de auto, toen Günter die gedachte hardop uitsprak. 'Hij heeft een bommetje gedropt met die brief en nu wacht hij af.'

Günter wierp een blik opzij. 'Wat denk jij dat zijn plan is?'

'Moeilijk te zeggen.' Elzo keek naar de brief in het plastic. 'Dit ziet er misschien dreigend uit, maar als je het mij vraagt is het het werk van een amateur.'

'Ik kan je voorbeelden geven van amateurs die bij hun eerste poging heel succesvolle moordenaars bleken. Sterker nog, onze dader heeft zijn vuurdoop al gehad, en die is vanuit zijn oogpunt gezien bepaald geslaagd te noemen.'

'Dat is waar, maar als hij uit is op een van die andere vriendinnen, op die Isa, waarom laat hij dan dit soort brieven achter? Dan kan hij haar toch net zo goed meteen vermoorden?'

'Zit wat in. Maar misschien wil hij haar eerst nog wat banger maken. Als het die Van den Berg is, natuurlijk.'

'Isa gaat ervan uit dat de brief voor haar is bedoeld.' Elzo tikte met zijn vinger op de binnenkant van het portier terwijl hij nadacht. 'Maar als Damstra er iets mee te maken heeft, kan die net zo goed voor zijn vrouw zijn. Chantal.'

Günter probeerde de gedachten van zijn collega te volgen. 'Waarom zou hij haar willen vermoorden? Volgens mij pleit die brief – als die inderdaad door de moordenaar is achtergelaten – hem alleen maar vrij.'

'Gezichtsverlies?' raadde Elzo. 'Zijn vrouw weet er nu van en is laaiend. Hij kiest voor de makkelijke weg?'

'Je vrouw vermoorden lijkt me niet de makkelijke weg.'

'Hij heeft het al eens gedaan. Het schijnt makkelijker te worden. Althans, dat zeggen ze. Het bespaart hem in elk geval een hoop problemen.'

'En het levert hem er net zo veel op.' Günter schudde zijn hoofd. 'Ik geloof eerder dat deze brief een flauwe grap is. Maar we mogen niet uitsluiten dat het een serieuze bedreiging is.'

Hij zette de Volkswagen stil. 'Stuur hem eerst maar naar het lab. Dan zullen we ondertussen kijken of onze vrienden uit Nederland al hebben gebeld.'

Hij opende het portier. Alleen al de aanblik van het paar schoenen naast zijn wagen ontlokte hem een diepe zucht. Elzo was sneller dan hij en schoot naar binnen. Günter gromde een beetje. Lekker trouwe collega.

'Wat wil je, Jostas?' vroeg hij weinig toeschietelijk.

'Weten hoe het zit met die vermoorde Nederlandse', antwoordde journalist Rupert Jostas, Günters toon negerend. Hij was niet anders gewend dan dat de rechercheur zo tegen hem praatte.

'Persvoorlichting is bereikbaar.'

'Ik zoek het liever dichter bij de bron. We zouden niet willen dat er verkeerde informatie in de krant terechtkomt, toch?'

Günter zuchtte geïrriteerd. De pest met journalisten was dat ze met een paar drukken op de knop een verhaal publiceerden dat van onzinnige aannames aan elkaar hing. Jammer genoeg leidde zo'n verhaal er wel toe dat Günter morgenochtend aan de korpschef kon gaan uitleggen waarom het leek alsof de politie geen idee had in welke richting ze het moest zoeken.

'Er schijnt een Nederlander te zijn die dreigberichten heeft gestuurd', zei Rupert, toen hij tevreden vaststelde dat de rechercheur zich verplicht voelde te blijven staan.

'Wordt onderzocht', zei Günter. Hij overwoog even om een sigaret op te steken, maar liet dat plan weer varen. Hoe eerder hij hier weg was, hoe beter.

'Oké, dat is dus waar', concludeerde de journalist.

Günter zweeg. Hij had zich toch laten verleiden tot een antwoord en daar baalde hij van.

'Nou?' drong de journalist aan. 'Je hebt nu toch al toegegeven dat het zo is, dan kun je de rest ook vertellen. Staat het tenminste goed in de krant.'

'Ik heb niks toegegeven. We zijn met het onderzoek bezig.'

'Hij is anders nog niet gearresteerd, die Nederlander.'

Günter deed zijn best zijn irritatie niet te laten blijken. Hoe hij ook probeerde informatie binnenshuis te houden, die journalist wist altijd meer dan goed was.

'Het wordt onderzocht', herhaalde hij.

'Jullie kunnen het niet bewijzen.'

'We zijn ermee bezig.' Günter voelde zich soms net een vastgelopen grammofoonplaat. Die gedachte bracht hem bij zijn platenspeler thuis. Een goed glas whisky en een mooie, klassieke plaat – daar zou hij nu wel wat voor voelen. Maar helaas, hij stond bij min zes voor de deur van het politiebureau, waar hij waarschijnlijk weer een groot deel van de nacht zou doorbrengen, te bedenken hoe hij een gluiperige journalist kon afschudden zonder morgen een vernietigend verhaal in de krant te lezen.

'Kom op, Günter', zei Rupert op overredende toon. 'Je weet best dat die man allang in de cel had kunnen zitten. Er is een reden dat hij daar niet zit, en die reden wil ik weten.'

'De reden is, dat we er nog mee bezig zijn.'

‘Houd toch op. Je hebt een andere verdachte. Wie is het? Die Karen scheen nogal een losbol te zijn. Wat is er gebeurd? Iemand opgepikt in de bar? Een man op zoek naar een avontuurtje? Een avontuurtje dat uit de hand liep?’

‘Daar is mij niks van bekend’, zei Günter, uiterlijk kalm.

‘Natuurlijk wel. Haar reputatie gaat hier al door het dorp.’

Günter gaf geen antwoord. Hij geloofde zo dat het waar was. Onder de Nederlandse toeristen was de moord een hot item, en de lokale bevolking wilde ongetwijfeld ook het naadje van de kous weten. Al was het maar omdat een groot deel van de plaatselijke middenstand afhankelijk was van het toerisme en niemand graag de goede naam van Kirchberg bezoedeld zag worden.

‘Het wordt tijd dat je de boel oplost’, zei Rupert geheel overbodig. ‘De korpschef wordt ongeduldig en je moet je quotum van opgeloste zaken halen. Een grote zaak als deze tot cold case moeten bestempelen, is bovendien niet goed voor je carrière.’

Günter keek hem onbewogen aan.

‘Nou?’ vroeg Rupert na een lange stilte. ‘Wat is je antwoord?’

‘Ik hoorde geen vraag.’

‘Wanneer ga je iemand arresteren?’

‘Als daar aanleiding toe is.’ Hij begon in de richting van de deur te bewegen. ‘Ik ga weer aan de slag. Mijn quotum halen, je weet wel. Goedenavond, Jostas.’

Er kwam geen antwoord. Günter trok de deur open en sloeg die achter zich dicht. Inwendig vloekte hij. Als hij ooit tijd had, moest hij nagaan hoe die journalist toch aan zijn informatie kwam. Een bron binnen de politie? Een paar jaar geleden hadden ze een agent van de surveillancedienst ontslagen wegens lekken naar de pers. Iedereen wist welke straf erop stond. En toch had die ellendeling van de krant telkens weer informatie. Misschien had hij de vriendinnen gesproken. Die waren ongeduldig en angstig, een combinatie die maakte dat mensen vaak wel wilden praten. Hij moest hun op het hart drukken niet te veel te zeggen. Ze moesten de dader niet wijzer maken dan hij al was.

'Hier.' Elzo kwam zijn kantoor binnen en gooide een blaadje op zijn bureau. Een fax, zag Günter meteen. Hij geloofde dat de politie officieel het laatste instituut van het land was waar nog van faxen gebruik werd gemaakt.

'Wat is dat?'

'De politie in Nederland laat weten dat Rob Damstra een alibi heeft voor de avond van de moord. Het is gecheckt en het klopt. Hij was tot halfzeven op zijn werk, in vergadering met zes collega's. Ze hebben dat alle zes bevestigd. Hij kan nooit drie uur later hier zijn geweest.'

Günter knikte. Eigenlijk was hij niet verbaasd. Een moordenaar die zijn daad per sms aankondigde, zo werkte het niet. Als het zo makkelijk was, zou hij elke zaak glansrijk oplossen.

'Ik heb die brief naar het lab gestuurd', zei Elzo. 'Hopelijk hebben we morgenochtend duidelijkheid over vingerafdrukken.'

Günter knikte en keek hem in gedachten verzonken aan. 'Ik verwacht er weinig van', zei hij uiteindelijk. 'Die sms'jes zagen er dreigend uit, maar ik geloof niet dat die

Van den Berg in een vlaag van verstandsverbijstering de verkeerde heeft vermoord, omdat ze toevallig Isa's badjas droeg. Jij?'

'Hij kan het verkeerd hebben gezien.' Elzo ging in de stoel tegenover Günter zitten. 'Het was donker en ze hebben min of meer hetzelfde postuur. Bovendien zat haar gezicht onder de crème, van dat masker.'

'Ze zijn jaren getrouwd geweest! Hij zou haar echt wel hebben herkend. Ik geloof niet dat Karen per ongeluk is vermoord. De dader was eropuit om haar te doden.'

Elzo trok zijn wenkbrauwen op. 'Van den Berg?'

'Ik sluit niks uit. Maar als je Karen als het doelwit beschouwt, is zijn rol minder aannemelijk.'

Elzo streek over zijn haar. 'De vraag is: wie had er belang bij haar dood?'

Annemieke draaide zich voor de zoveelste keer om en deed haar ogen dicht, maar ze wist nu al dat ze de slaap niet zou vatten. Ze keek op het digitale klokje van de wekkerradio op het nachtkastje. Een paar minuten over halfeen. Een uur geleden was ze als laatste naar bed gegaan. Chantal was al voor tienen naar haar kamer vertrokken, Isa een uurtje later. Ze hadden samen gegeten en gepraat over Karen en over de brief die was bezorgd. Isa was ervan overtuigd dat dit het werk van Michel was en dat hij degene was die Annemieke had achtervolgd. Sterker nog, ze was van mening dat Annemieke op het nippertje aan hem was ontsnapt.

Annemieke kon niet ontkennen dat ze bang was geweest, maar eenmaal terug in het chalet vond ze Isa's reactie wat overdreven. Het was allerminst zeker dat het Michel was geweest. Toch leek Isa hem nog steeds als de enige te beschouwen die Karen kon hebben vermoord.

Zelf wist Annemieke inmiddels niet zo goed meer wat ze moest denken. De suggestie van de politie dat Karen iemand had opgedaan in de bar en voor later die avond had afgesproken, had ze eerst resoluut van de hand gewezen. Maar nu ze er wat langer over had nagedacht, moest ze toegeven dat het niet uitgesloten was. Karen had behoefte aan "iets nieuws", zoals ze het een paar weken geleden had verwoord. Annemieke had niet gevraagd waarom. Ze wist dat als ze de vraag had gesteld, Karen geen antwoord zou hebben gegeven. Ooit had ze wel kunnen lachen om Karens levensstijl. Ooit was ze er ook van uitgegaan dat Karen na een paar jaar wel rustiger zou worden, zich misschien zelfs zou settelen. Toen dat niet gebeurde, had Annemieke zich bij vlagen vertwijfeld afgevraagd of Karens liefdesleven een vlucht uit de werkelijkheid was, maar de enige keer dat ze had geprobeerd daar met Karen over te praten, hadden ze bijna ruzie gekregen. Sindsdien had Annemieke altijd Karens verhalen aangehoord, voor zover ze er iets over kwijt wilde, en nooit verder gevraagd.

Had ze dat maar wel gedaan, dacht ze, terwijl ze zich met een zucht op haar rug draaide en naar het plafond staarde. Dan had ze misschien geweten wat er allemaal speelde. Dan had ze dit misschien wel kunnen zien aankomen.

Nee. Ze schudde haar hoofd. Als Karen echt had gedacht dat ze gevaar liep, had ze aan de bel getrokken. Op de drukte op haar werk na, had ze de laatste tijd niet de indruk gemaakt dat ze ergens mee zat. Annemieke wist zeker dat ze haar goed genoeg kende om dat door te kunnen hebben. Karen had het zelf niet zien aankomen, dus hoe had zij het dan moeten zien?

Haar gedachten gleden terug naar het diner die avond. Isa had voornamelijk met haar moeder zitten sms'en over Lieke. Haar moeder vroeg zich af wanneer Isa naar huis kwam. Met Michel als verdachte van de moord, vond ze het niet fijn dat Isa nog in Oostenrijk zat en niet veilig thuis op de bank. Bovendien was ze bang bij elk geluid dat ze hoorde, had ze tegen Isa gezegd. Bang dat Michel het nu op haar of op zijn dochter had voorzien. Het was niet dat Annemieke die angst niet begreep, maar ze had zin om die moeder haarfijn uit te leggen dat Isa hier niks mee opschoot. Haar vriendin werd er alleen maar nog nerveuzer van en vooral Chantal kon daar slecht tegen. Ze had tijdens het eten nauwelijks iets gezegd en zich vooral geconcentreerd op de televisie, waar een Duitse serie werd vertoond. Annemieke wist zeker dat ze er niks van kon volgen, aangezien Chantals Duits ronduit belabberd was.

Een paar keer had ze op het punt gestaan de vraag te stellen wat er speelde tussen haar vriendinnen en waarom ze nauwelijks met elkaar leken te praten, maar ze had het niet gedaan. En dus was de spanning zwaar in de lucht blijven hangen en had na het eten iedereen interesse geveinsd in de Duitse krimi, tot Chantal had aangekondigd naar bed te gaan. Annemieke had geprobeerd met Isa te praten over wat er speelde, maar die had haar vragen zogenaamd verkeerd begrepen. Ze was er geen steek mee opgeschoten. En nu ze hier met open ogen in het donker staarde, voelde ze zich rusteloos en vroeg ze zich af waarom ze niet had doorgepakt. Als er iets speelde, wilde ze dat weten. En als het met Karen te maken had, was het helemaal belangrijk. Maar ze betwijfelde of ze zich morgen sterk genoeg zou voelen om het gesprek wel te voeren. Ze wachtte liever af tot het onderzoek het antwoord zou opleveren op de vraag waar ze alle drie mee worstelden en waar ongetwijfeld ook de spanning tussen hen mee samenhing.

Ze vouwde haar handen achter haar hoofd en probeerde in het donker de plafondbalken te ontwaren. Als klein meisje was ze bang geweest in het donker. Natuurlijk was ze over die angst heen gegroeid, maar ergens was er altijd een stukje van blijven hangen. Ze fietste automatisch een beetje harder in het donker en 's avonds op straat lopen deed ze alleen als het echt niet anders kon. Richard lachte haar weleens uit om haar angst, die hij irrationeel noemde. Dat was waarschijnlijk ook zo, maar gold dat in feite niet voor het overgrote deel van alle angsten?

Ineens voelde ze een rilling over haar rug gaan. Ze schrok, maar ze wist niet waarvan. Een geluid, ergens in huis. Instinctief trok ze de deken verder op.

Doe normaal, zei ze in gedachten tegen zichzelf. Met al dat gepieker over angsten en bang zijn in het donker, had ze zichzelf alleen maar de stuipen op het lijf gejaagd. Er was geen geluid. Althans, geen geluid dat er niet hoorde te zijn. In een houten chalet kraakte er altijd wel ergens een balk of een plank.

Ze draaide zich weer op haar zij en probeerde te ontspannen. Maar het kippenvel bleef en ze wist zeker dat ze nu helemaal niet meer zou kunnen slapen. Onbewust spitste ze haar oren. Het enige geluid dat ze hoorde, was het zoemen van de stilte. Het klonk hard in haar oren en maakte dat ze onwillekeurig met haar hoofd schudde. Meer dan ooit verlangde ze naar huis.

Plotseling schoot ze overeind. Dit was geen verbeelding, ze had echt iets gehoord.

Haar eerste reactie was wegkruipen onder de deken, maar dat zou haar niet helpen. Moest ze de politie bellen? Het nummer van rechercheur Wolfsberg stond ingeprogrammeerd in haar telefoon. Ze greep de iPhone van het nachtkastje en klemde hem stevig in haar hand. Daarna sloeg ze de deken terug.

'En als ze het wel heeft geweten?' Elzo wreef met een raspend geluid over zijn kin. Er tekende zich een donkere waas af die het begin van een baard betekende. Hij moest zich scheren en Günter wist dat voor hem hetzelfde gold. Het was iets na halfeen. Hopelijk zou hij deze nacht een paar uur slaap kunnen pakken. Maar het irritante was dat die gluiperige Jostas nog gelijk had ook: hij moest ergens mee komen, want de korpschef wilde resultaten zien. Nog niet één arrestatie was er verricht, zelfs geen verdachtenverhoor. Morgen zou hij vragen krijgen. En hij had het gevoel dat hij iets over het hoofd zag.

'Nou?'

Günter realiseerde zich dat Elzo op antwoord wachtte. Hij concentreerde zich en keek op zijn aantekeningenblok, waar hij namen en gebeurtenissen met lijnen en pijlen had verbonden. Zijn manier om overzicht te krijgen.

'Als ze het wel heeft geweten, was ze vast behoorlijk pissig op haar man. En op haar vriendin. Maar een moord...' Günter tikte met zijn pen tegen het blaadje. 'Het zou kunnen', zei hij uiteindelijk. 'Ze kan haar zelfbeheersing hebben verloren.'

'Ze schijnt nogal te hangen aan dat perfecte plaatje', knikte Elzo. 'Niet zo leuk als je vriendin dat komt verstoren door een affaire met je man te beginnen.'

'Het verklaart wel waarom ze ontkent dat ze het wist. Aan de andere kant: misschien wist ze het echt niet. En dan is het motief ver te zoeken.'

Elzo klakte met zijn tong. 'En Isa?'

'Ik zie het motief niet.' Günter had het idee dat zijn gedachten in cirkels rondgingen. Motief, middelen, gelegenheid – die drie gingen voortdurend door zijn hoofd.

'De affaire met Damstra?'

Günter nam een slok lauw geworden koffie. 'Dat zal Isa vast niet leuk hebben gevonden. Die heeft huwelijkse trouw volgens mij nogal hoog in het vaandel staan, ondanks haar scheiding. Maar als motief...'

'Niet sterk', moest Elzo toegeven. 'Maar dat ze niet het achterste van haar tong laat zien, lijkt me duidelijk. Ik denk dat we haar opnieuw moeten ondervragen. En nu steviger. Eens kijken waar ze dan nog mee komt.'

'Wat verwacht je ervan?'

Elzo schokschouderde. 'Dat laat ik haar liever invullen. Er is meer aan de hand dan wij nu zien, dat weet ik zeker. Er speelt iets tussen die drie, of twee, vriendinnen. Die vriendschap ziet er vanbuiten een stuk leuker uit dan die is, als je het mij vraagt.'

'Dat lijkt me duidelijk', knikte Günter. 'Oké, morgen praten we opnieuw met Isa. En laten we die derde, Annemieke, maar eens bijpraten over de affaire van haar heilig verklaarde vriendin Karen. Eens zien hoe dat haar kijk op de zaak verandert.'

Plotseling bleef Annemieke stokstijf staan. Eerder dan zijzelf had haar onderbewustzijn het weer gehoord. Dat geluid. Het leek een stem.

Ze keek naar haar hand, die zich om de deurklink had geklemd. Haar knokkels waren wit in het zwakke schijnsel van het bedlampje dat ze had aangeknipt. Ze aarzelde en slikte moeizaam. Haar hart bonsde tegen de binnenkant van haar ribbenkast.

Haar rechterhand trilde zo hevig dat ze bijna haar telefoon liet vallen. Haar lijn met de buitenwereld. Ze wilde bellen, maar het tijdstip hield haar tegen.

Heel langzaam trok ze de deur open. De scharnieren piepten licht. Het klonk als een kanonschot door het donkere huis. Meteen liet ze de deurklink los. De deur stond nu op een kier. Vijftien centimeter, hooguit twintig. Ze spitste haar oren, maar het was doodstil.

Had ze het zich verbeeld?

Nee, ze had wel degelijk iets gehoord. Ze wachtte af, hijgend van spanning. Door het trapgat zag ze dat beneden alles donker was. Op de overloop brandde ook geen licht. Waarom had ze geen zaklamp naast haar bed gelegd? Ze had er een zien liggen in de gangkast, maar later was die verdwenen. Isa of Chantal, waarschijnlijk. Ze waren allemaal bang, al leken ze daar met elkaar niet over te kunnen praten.

Ze zette voorzichtig een stapje vooruit. Haar hand reikte weer naar de deur en ze opende hem verder, centimeter voor centimeter. Uiteindelijk stond de deur ver genoeg open.

Ze slikte. Voorzichtig zette ze een stapje naar voren. Meteen bleef ze staan om weer te luisteren. Alles bleef stil. Ze wilde nog een stap zetten, maar iets hield haar tegen. Een geluid, bijna te zacht om te registreren, maar ze voelde de haren in haar nek rijzen. Klam zweet prikte op haar rug. Weer hoorde ze het. Een stem. Niet zo ver bij haar vandaan.

Daar was het weer. Ze herkende het. Het was Chantals stem, maar het geluid klonk vreemd. Verwrongen. Annemieke bleef staan. Ergens voelde ze opluchting, maar tegelijkertijd was er een ander gevoel. Er klopte iets niet. Chantal fluisterde, maar ze klonk opgefokt en boos.

Annemieke schuifelde vooruit. Chantals kamer lag tegenover die van haar. Met bonkend hart ging ze voor de deur staan. Nu kon ze Chantal beter horen. Een paar woorden kwamen als vlagen door de deur heen. Bedrogen. Uitkomen. Annemieke fronste. Door wie voelde Chantal zich bedrogen? Isa? Dat zou weliswaar de spanning verklaren, maar riep verder alleen maar vragen op. Of door Rob? Annemieke schudde haar hoofd. Dat was niet logisch. Ze begreep er niks van. En wat zou er dan uitkomen?

Plotseling hoorde ze Chantal het gesprek afbreken. Heel even aarzelde ze, daarna schoot ze terug naar haar eigen kamer en duwde de deur dicht. Opnieuw piepte het scharnier. Ze bleef even verstijfd staan, maar op de gang bleef het stil. Snel ging ze weer in bed liggen en knipte het lampje uit. De kans dat ze in slaap zou vallen, was nu wel helemaal verkeken.

11

GÜNTER VOELDE HOE DE ESPRESSO VOOR HELDERHEID IN zijn hoofd begon te zorgen en hij keek op de klok. Nog vijf minuten voordat ze haar konden verwachten en hij was weer scherp, ook al had hij niet meer dan vier uur geslapen. Koffie liet hem nooit in de steek.

'Dus we proberen erachter te komen hoe het er gisteren aan toe is gegaan nu Chantal weet dat Isa op de hoogte was van de affaire. Daar zal wel even ruzie over geweest zijn, denk ik zo.'

'Precies.' Günter klonk niet al te overtuigd. Een gesprek met Isa zou de zaak niet oplossen, maar hij wist op dit moment even niet wat hij dan moest doen. Hopelijk zorgde het voor een nieuw inzicht, of een aanknopingspunt dat ze tot nu toe over het hoofd hadden gezien. Een doorbraak zou er niet uit zichzelf komen, die moest je forceren door op verschillende vlakken druk te zetten. Theorie die hij van zijn vader geleerd, die net als hij rechercheur bij het korps was geweest. Theorie ook die eenvoudiger klonk dan hij was.

De telefoon ging en Günter gebaarde naar Elzo om op te nemen. Het was de baliemedewerkster, hun bezoek was gearriveerd. Terwijl Elzo haar ophaalde, liep Günter naar de verhoorkamer. Hij schraapte zijn keel. Nog geen twintig minuten geleden had hij Isa Vertongen gebeld, ze had weinig tijd gehad zich voor te bereiden. Hij hoopte dat dat in zijn voordeel werkte.

Elzo kwam binnen met de vrouw in zijn kielzog. Ze zag er beroerd uit, vond Günter. Hij begroette haar met een sterke hand en een klein knikje. Zijn blik hield hij neutraal. Hij zag dat dat haar onzeker maakte. Ze raakte uit balans, precies wat hij wilde.

'Is er nieuws?' vroeg ze met een dun stemmetje. 'Hebt u eindelijk Michel kunnen arresteren?'

Günter schudde kort zijn hoofd. 'Nee. We hebben nog geen grond waarop we dat kunnen doen. Zolang we niet kunnen aantonen dat hij hier is geweest, wordt het lastig.'

'Hebben jullie wel getuigen gezocht? Iemand moet hem hebben gezien.'

Günter knikte. Een paar agenten waren de straat op gegaan en hadden op verschillende tijdstippen voorbijgangers gevraagd of iemand Michel die bewuste dag, of kort ervoor of erna, in Kirchberg had gezien. Tot nu toe was elke reactie negatief.

Isa ging zitten en accepteerde het bekertje water dat Elzo voor haar neerzette met een klein knikje. 'Hebt u het gisteren aan Chantal verteld?' vroeg ze toen.

Günter kneep zijn ogen samen. 'Ja. Ik neem aan dat ze er met jou over heeft gepraat?'

Isa schudde haar hoofd. 'Nee, dat had ik ook verwacht, maar ze heeft er geen woord over gezegd. Ik dacht wel dat u het haar zou vertellen, maar ik durfde er niet goed over te beginnen.'

'Ze was behoorlijk overstuur.' Günter fronste. Hij probeerde een reden te bedenken waarom Chantal haar mond had gehouden.

Isa knikte. 'Natuurlijk, ze heeft net gehoord dat haar man haar bedriegt met haar vriendin, die nu dood is. Zou u niet overstuur zijn?'

Günter negeerde haar. 'Wat merkte je aan haar toen ze terugkwam?'

Isa dacht na. 'Ze deed afstandelijk en zei weinig. Bovendien ging ze vroeg naar boven.' Ze wreef over haar wangen en Günter zag dat haar handen licht trilden. 'We zijn allemaal van slag', zei ze zonder echte aanleiding. 'Misschien wilde ze dit er niet ook nog bij betrekken. Zeker na dat hele gedoe met die brief.'

Günter trok zijn wenkbrauwen op. 'Je had er zelf over kunnen beginnen.'

'Ik heb een paar keer op het punt gestaan dat te doen, maar Chantal leek zo...' Ze keek langs Günter heen terwijl ze nadacht over het juiste woord. 'Zo vijandig, eigenlijk.'

'Niks voor haar?'

Isa schamperde. 'Niemand is meer zichzelf. De dood van Karen heeft ons veranderd, lijkt het wel. Ik dacht dat we een hechte groep waren, maar we kunnen dit niet samen verwerken. Het is te groot, te veel. Het drijft ons juist uit elkaar. We willen allemaal naar huis, alleen zijn.'

'Ook Chantal?'
'Ik denk het wel.'
'Heeft ze haar man gebeld?'
Isa haalde haar schouders op. 'Ik weet het niet. Niet dat ik weet. Maar als ze er al niet met mij over wil praten, gaat ze ook niet haar man bellen waar Annemieke en ik naast zitten.' Ze dacht even na. 'Het lijkt wel alsof ze er juist niet met mij over wil praten', zei ze toen. 'Misschien heeft ze het wel met Annemieke besproken.'
'Hoezo?'
'Misschien neemt ze het mij wel kwalijk dat ik het wel wist en zij niet. Of dat ik het tegen u heb gezegd.' Ze beet op haar lip. 'Dat kan ze als verraad zien. Maar aan de andere kant, alsof ik er iets aan kan doen dat haar man haar heeft bedrogen. Dat heeft hij toch echt zelf gedaan. En trouwens, ze zou blij moeten zijn dat ze het nu weet.'
Günter tikte met zijn pen tegen de tafel. 'Blij?'
'Nou ja, blij... Niemand wil toch bedrogen worden? Nu kent ze de waarheid en kan ze haar conclusies trekken. Wat wilde ze dan? Als een onnozel visje geloven in haar huwelijk, terwijl haar man en haar vriendin haar allebei keihard bedriegen?' Isa werd steeds feller. 'Als ik dan één positief punt moet noemen aan deze hele situatie, is het dat Chantal misschien eindelijk eens beseft wat het inhoudt om in de volwassen wereld te leven. De wereld waarin sprookjes niks anders zijn dan mooie verhaaltjes, en waarin je man je bedriegt of verlaat.'
Dat laatste klonk bitter. Günter keek op. Isa was verlaten, maar ook bedrogen? Daar had ze niks over gezegd. Zowel Chantal als Annemieke had ten stelligste beweerd dat het uitgesloten was dat Michel en Karen het bed had-

den gedeeld, maar wat was dat waard in het licht van de affaire met Rob? Want ook dat had Chantal niet zien aankomen en hoewel hij Annemieke dit scenario niet had voorgelegd, kon hij wel raden wat ze erop zou zeggen. "Dat zou Karen nooit doen." Maar Karen had het wel gedaan. En als Karen dan ook nooit iets met Michel zou beginnen, was dat een optie om serieus rekening mee te houden. Als hij dat bewezen kon krijgen, plaatste dat Michel ook weer in een ander daglicht. Wie probeerde de voogdij over z'n kind te krijgen, werd liever niet geconfronteerd met een minnares die dreigde haar mond open te doen over een langlopende affaire. En Karen had wat dat betreft weinig scrupules gekend, want ook Rob had ze gedreigd hun geheimpje bekend te maken.

'Weleens bang voor geweest?' vroeg hij nonchalant.

'Waarvoor?'

'Dat ook jouw man je bedroog. Met Karen, bijvoorbeeld.'

Günter registreerde feilloos dat Isa schrok. Heel even, bijna onzichtbaar. Hij blikte kort naar Elzo.

'Nee', zei Isa toen, half luchtig. 'Althans, niet met Karen. Ik dacht dat ze dat niet zou doen. Maar nu...' Ze schudde haar hoofd. 'Nee, nu weet ik nog steeds zeker dat Michel niks met haar heeft gehad. Al had ze het gewild, hij vond haar helemaal niks.'

Günter keek toe hoe ze probeerde het zichzelf wijs te maken, maar ze wisten allebei dat in deze zaak alleen zeker was dat niks zeker was. Hij wreef even over zijn voorhoofd. Allerlei nieuwe vragen kwamen in hem op en hij was vastbesloten niet te rusten voor hij de antwoorden had. De echte antwoorden, dit keer.

Annemieke keek verdwaasd voor zich uit. 'Rob?' vroeg ze nogmaals. 'Rob Damstra?' Ze had het gevoel dat iemand haar zo'n harde dreun had gegeven dat het nadenderde in haar hoofd. Alles kwam binnen als een soort gedempt geluid, ook de stem van de rechercheur.

Een uur geleden had hij haar gebeld om te vragen of ze wilde langskomen, omdat er nieuwe feiten aan het licht waren gekomen waarover hij met haar wilde praten. Ze had zich meteen van alles in haar hoofd gehaald. Hadden ze Michel opgepakt? Een nieuwe verdachte gevonden? Maar wat ze te horen had gekregen, had haar verbijsterd. Rob en Karen, een affaire?

'Rob Damstra', antwoordde de rechercheur bevestigend. 'Niet alleen heeft Isa gezegd dat Karen het haar heeft verteld, de sms'jes in Karens telefoon onderschrijven dit ook.'

Annemieke probeerde zich die combinatie voor te stellen. De brave Rob en de avontuurlijke Karen. Althans, braaf... Zo had ze hem altijd beschouwd. Maar blijkbaar had ze zich daarin vergist. Ze haalde diep adem. En niet alleen had ze zich in hem vergist, maar ook in Karen. Dit was het laatste wat ze had verwacht.

'Ik begrijp het niet', zei ze meer tegen zichzelf dan tegen de heren. 'Wat zag ze dan in hem? Karen zocht altijd spanning en Rob... Hij is veel, maar niet spannend.' Ze schudde haar hoofd. 'Ik dacht dat ik haar goed kende.'

'Dus Chantal heeft niks tegen je gezegd?' vroeg Günter.

Annemieke keek hem aan. 'Nee. Hoelang weet zij het al?'

'We hebben het haar gisteren verteld.'

'Jeetje.' Annemieke probeerde zich in te denken hoe dit nieuws bij haar vriendin was aangekomen. Ze had met haar te doen. Haar relatie, haar huwelijk, dat betekende alles voor Chantal. In geen miljoen jaar zou zij hebben verwacht dat haar man haar zou bedriegen. En nu... Het moest haar hart hebben gebroken. Ze had medelijden met haar vriendin.

'Ze wist het nog niet', zei de rechercheur, enigszins ten overvloede.

'Nee, natuurlijk niet.' Annemieke schudde haar hoofd. 'Anders was ze vast niet meegegaan op vakantie.'

'Ze had het maandagavond kunnen opvangen. Karen heeft Isa toen verteld hoe het zat.'

Annemieke liet die woorden even op zich inwerken. Waarom zou Karen Isa wel en haar niet hebben ingelicht? Ergens voelde ze een steekje. Karen had niet eens zoveel met Isa, zeker de laatste tijd niet. En Isa ging er natuurlijk weer van alles van vinden. Alhoewel, dat deed ze zelf ook. Voornamelijk dat het onbegrijpelijk was. Als Rob nou nog een woest aantrekkelijke vent was geweest, maar zo'n braaf burgermannetje als hij kon je met de beste wil van de wereld toch niet als *God's gift to women* beschouwen.

'Ik begrijp het gewoon niet', herhaalde ze nog maar eens.

De beide mannen van de recherche keken haar aan. Günter nam het woord. 'Denk je dat Isa en Chantal het hier onderling over hebben gehad?'

'Niet dat ik weet. Niet waar ik bij was, in elk geval.' Er schoot haar iets te binnen. 'Volgens mij had Chantal vannacht wel ruzie met iemand, aan de telefoon. Nu realiseer ik me dat het wel met Rob zal zijn geweest.'

'Het huisje is gehorig', zei de rechercheur, haar opmerking negerend. 'De kans bestaat dat Chantal het gesprek tussen Isa en Karen heeft opgevangen, maandagavond. Dat zou haar vast behoorlijk kwaad hebben gemaakt.'

Annemieke knikte. 'Dat denk ik wel, ja. Ze zou er zeker over begonnen zijn bij Karen. Chantal is er niet zo goed in haar ware gevoelens te verbergen.'

Ze zag de rechercheur fronsen. 'Dus jij denkt dat als ze het zou hebben geweten, ze Karen erop zou hebben aangesproken?'

Annemieke knikte ferm. 'Absoluut. Chantal is een leeuwin als het op haar huwelijk aankomt, en elke bedreiging daarvan zal ze effectief willen uitschakelen. Ze zou zeker boos zijn geworden op Karen.' Toen ze het gezicht van de beide rechercheurs zag veranderen, besefte ze pas wat ze had gezegd. Ze voelde haar hart overslaan. 'Shit, zo bedoelde ik het niet. Ik wil alleen maar zeggen...' Ze schudde haar hoofd. 'Ik kan dit niet geloven. Karen en Rob. Dat moet voor Chantal een hele schok zijn.'

Toen ze een halfuur later het politiebureau verliet, dacht Annemieke na over haar eigen woorden. Een hele schok was nog zacht uitgedrukt. Chantals wereld moest op z'n grondvesten hebben getrild en toch had ze niks gezegd toen ze gisteren terugkwam. Terwijl Isa over dezelfde informatie beschikte. Hadden ze dan allebei hun mond gehouden voor haar? Ze begreep er niks van. Moest ze nu haar vriendinnen laten weten dat zij het ook wist? Of was er een reden dat er niet over werd gepraat? Ze stopte haar handen diep weg in de zakken van haar jas en begon in de richting van het chalet te lopen. Isa zou haar vast voor gek verklaren dat ze geen taxi nam, want Isa zag op elke hoek van de straat gevaar in de vorm van Michel. Annemieke blikte even om zich heen. Ze zag niks vreemds en bovendien was het hartstikke druk in het dorp. Het was even na halfvijf en de après-ski begon helemaal los te gaan.

Ze werd ingehaald door een skibus, die een warme luchtstroom met zich mee voerde. De bus stopte even verderop en een groep skiërs dromde naar buiten. De opgewonden vrolijkheid straalde eraf. Ze had opgevangen dat de pistes er dankzij de vele sneeuwval van de afgelopen nachten prachtig bij lagen. De wintersporters beleefden een mooie vakantie. Ze kon nauwelijks bevatten hoe ver hun wereld op dit moment van de hare af stond.

Annemieke bereikte het chalet en voelde aan de deur. Die was niet op slot. Ze ging naar binnen, riep hallo, maar er kwam geen antwoord. Ze had geen idee waar haar vriendinnen waren. Isa was vast boven, verschanst in haar slaapkamer. En Chantal... Ze wist het niet. Dat de woonkamer leeg was, vond ze wel zo prettig. Ze had geen behoefte om te praten, eerst moest ze voor zichzelf alles op een rijtje zetten. Ze trok haar jas uit en pookte het vuur op. Daarna pakte ze een glas water en ging op de bank zitten. De vlammen verwarmden haar, maar vanbinnen voelde ze zich koud. Het was alsof ze het nooit meer echt warm zou krijgen.

Haar eigen woorden schoten haar te binnen. 'Elke bedreiging zal ze effectief willen uitschakelen.' Hoewel die woorden gruwelijk verkeerd waren gekozen, hadden ze iets bij haar losgemaakt. Chantal was lief en zachtaardig, maar niet waar het haar huwelijksgeluk betrof. Daarover was ze fel. Annemieke herinnerde zich een grap die een neef op de bruiloft van Chantal en Rob had gemaakt, over de vrouw die het waagde om vreemd te gaan met Rob. En dat die goede contacten bij de veiligheidsdienst moest hebben. Natuurlijk hadden ze er allemaal smakelijk om gelachen, maar nu, met alle omstandigheden, klonk die grap ineens niet meer zo lollig.

Ze vouwde haar handen om haar glas en liet het water ronddraaien. Haar gedachten buitelden over elkaar heen. Ze had het gevoel dat ze in rap tempo bezig was paranoide te worden. Ze schudde haar hoofd en dwong haar gedachten tot stilstand te komen. Als ze nu zelfs Chantal ging verdenken, was dat een duidelijk teken dat ze te ver doordraafde. Het was niet eens zeker dat Chantal al voor de dood van Karen op de hoogte was geweest en zelfs als dat het geval was, dan had ze haar vriendin van onder uit de zak gegeven, had ze waarschijnlijk Rob de huid vol gescholden, en was ze vervolgens in huilen uitgebarsten. Dat zou haar reactie zijn geweest, en de moord stond hier los van.

Ze knikte ferm, alsof ze zichzelf op die manier van haar eigen gelijk kon overtuigen.

Het deuntje van haar telefoon klonk scherp door de stille kamer en Annemieke voelde haar hart overslaan. Ze stond op en rechtte haar rug. Al die kleine dingen waar ze van schrok, daar moest ze echt van af. Ze pakte haar mobiel en keek op het schermpje. Even slikte ze. Wat had dit nu weer te betekenen?

'Rob?'

'Ja. Hai.'

'Wat is er?' Ze hoorde zelf de kou in haar stem en ze hoopte dat Rob het ook opmerkte. Hij was de laatste persoon met wie ze nu wilde praten.

'Ik ehm... Ik vraag me af of het allemaal goed gaat. Ik maak me zorgen.'

'Kun je Chantal niet bereiken?'

'Nee. Ik bedoel, ja. Nou ja, ze neemt niet op. En ik vroeg me af... Gaat het wel goed met haar?'

Annemieke sloot even haar ogen. 'Fantastisch', zei ze licht cynisch. 'Op een moord na dan. En het feit dat haar man er al tijden een affaire op na blijkt te houden.'

Rob schrok hoorbaar. 'Ah, dus dat weet je?'

'Natuurlijk weet ik dat. De politie doet nog wel iets hier. En jullie onderonsjes waren niet zo moeilijk boven tafel te krijgen, blijkbaar.'

Hij begon te stamelen. 'Ik weet niet... Ik wilde... Nou ja, ik voel me hier gewoon heel lullig over. Dit was niet de manier waarop het had moeten lopen.'

'Nee, vast niet', zei Annemieke met haar kiezen op elkaar geklemd. 'Maar nu het wel zo is gelopen en je minnares dood is, ben je bang dat je vrouw je ook nog verlaat, Rob? Dus je dacht: laat ik Annemieke maar bellen, die kan wel even met Chantal praten? Dan zal ik je vast uit de droom helpen: ik ben niet van plan me ook maar één seconde met jullie huwelijk te bemoeien. Chantal heeft groot gelijk als ze je laat zitten. Een affaire, en dan ook nog met haar vriendin, terwijl je weet hoe Chantal in elkaar zit... Dat is lager dan laag.'

Hij was even stil na haar tirade. Annemieke onderdrukte de neiging de verbinding te verbreken. Uiteindelijk hoorde ze hem diep ademhalen aan de andere kant van de lijn. 'Ja, ik weet het. Het had ook niet mogen gebeuren. Maar het is zo gelopen en ik heb er verschrikkelijk veel spijt van. Sinds Karen dreigde dat ze het aan Chantal zou vertellen, ben ik zo bang geweest. En nu komt het toch allemaal uit. Ik ga niet ontkennen dat ik het leuk vond met Karen, maar mijn leven wil ik met Chantal delen. Ik weet dat ik dit niet mag vragen van je, Annemieke, maar zou jij met Chantal willen praten?'

Nadat ze had opgehangen en hem had vervloekt om zijn pathetische gedoe, liep Annemieke naar de keuken. Ze had nog niks gegeten en hoewel ze totaal geen trek had, waren het gerommel in haar maag en het flauwe gevoel in haar hoofd irritant. De koelkast was vrijwel leeg, op drie flessen wijn en een stukje kaas na. Ze schonk een glas in, pakte de kaas en liep terug naar de kamer. De woorden van Rob gingen door haar hoofd. Als de dood was hij geweest dat Karen hun geheim kenbaar zou maken. Had hij geprobeerd haar tegen te houden? Hoever wilde hij daarvoor gaan?

Ze sneed een stukje kaas af en stopte het in haar mond zonder iets te proeven. Waren haar gedachten nog realistisch, of draafde ze opnieuw door? Ze had behoefte haar hersenspinsels met iemand te delen, maar ze wist niet met wie. Kon ze Richard hierover bellen? Ze schudde haar hoofd om haar eigen vraag te beantwoorden. Ze wilde hem heel graag spreken, maar niet via de telefoon. Ze wilde hem gewoon zien.

Eigenlijk merkte ze nu pas goed hoe boos ze was. Op Rob, vanwege zijn bedrog en zijn vreemde telefoontje. En ergens voelde ze zich ook verraden door Karen. Die gedachte bezorgde haar een brok in haar keel. Hun vriendschap leek bezoedeld door de affaire. Annemieke had haar hand ervoor in het vuur durven steken dat Karen nooit zou aanpappen met de man van iemand die ze kende, laat staan van een vriendin.

Haar gedachten gleden terug naar Rob. Hij was bang, dat was duidelijk. Bang om zijn huwelijk kwijt te raken. Nu zijn vrouw wist van zijn bedrog en zijn minnares dood was, bleef er ineens wel heel weinig over. Lafbek, dacht ze grimmig. Als hij sterker in zijn schoenen had gestaan, had hij Chantal niet zo veel pijn hoeven doen. En Karen misschien ook niet, hoewel Annemieke in de overtuiging leefde dat Karen zich geen pijn liet doen door mannen. Maar ja, haar overtuigingen wat betreft Karen bleken hoe langer hoe meer op drijfzand gebouwd. Er kwamen beelden in haar op van Karen en Rob, samen. Ze werd er misselijk van.

Ze liet haar gezicht in haar handen rusten. Met wie had Karen het nog meer gedaan? Heel even kwam Richard in haar op, maar die gedachte duwde ze snel weg. Het was gewoon absurd. Ze had een goed huwelijk. Ongecompliceerd. Hun seksleven werd niet geregeerd door een doorgeslagen kinderwens en Richard had geen enkele reden om het buiten de deur te zoeken. Even voelde ze een soort kalmte door haar lichaam gaan. Ze wilde alles geloven, Rob, zelfs Michel, maar Richard was uitgesloten. Maar ja, dat had Chantal natuurlijk ook van Rob gedacht.

Michel. Zijn naam was in haar opgekomen en leek te blijven haken aan een gedachte die ze nog niet goed kon duiden. Isa en hij hadden relatieproblemen, al langere tijd. Isa was veranderd sinds de geboorte van Lieke. Minder spannend geworden. Althans, volgens haarzelf was dat hoe Michel erover dacht. En ergens kon Annemieke hem wel begrijpen. Ze beschouwde Isa als een dierbare vriendin, maar ze herinnerde zich de avonden die ze met Karen aan de bar had doorgebracht en waarop ze al psychologiserend hadden vastgesteld dat Isa sinds ze een kind had, veranderd was. Ze was getransformeerd in een beschermende, praktische moeke die bang was dat ze haar kind onherstelbare schade zou aandoen als ze eens uit de band sprong. En die, zoals zo veel moeders, vergeten leek te zijn dat de eerste plek in haar leven verdeeld moest worden tussen haar kind en haar man. Bovendien had ze angsten die echt irreëel waren. Soms was ze ineens panisch bang dat haar kind iets zou worden aangedaan. Ze had het niet met zo veel woorden gezegd, maar Annemieke had weleens het idee gehad dat Isa zelfs haar vriendinnen niet vertrouwde. Niet alleen met Lieke, maar ook met Michel. Soms gedroeg ze zich wantrouwend en jaloers als ze met z'n allen bij elkaar waren, dan verloor ze Michel geen seconde uit het oog, vooral als Karen met hem praatte. Op andere mometen was ze juist een geweldige vriendin, die nooit vergat een berichtje te sturen op een moeilijke dag. Isa was nog niet één keer de sterfdag van haar ouders vergeten, besefte Annemieke. Dat kon je van Chantal en Karen niet zeggen. En ach, misschien was het ook niet zo raar dat ze in het eerste jaar met Lieke niet helemaal zichzelf was geweest. Het was natuurlijk ook niet niks, een kind krijgen. Later, toen Lieke wat groter werd, had Annemieke het idee gehad dat Isa wel weer was bijgetrokken, maar toen was er al iets verschoven in haar relatie met Michel. Eigenlijk had Annemieke de scheiding nooit echt als een verrassing beschouwd en toen het eenmaal gebeurde, had ze echt weleens gedacht dat het voor alle partijen beter was. Isa en Michel leken elkaar gewoon niet gelukkig te maken.

Toch had ze nooit het gevoel gehad dat Karen Michel als meer dan een vriend beschouwde. Zelf vond ze hem eigenlijk niet meer dan een kennis. Ook tijdens zijn huwelijk met Isa had ze nooit veel met hem gehad, en datzelfde gold voor Karen. Maar misschien had die daar in werkelijkheid wel heel anders over gedacht. Michel was ongelukkig in zijn huwelijk, Annemieke kon zich zomaar voorstellen dat Michel zijn heil bij een andere vrouw was gaan zoeken en daar was ineens Karen. Zo was het bij Rob toch ook gegaan, dus waarom niet bij Michel?

Haar hoofd tolde van de gedachtes die te bizar voor woorden waren. Stel dat Karen ook wat met Michel had gehad, welke rol had dat dan gespeeld in de scheiding? En zou Isa het weten? Of vermoeden, zeker nu Karen had opgebiecht dat ze met Rob het bed had gedeeld. Ze vroeg zich af of ze hier met Isa over kon praten. Moest ze überhaupt zeggen wat ze van de politie te horen had gekregen? Ze vroeg zich af waarom Isa het haar niet had verteld, of Chantal. Wilden ze haar beschermen tegen een waarheid die ze helemaal niet wilde weten? Of was er een andere reden? Ze begreep nu waarom de sfeer gisteren veranderd was. Chantal was na het gesprek met de recherche kortaangebonden geweest en ze was vroeg naar boven gegaan. Nu begreep Annemieke het wel. Maar waarom had Chantal haar gevoelens niet met hen gedeeld? Ze waren toch vriendinnen?

Misschien was ze boos op Isa. Zij had uiteindelijk de politie ingelicht over wat er speelde en daardoor was ook Chantal ermee geconfronteerd. In haar boosheid en verdriet gaf ze misschien Isa de schuld van hoe ze zich nu voelde, al was dat natuurlijk klinkklare onzin. Want de affaire zou toch wel uitgekomen zijn. De sms'jes in Karens telefoon hadden blijkbaar al voor zich gesproken.

Ze schrok op toen ze een geluid hoorde. Het leek op het kort trillen van een telefoon. Haar oog viel op een mobieltje dat op de eettafel lag. Ze liep erheen en zag dat het Isa's telefoon was. Ze pakte het telefoontje en bleef ermee in haar hand staan. Besluiteloos. Er gebeurde zo veel en ze had het idee dat ze nog niet eens de helft ervan wist. Ze wilde niet achterdochtig zijn, maar ze moest wel. Karen had dingen voor haar achtergehouden en Isa en Chantal deden hetzelfde. Ze had tientallen vragen waarop ze geen antwoord kreeg, er zaten grote gaten in alles wat ze aan elkaar probeerde te leggen. De politie zocht het in allerlei richtingen, maar wist het ook niet.

Ze liet haar vinger boven het schermpje van de telefoon zweven. Ze kon het niet maken, maar aan de andere kant: als niemand haar antwoorden gaf, moest ze ze zelf gaan zoeken. Dat was ze ondanks alles aan Karen verplicht.

Ze ontgrendelde het schermpje van de iPhone. Er zat geen code op. Even bleef ze staan luisteren of ze niks hoorde boven, toen opende ze de sms-berichten. Veel berichten tussen Isa en haar moeder, vrijwel allemaal over Lieke. Isa wilde naar huis, Isa miste Lieke, Isa wist niet hoelang het nog ging duren. Haar moeder liet haar weten dat er aan haar werd gedacht en dat het met Lieke allemaal goed ging, en ook dat ze Michel niet had gezien. Annemieke scrolde verder naar beneden. Tientallen berichten, allemaal meer van hetzelfde. Isa repte met geen woord over Chantal of Rob.

Ze opende de berichten van Michel. Dreigende sms'jes, die ze al eens had gelezen en die haar net als toen vreemd voorkwamen. Misschien was het de simpele toon ervan. De boodschap die erin lag besloten was dreigend, maar de berichten zelf waren bijna amateuristisch. Misschien had Michel dat gedaan om meer effect te sorteren. De inhoud was immers niet mis te verstaan, en kon maar op één manier worden opgevat. En hij had bereikt wat hij wilde: Isa doodsbang maken. Maar dacht hij dat ze daardoor haar strijd om Lieke zou opgeven? Dat leek Annemieke sterk. Isa leefde voor haar dochter en nooit, onder dreiging van wat dan ook, zou ze haar opgeven.

Annemieke scrolde door de berichten en probeerde te bedenken waarom Michel zijn ex-vrouw zo de stuipen op het lijf wilde jagen. Je kon veel van hem zeggen, maar voor zover zij het kon beoordelen was hij altijd dol geweest op zijn dochter en ze kon zich niet voorstellen dat Michel Lieke wilde laten opgroeien in een omgeving vol dreiging en angst. Of zonder haar moeder. Als hij meer rechten wilde, of zelfs de volledige voogdij, dan zou de Michel die zij kende een of andere hooggeplaatste advocaat bellen en met genoeg geld smijten tot hij van de rechter zijn zin had gekregen. Dat was meer zijn stijl, vermoedde ze.

Aan de andere kant, de berichten logen niet. Bovendien had Isa gezegd dat Michel een paar keer bij haar voor de deur had gestaan en haar persoonlijk had bedreigd. Als je dat optelde bij de sms'jes, was het toch wel een serieuze aangelegenheid.

Ze keerde terug naar de lijst van afzenders en keek verder. Er waren berichten bij van haarzelf en Chantal. Ze keek die van Chantal door. Er zat weinig bijzonders bij. Berichten over dat ze ongesteld was geworden en daar teleurgesteld over was, waarna Isa haar een hart onder de riem stak. En berichten over dat Rob moest overwerken, die nu in een heel ander daglicht kwamen te staan. Chantal had er zo te zien niks achter gezocht, maar toch had ze het belangrijk gevonden om aan Isa te melden. Hoewel, ze leek zo'n beetje alles te willen delen wat er in haar leven gebeurde. Van de boodschappen die ze had gedaan tot een rotdag op haar werk, ze sms'te overal over. Isa's antwoorden waren meestal kort en als ze iets over zichzelf meedeelde, ging het aldoor over wat een eikel Michel was.

Ze keek verder bij de andere berichten. Wat collega's en kennissen en een paar sms'jes van Karen, maar het was wel duidelijk dat die twee veel minder contact hadden dan Chantal en Isa. De berichten waren nikszeggend, ze gingen over een eetafspraak en over een dvd die Isa van Karen had geleend.

Met de telefoon in haar handen bleef Annemieke voor zich uit staan kijken. Misschien had zij als enige wel een echt warme band gehad met Karen.

Ze scrolde nog verder naar beneden. Haar oog viel op een contact dat onder de naam Mies 2 was opgeslagen. Ze opende de berichten. Deze waren overduidelijk ook afkomstig van Michel, maar hadden een heel andere toon. Niet meteen liefdevol, maar zeker niet zo dreigend als die andere. Ze gingen vooral over het halen en brengen van Lieke en over dingen die in het ouderschapsplan stonden die een van de twee veranderd wilde zien. Nergens was iets van de dreiging te bekennen die uit de andere berichten sprak. Annemieke fronste. Dat Michel ook nog op een normale manier met haar wist te communiceren, en dat ze blijkbaar op volwassen toon overleg konden voeren over Lieke, vertelde Isa dan weer niet. De dubbelrol die Michel blijkbaar speelde, kwam haar erg vreemd voor. Zou hij dan echt zo'n duistere andere kant hebben? Ze liet de telefoon door haar handen gaan en keek peinzend voor zich uit. Een andere verklaring was er bijna niet. Tenzij... Ze schudde haar hoofd. De gedachte die in haar opkwam, was te bizar voor woorden. Haar brein ging met haar op de loop, na al die vreemde verwikkelingen. Logisch nadenken, zei ze in gedachten streng tegen zichzelf. Ze had het gevoel dat het antwoord voor het grijpen lag, maar het bleef haar keer op keer ontglippen.

12

'DIE DAMSTRA HEB IK OOK NOG STEEDS NIET LOSGELATEN', zei Elzo peinzend.

'Welke? Hij of zij?'

'Hij.' Elzo fronste. 'Of eigenlijk: allebei. Maar ik dacht aan hem. Stel je zijn situatie even voor. Hij is blij met zijn gezapige huwelijk en zoekt niks anders dan een verzetje. Dat denkt hij in Karen te vinden, want die is beschikbaar en ongebonden en roept tegen iedereen die het maar horen wil dat ze zo hangt aan haar vrije leven. Dus hij denkt: vrijblijvende seks, en geen gezeur over dat hij bij zijn vrouw weg moet. Maar dan begint ze toch een beetje te sputteren, blijkt ze heel wat minder aan die vrijheid te hangen dan ze heeft doen voorkomen en zit hij ineens in een situatie waarin zijn minnares wil dat hij zijn huwelijk opgeeft. Vervelend genoeg heeft die minnares heel wat informatie over hem waarvan hij liever niet wil dat die bij zijn vrouw terechtkomt, dus kan ze hem aardig onder druk zetten. En dan kondigt zijn vrouw ook nog eens aan met diezelfde minnares op vakantie te gaan. Ik kan me voorstellen dat hij hem flink heeft geknepen.'

Günter wreef over zijn kin. 'Tot zover volg ik je. Maar stel dat hij zo zenuwachtig is geworden dat zijn bedrog zou uitkomen dat hij haar wilde vermoorden, dan heeft hij daarvoor toch alle gelegenheid gehad in Nederland? Hij heeft avondenlang alleen met haar doorgebracht.'

Elzo dacht na. 'Hij heeft het niet zelf gedaan, dat is duidelijk. Het is onmogelijk dat hij in drie uur vanuit Nederland naar Oostenrijk is gereden en hij is niet met het vliegtuig gegaan, dat is gecheckt.'

'Denk je aan een huurmoord?'

Elzo keek op. 'Zou hij de contacten hebben?'

'Ik weet het niet. Er zijn mensen die beweren dat het helemaal niet zo moeilijk is om zoiets te regelen, maar voor zover ik weet, is het nog best lastig. Je moet je weg kennen in het circuit en ik zou Rob Damstra inschatten als een brave burger voor wie dat niet geldt. Dan tik je echt niet zomaar een huurmoordenaar op de kop. Maar...' Hij trok zijn notitieblok naar zich toe en maakte een aantekening. 'We moeten het verder uitzoeken. Want ook in mijn ogen gaat hij niet vrijuit. Die affaire en die sms'jes voorafgaand aan de moord, het is allemaal wel erg toevallig.'

Elzo klikte zijn pen uit en weer aan. Hij kauwde nadenkend op de achterkant ervan. 'Als je een lijst moet maken, wie zet je op dit moment bovenaan?'

Günter nam een slok van zijn lauw geworden espresso. Hij huiverde en mikte het bekertje met de overgebleven koffie en al in de prullenbak. 'Ik blijf het een serieuze poging tot vergiftiging vinden, wat ze hier uit de automaat laten komen.'

'Moet je de politie bellen', zei Elzo droog.

Günter grimaste en stopte kauwgom in zijn mond om de koffiesmaak de verdrijven, net als de opkomende behoefte aan een sigaret.

Of misschien moest hij juist wel gaan roken. Zijn hoofd helder krijgen. Want de vraag van Elzo was knap lastig te beantwoorden. 'Ik weet wel wie er niet op één staat', zei hij uiteindelijk.

Elzo fronste. 'Wie?'

'Michel van den Berg. Ik geloof gewoon niet dat hij eerst van die dreig-sms'jes gaat sturen en dan doodleuk een moord pleegt. Ik schat hem slimmer in dan dat.'

'Ik ook. Ik betwijfel zelfs of hij hier wel is geweest. Niemand heeft hem gezien, misschien heeft Isa het zich wel verbeeld.'

'En die brief?'

Elzo schudde zijn hoofd. 'Dat kan net zo goed het werk van een of andere lolbroek zijn geweest. De zaak leeft nogal in het dorp, zeker onder de toeristen. Je hebt best kans dat iemand het uitermate grappig vond om zo'n brief achter te laten.'

Günter knikte. 'Ja, precies. Maar dat beantwoordt nog niet de vraag wie er dan wel op één staat. Wat mij betreft is er een gedeelde eerste plek.'

Hij keek om toen na een kort klopje de deur van zijn kantoor open vloog. De secretaresse kwam binnen met een dun stapeltje papier. 'Een fax voor je. Van een telefoonmaatschappij.'

'Ah, dank je.' Günter pakte het stapeltje aan. 'De data van Isa's telefoon', zei hij tegen Elzo, die vragend keek. 'Het leek me zinvol om eens te kijken wat zij de laatste tijd allemaal heeft uitgespookt. Die van Chantals telefoon komen er ook nog aan.'

Elzo knikte richting het stapeltje. 'Zullen we het meteen even doorkijken?'

Günter overhandigde hem de bovenste helft van de papieren. Het was een lange lijst met gekozen nummers, ingekomen oproepen en het dataverkeer achter berichten. De berichten zelf konden ze niet zien, daarvoor moesten ze de telefoon hebben. Günter liet zijn blik over de lijst glijden, Elzo deed hetzelfde. Hij zette een sterretje bij een nummer dat vaak was gekozen. Waarschijnlijk haar moeder, daar zou hij snel genoeg achter kunnen komen.

Op zijn computer opende hij het dossier dat hij inmiddels had aangelegd en zocht het nummer van de dreigberichten. Hij krabbelde het op een blaadje en schoof dat ook richting Elzo, die meteen begreep wat het was en even knikte. Günter keek bij de sms'jes. Vorige week waren er zo'n tien berichten vanaf dat nummer binnengekomen, verstuurd en ontvangen via een Nederlands telefoonnetwerk. Hij liet zijn vinger langs de lijst glijden, vanaf zaterdag waren de berichten en telefoontjes ontvangen via eerst een Duits en daarna een Oostenrijks netwerk. Een paar inkomende telefoontjes waren ook vanaf dat netwerk gevoerd, dus dat moesten haar vriendinnen zijn. Hij sloeg de bladzijde om. Plotseling voelde hij hoe zijn nekhaar overeind ging staan. Zijn ogen hadden iets geregistreerd. Hij sloeg de pagina terug en keek opnieuw. Hij blikte naar het nummer op het blaadje en naar zijn eigen lijst. Hij zag iets over het hoofd. Met samengeknepen ogen keek hij opnieuw. Er was iets...

Ineens zag hij het. 'Verrek!'

'Wat?' Elzo keek op. 'Wat heb je?'

'Die berichten, die dreig-sms'jes...' Günter maakte zijn zin niet af. Hij onderstreepte iets op de papieren en probeerde de losse flodders die door zijn hoofd gingen aan elkaar te leggen.

'De berichten die verstuurd zijn vanaf dit telefoonnummer,' zei hij langzaam en nadenkend, met zijn vinger op het blaadje tikkend, 'zijn zaterdag vanaf een Duits en daarna vanaf een Oostenrijks netwerk verstuurd.'

Elzo kneep zijn ogen samen. 'Bedoel je...'

'Het is een van hen!'

'Of toch Van den Berg. Hij kan meegereisd zijn.'

Günter schudde zijn hoofd. 'Nee, de Nederlandse politie is zijn gangen nagegaan. Hij is maandag op zijn werk geweest. En maandag...' Hij checkte de lijst. 'Maandag zijn er ook berichten verstuurd, vanuit Oostenrijk. Dat sluit hem uit.'

Günter haalde zijn hand door zijn haar. Meer dan ooit voelde hij de behoefte aan een sigaret. Focussen, dat was nu belangrijk. Hij greep een pakje van zijn bureau en sprong op. 'Ik ben zo terug.'

Annemieke liet de telefoon bijna uit haar handen vallen toen ze een geluid hoorde. Boven kraakte een plank. Ze legde het mobieltje snel terug op tafel en ging op de bank zitten. Het duizelde haar. Michel met zijn twee gezichten, Isa die maar de helft van het verhaal vertelde. En Rob die zo bang was dat hij verdacht werd, dat dat op zichzelf al verdacht was. Ze wilde Richard bellen, maar ze wist dat hij alleen maar met meer vragen op de proppen zou komen.

Moest ze de politie bellen? En dan? De mededeling dat er nog meer berichten van Michel in de telefoon stonden was vast niet iets waar ze veel aan hadden. Ze kon niet eens precies uitleggen waarom ze dat vreemd vond. Het was meer een gevoel, maar ze schatte Günter Wolfsberg en zijn collega niet in als het type dat iets kon met zo'n opmerking. De recherche hield van feiten.

Ze wachtte af, maar het bleef stil boven. Waarom kwamen haar vriendinnen niet naar beneden? Ze hadden haar toch thuis horen komen? Er moest iets gebeuren. Ze zou hen ofwel confronteren met wat ze inmiddels wist, of ze zou afwachten tot ze er zelf mee zouden komen. Maar ze moesten hierover praten. Ze had heel veel vragen, en Isa en Chantal hadden antwoorden.

Ze hoorde nog steeds niets en stond met een ruk op. De trap kraakte toen ze naar boven liep. Ze klopte op Isa's deur, maar er kwam geen reactie. Even bleef ze staan luisteren, maar het was stil binnen. Ze deed de deur open. De kamer was leeg.

Ze checkte haar eigen kamer, maar daar waren ze natuurlijk ook niet. Annemieke trok haar wenkbrauwen op. Ze liep door naar de volgende kamer, waar Chantal sliep. Ook daar was niemand te bekennen. Haar vriendinnen hadden niks gezegd over weggaan, en bovendien was Isa doodsbang dat ze Michel tegen zou komen. Maar blijkbaar hadden ze toch een reden gehad om naar buiten te gaan. En blijkbaar was Isa haar telefoon vergeten mee te nemen.

Annemieke liep weer naar beneden. Het was fris in het chalet en ze huiverde. Met een klik van de afstandsbediening zette ze de gashaard aan. Opnieuw pakte ze Isa's telefoon van de tafel en ze ging op de bank zitten. Opeens hield ze het niet langer uit. Er was iets raars en ze moest erachter komen wat dat was. Zelf, zonder hulp van de politie. Ze moest het eerst zeker weten.

Ze zocht het telefoonnummer van Michel op in haar eigen telefoon. Het kwam overeen met Michel 2, het nummer waarvandaan de normale berichten waren gestuurd. Daarna voerde ze het andere nummer in, het nummer dat Michel voor zijn dreigende berichten had gebruikt. Ze drukte op bellen, wachtte even en verbrak toen snel weer de verbinding. Het nummer leverde geen overeenkomsten op. Dat had ze ook niet verwacht. Volgens Isa was het een of ander prepaid telefoontje dat hij alleen maar hiervoor gebruikte.

Ze keek naar het nummer in de oproepenlijst van haar telefoon. Wat zou er gebeuren als ze het belde? Zou er iemand opnemen? Michel, misschien, maar waarschijnlijker was dat ze geen gehoor zou krijgen.

Ze schakelde de nummerherkenning van haar eigen telefoon uit. Dan zou niemand weten dat zij het nummer had geprobeerd. Even aarzelde ze. Kon ze dit wel doen? Wat als Isa erachter zou komen?

Ze schudde haar hoofd. Isa kon er niet achter komen. Zonder nog verder na te denken drukte ze op 'bel'. Met een trillende hand hield ze de telefoon aan haar oor. Ze hoorde de toon die aangaf dat de telefoon overging. Haar hand begon heviger te trillen. Ze hoorde een geluid, maar het kwam niet van de andere kant van de lijn. Even knipperde ze met haar ogen. Ze herkende het geluid, maar kon het zo snel niet thuisbrengen. Aan de andere kant van de lijn werd niet opgenomen. Er was ook geen voicemail, de telefoon bleef maar overgaan. Annemieke liet het toestel zakken. Het geluid was zacht, maar het was er onmiskenbaar. Ze beet op haar onderlip en voelde het klamme zweet op haar rug prikken. Boven ging een telefoon over.

Ze voelde haar hart tegen de binnenkant van haar ribbenkast hameren. Langzaam, alsof ze in slow motion liep, bewoog ze zich naar de trap. Haar ademhaling ging moeizaam en het bloed suisde in haar oren. Zo hard dat ze haar eigen voetstappen op de trap nauwelijks hoorde. Ze hield zich vast aan de leuning. Haar benen voelden alsof er lood in zat. Het was stil in huis. Weer. Maar haar oren hadden haar niet bedrogen. Het gerinkel van de telefoon was onmiskenbaar geweest.

Ze klom nog een tree hoger en bleef even staan. Misschien moest ze de deur op slot doen. Maar aan de andere kant, haar vriendinnen hadden allebei een sleutel. Ze moest proberen de telefoon zo snel mogelijk te vinden en mee te nemen naar de politie. Dat was het enige wat ze nu kon doen. Ze kon nog steeds niet geloven waarin ze was beland en ze wilde maar één ding: dat dit allemaal achter de rug was. Ze wilde naar huis en daar de tijd nemen om alles op een rijtje te zetten. Het gevoel dat ze in een foute film was beland, liet haar niet los. En de film werd alleen maar fouter en donkerder.

Ze stond nu boven aan de trap. Even bleef ze staan luisteren. Het was stil. Ze pakte haar telefoon en belde opnieuw het nummer. In de paar seconden die er nodig waren om een verbinding tot stand te brengen, besefte ze dat haar leven op het punt stond voorgoed te veranderen. Hierna zou niks ooit nog hetzelfde zijn, inclusief haar herinneringen. Maar misschien was dat een proces dat toch al onomkeerbaar was ingezet.

Zweet prikte op haar rug toen ze opnieuw het geluid van de telefoon hoorde. Ze probeerde het te plaatsen en opende een van de twee deuren. Het mechanische beltoontje klonk nu harder. Met bonzend hart ging Annemieke de kamer in. Haar bewegingen leken vertraagd, alsof ze in slow motion werden afgespeeld. Ze zag haar eigen handen, die richting het zwarte koffertje gingen dat naast het bed stond. Ze legde kleren aan de kant. Voorzichtig, alsof de eigenaar ervan dan niet zou merken dat ze hier was geweest.

De telefoon hield op met rinkelen, maar ze had het geluid niet meer nodig om zich te oriënteren. Onder in de koffer vond ze een klein, zwart toestel. Een simpele Nokia. Haar hand beefde toen ze het telefoontje pakte. Het schermpje lichtte nog op van de zojuist gemiste oproep. Ze ontgrendelde het toestel. Geen code nodig, gewoon een simpele toetscombinatie die ze kende omdat ze jarenlang een Nokia had gehad. Twee gemiste oproepen, stond er in het scherm. Annemieke ging naar de berichten. De inbox was leeg. De map met verzonden items stond vol. Ze hoefde de berichten niet te lezen. Ze had ze stuk voor stuk net nog gezien. Haar ademhaling ging zwaar. Ze hijgde van de spanning die door haar heen raasde. Ze moest hier weg. De politie moest het verder oppakken.

Een koude rilling kroop over haar rug. Langzaam en dreigend. Er was iets veranderd.

Ze hoorde het niet, ze voelde het. Al haar zintuigen stonden op scherp. Ze keek naar haar eigen telefoon in haar hand, maar ze wist dat de politie bellen geen optie meer was.

Günter beende door de gang, terug naar zijn kantoor. De sigaret had hem goed gedaan, net als de tien minuten alleen. Nu de mogelijkheden feitelijk waren teruggebracht tot de vriendinnen zelf, moest hij uitvinden voor of tegen wie hij het meeste bewijs kon verzamelen. Het liefst zou hij in de auto stappen, hen allebei oppikken bij het chalet en op het bureau net zolang met beiden doorgaan tot hij wist wie de dreig-sms'jes had verstuurd. Maar zo werkte het niet, hij had nog niet genoeg grond om hen zomaar te kunnen ophalen en bijna als verdachte te behandelen. Want het versturen van de sms'jes was niet de misdaad die hier centraal stond. Het zou onaardig zijn om je vriendin berichten te sturen die dreigend overkwamen, en dan ook nog eens uit naam van haar ex-man, maar strafbaar was het niet. Althans, niet zo strafbaar als moord. Maar opvallend was het wel.

Hij ging achter zijn bureau zitten en dwong zichzelf tot nadenken. Er waren drie mensen in Duitsland geweest: Isa, Chantal en Karen. Isa was de ontvanger van de sms'jes. Hij kon de mogelijkheid dat ze ook verstuurder was niet uitsluiten, maar op de vraag waarom iemand zichzelf berichten zou sturen, had hij zo snel geen antwoord. Bleven over: Chantal en Karen. Die laatste was dood. Maar Günter kon er niet zonder meer van uitgaan dat dat haar vrijpleitte van het versturen van de berichten. Had Isa na Karens dood nog sms'jes ontvangen? Hij maakte een aantekening. Dat moest hij haar vragen. Ergens paste het wel in het plaatje. Karen die het als een spelletje ziet haar vriendin een beetje bang te maken. Hoewel... Was dit humor? Het ging wel ver.

Zijn gedachten verplaatsten zich naar Chantal. Kon haar obsessie voor een kind met haar op de loop zijn gegaan? Zo erg, dat de jaloezie op haar vriendin die wel een kind had gekregen, ertoe had geleid dat ze die vriendin haar onbezorgdheid wilde ontnemen? Ook dat ging ver, maar aan de andere kant, een diepgewortelde kinderwens kon je rationeel denkende geest aardig vertroebelen. Hij dacht aan een programma dat hij laatst op televisie had gezien. Stellen die bedragen waarvoor je een leuke middenklasse auto, en in sommige gevallen zelfs een kleine eengezinswoning, kon aanschaffen, zonder moeite uitgaven aan vele pogingen zwanger te raken. Als hij Isa en Annemieke mocht geloven, zat het feit dat ze nog altijd niet zwanger was Chantal in elk geval erg hoog.

Hij trok loze lijntjes met zijn pen. Waar het om ging, was of er een verband te ontdekken was tussen de sms'jes en de moord. Alleen dan had hij iets aan zijn ontdekking dat de berichten door een van de vriendinnen gestuurd moesten zijn.

Misschien moest hij toch naar het chalet toe gaan. In een wat lossere sfeer ter plekke met ze praten. Eens kijken wat ze te zeggen hadden, zonder prijs te geven wat hij wist. Hij wilde beginnen met Chantal. Er kwamen allerlei scenario's in zijn hoofd op. Wat als zij had vermoed dat haar man vreemdging, maar had gegokt op de verkeerde vriendin? Dat zou misschien verklaren waarom ze dreigsms'jes had gestuurd. Isa lag voor de hand: net gescheiden en kwetsbaar. Een makkelijke vangst voor een man op zoek naar seks. Met wat aandacht en mooie woorden kon je misschien al een heel eind komen. En Chantal was niet op haar achterhoofd gevallen. Als ze verdenkingen had gekoesterd, dan zouden Annemieke en Karen niet meteen in haar opkomen. Karen die op spannende types viel en daardoor niet op Rob en Annemieke die een heel gelukkig huwelijk leek te hebben. Maar Isa als minnares van Rob... De lijst met argumenten leek eindeloos. En Günter wist inmiddels dat mensen geneigd waren het meest aannemelijke scenario te geloven – al dan niet aangevuld met wat eigen aannames. Als Chantal verdenkingen had gekoesterd, had Isa zo goed als zeker op nummer één gestaan.

Elzo kwam binnen en Günter praatte hem bij over zijn gedachtegang. De jongere rechercheur knikte. 'Dat klinkt logisch.' Hij tikte met zijn vinger tegen zijn kin en dacht na.

Günter verbrak de stilte. 'Maar als ik even verder denk, kan het ook Isa zijn geweest. Die haar man zo graag in een kwaad daglicht wil stellen dat ze zichzelf rare sms-berichten is gaan sturen. Paranoia dat hij hun dochter van haar wil afpakken of zoiets.'

Elzo keek hem aan. 'Waarom moest Karen dan dood?'

'Weet je nog dat we het met Isa over vreemdgaan hadden?' vroeg Günter. 'En dat ze glashard beweerde dat ze nooit heeft vermoed dat Michel een verhouding met Karen had, tijdens of na hun huwelijk? Nog los van wat de waarheid is, geloofde ik dat niet, en ik geloof het nog steeds niet. Ik had er misschien niet eens meer aan gedacht als ze toen had gezegd dat dat natuurlijk weleens door haar hoofd is gegaan, maar dat ze denkt dat het niet zo is. Maar nee, ze ontkende het zo stellig dat het bijna leek alsof ze zichzelf probeerde te overtuigen.'

Elzo knikte langzaam. 'Dat is waar. Het voelde een beetje gekunsteld.'

'En dan zou ze maandagavond in Karens bekentenis over Rob een bevestiging hebben kunnen zien dat Karen het niet schuwde het bed te delen met de man van een vriendin', vervolgde Günter. 'Waarop ze de conclusie getrokken heeft...'

'...dat ze het dan ook met Michel heeft gedaan', vulde Elzo aan.

'Het is niet het meest voor de hand liggende scenario', zei Günter. 'Maar ja, als dat altijd de oplossing was, waren wij werkloos.'

Elzo knikte. 'Maar is het echt aannemelijk dat een normaal denkende vrouw zo doorslaat dat ze zoiets als dat zou doen?'

Günter liet die gedachte door zijn hoofd gaan. 'Heeft Michel niet tegen de Nederlandse politie gezegd dat zijn vrouw zich de laatste tijd wel vaker dingen in haar hoofd haalde? Hij gebruikte zelfs het woord paranoia. Stel dat hij dat niet heeft gezegd om zichzelf vrij te pleiten, maar dat het echt waar is. Dan is de gedachte niet zo raar dat zij zelf achter die berichten zit.'

Elzo knikte nadenkend. 'En als ze zich echt van alles in haar hoofd heeft gehaald, is het niet vreemd dat ze op z'n minst een verdenking koestert tegen Karen met betrekking tot Michel. Een vrij sterke verdenking ook, lijkt mij.'

Günter sloot even zijn ogen. De puzzel begon steeds meer in elkaar te vallen, maar het was nu uiterst belangrijk om scherp te blijven. Juist de laatste stukjes moesten kloppend worden gemaakt. Hij kon ze nu niet met geweld op hun plek duwen en concluderen dat de puzzel compleet was. Voorzichtigheid was geboden. En dat betekende ook dat hij de andere opties nog niet kon uitsluiten.

'Laten we veronderstellen dat er een link is tussen de sms'jes en de moord', zei hij langzaam. 'Dat pleit Karen vrij.'

'En Isa en Chantal blijven over, want Annemieke was helemaal niet in Duitsland.'

'Dat betekent dat de moordenaar nu met haar twee andere vriendinnen in het chalet zit. En bang is.' Even was het stil. Günter reikte naar zijn jasje, dat achter hem op de stoelleuning hing. 'Volgens mij hebben wij geen tijd meer te verliezen.'

Annemieke wist niet hoe ze haar stem had hervonden, maar ze slaagde erin geluid te maken. 'Doe normaal', zei ze. Het geluid klonk hoog en piepend. Het enige waarnaar ze kon kijken, was het mes in Isa's hand. Ze moest kalm blijven, maar dat een onmogelijke opgave. 'Ik ben het maar. Heus geen inbreker ofzo.' Dat laatste had luchtig moeten klinken, maar kwam er paniekerig uit.

Ze keek op. De blik in Isa's ogen was staalhard en ijskoud. 'Wat doe je hier?'

'Ik hoorde een geluid en toen ben ik gaan kijken.' Annemieke voelde het zweet over haar rug lopen. 'Het bleek van dit telefoontje te komen.' Ze stak het uit, Isa negeerde het.

Annemieke probeerde haar stem overredend te laten klinken. 'Ies, doe dat mes eens weg. Ik snap dat je bang was een of andere inbreker aan te treffen, maar...'

'Geef me dat toestel.'

Annemieke deed het meteen. 'Ik heb niet...'

'Hou je mond.' Isa stopte het telefoontje in haar zak. Het mes hield ze geheven. Annemieke had haar gezicht nog nooit zo gezien. Voor het eerst besefte ze waar Isa toe in staat was. Ze slikte en probeerde de opkomende paniekaanval de baas te worden, maar haar keel werd dichtgesnoerd van angst.

'Isa...' probeerde ze opnieuw. 'We kunnen dit toch...'

'Houd je bek.'

'Ik zal niks zeggen. Niemand hoeft te weten...'

Isa schoot naar voren. 'Ik zei: houd je bek!'

Annemieke hijgde. Ze voelde het koude staal van het mes nu tegen haar keel drukken. Isa sleurde haar overeind en zette haar tegen de muur, het mes nog steeds tegen haar verhitte huid. 'Niemand mag het weten', zei ze. Van hard en koud was haar stem overgegaan in zacht en dreigend.

'Dat hoeft ook niet. Ik kan mijn mond houden. Ik zal...'

'Natuurlijk doe je dat niet.' Isa lachte honend. 'Ik ken jou. Jij rent meteen naar de politie. Altijd het braafste meisje uit de klas. Altijd degene met de beste cijfers. De beste papieren. De beste baan. De beste relatie. O, o, wat heb jij het goed voor elkaar. En o, wat keken jij en die trut neer op het gescheiden vrouwtje. De alleenstaande moeder.' Ze spuugde de woorden uit. Annemieke probeerde iets te zeggen, maar Isa drukte het mes harder tegen haar huid. Ze bracht haar gezicht vlak voor dat van Annemieke. De haat stond te lezen in haar blauwe ogen. 'Ontken het niet. Dat dachten jullie wel. En toen begon die trut ook nog eens een affaire met mijn man. Mijn man!'

'Dat heeft ze niet...'

'O nee? Ze deed het toch ook met Rob? Natuurlijk heeft ze geprobeerd Michel te krijgen en natuurlijk lukte haar dat. Alles lukte haar. Zie je het voor je? Dat zij en Michel straks voor míjn kind zouden zorgen?'

'Karen wilde helemaal geen kinderen. Ze wilde...'

Isa gooide haar hoofd in haar nek en lachte hard en nep. Annemieke drukte zichzelf tegen de muur om onder de druk van het mes uit te komen, maar het hielp niet. Isa keek haar weer aan. 'Natuurlijk wilde ze dat wel. Ze wilde wat ik had. En ze wilde wat Chantal had. Daarom begon ze wat met Rob. Die man interesseerde haar geen ruk, ze wilde gewoon kapotmaken bij een ander wat ze zelf niet had. Daarom heeft ze Michel geprobeerd af te pakken. En ze zou hetzelfde hebben gedaan met Lieke. Michel was er al mee begonnen. Ik moet iets doen. Ik moet het stoppen. En het zal me lukken.' Ze zwaaide de telefoon heen en weer. 'Hiermee. Iedereen zal geloven dat Michel me bedreigt. En dan is Lieke van mij. Hij krijgt niks!'

Annemieke probeerde de gedachten en beelden die in haar hoofd over elkaar heen buitelden tot staan te brengen, maar ze werd er alleen maar duizelig van. Ze zag

Karen, dood en onder het bloed. Isa die net zo hard mee had gehuild. De schok als ze een bericht kreeg. Allemaal schijn. Allemaal nep. De blik die ze nu bij Isa zag, grensde aan pure gekte. Haar ogen draaiden, er zat wat schuim op haar onderlip. Alles wat ze zei klonk als een kanonschot. Annemieke probeerde te luisteren wat er beneden gebeurde. Waar was Chantal? Wist zij dit?

'En jij moet zwijgen.' Ineens trok Isa het mes weg en begon door de kamer te ijsberen. 'Jij kan alles kapotmaken, net als die trut. Jij weet veel te veel.' Ze keek naar het mes in haar hand alsof ze nu pas echt besefte wat ze ermee kon doen. Annemieke besefte dat ze maar één kans had en dat was nu. Praten had geen zin. Ze moest weg. Vluchten, rennen voor haar leven. Zonder nog verder na te denken, zette ze zich af tegen de muur en maakte een sprong richting de deur.

Toen ze voelde hoe ze een duw kreeg en tegen de grond smakte, wist ze dat ze verloren had.

Ze landde op haar buik en voelde meteen hoe Isa boven op haar terechtkwam. Haar gewicht drukte zwaar en Annemieke kreeg bijna geen adem. Het mes drukte nu weer tegen haar keel, harder dit keer. Ze durfde zich niet te verroeren.

'Stil liggen, trut', siste Isa. 'Ik kan dit langzaam en pijnlijk doen, of zo snel dat je het nauwelijks merkt. De keuze is aan jou of je meewerkt. Je gaat eraan, hoe dan ook.'

Annemieke proefde bloed in haar mond. Die woorden waren letterlijk een van de berichten. Ze twijfelde al niet meer aan Isa's schuld, maar toch joeg het besef een nieuwe rilling over haar rug.

Plotseling verstijfde ze. Ze zag een schim, een glimp van iets. Op de gang. Of verbeeldde ze zich dat? Vanuit haar binnenste probeerde ze een geluid voort te brengen, een kreet om hulp. Maar er kwam niks. Ze voelde zich verlamd. Isa humde wat, Annemiekes oren ruisten zo hard dat ze de woorden niet kon verstaan.

'Waarom?' probeerde ze piepend te vragen, maar zelfs dat woord kon ze niet vormen. Ze probeerde adem te halen, kalm te blijven en haar opties te overzien. Maar het lukte niet. Waren er wel opties?

Opnieuw zag ze iets. Het leek op een schoen, maar ze wist het niet zeker. Was daar iemand? Chantal? Zou die begrijpen dat ze hulp moest halen en niet binnen moest komen? Ze moest haar waarschuwen.

Plotseling werd haar hoofd naar achter getrokken. Nu slaakte ze wel een kreet, van pijn. Isa propte iets in haar mond. Ze proefde stof. Een sok? Ze begon te kokhalzen en kronkelde om los te komen. Lucht moest ze hebben. Ze zag witte flitsen en wist zeker dat ze zou stikken. Een felle pijn ging door haar armen. Isa trok ze met een ruk naar achter. Annemieke probeerde te voelen wat er gebeurde, maar alles liep door elkaar.

Ineens was daar weer het mes. Het drukte op haar keel, ze voelde de scherpe kant in haar huid gaan. Die stond gespannen. Een klein beetje meer druk en...

Toen er een schreeuw klonk, wist Annemieke niet of zij het zelf was, of Isa. Of... Ze zag schoenen voor zich. Zwarte schoenen, twee paar. Het kon Isa niet zijn. Ze keek op. Het mes lag nog steeds tegen haar keel. Een mannenstem riep iets. Ze herkende de stem.

'Politie! Laat dat mes vallen en hou je handen in de lucht!'

De ene seconde die volgde was de langste uit haar leven. Ze zette zich schrap. Verwachtte de pijn. Maar die kwam niet.

Toen ze het mes voor zich op de vloer zag vallen, stroomden de tranen over haar wangen.

Epiloog

ANNEMIEKE MERKTE DAT HAAR HAND NOG STEEDS EEN beetje trilde toen ze haar glas optilde. Het zou vast nog wel een tijd duren voor ze weer zonder angst kon slapen, of zelfs kon leven. Als ze even haar ogen sloot, kwamen de beelden nog altijd keihard terug, ook al was het al drie weken geleden dat ze uit Oostenrijk was teruggekeerd.

Ze nam een slokje van haar kamillethee. Liters had ze al weggewerkt van dat spul, hopend dat ze er rustig van zou worden. Maar eigenlijk wist ze ook wel dat na alles wat ze had meegemaakt, zoiets simpels als kruidenthee niet het wondermiddel was. Ze had vooral tijd nodig. Tijd om alles voor zichzelf op een rijtje te zetten, tijd om na te denken. Tijd om aan het idee te wennen dat iemand die ze als een van haar allerbeste vriendinnen had beschouwd, met wie ze lief en leed had gedeeld en van wie ze oprecht had gehouden, feitelijk heel iemand anders bleek te zijn. Ze schudde haar hoofd. Ze kon het nog steeds niet echt geloven.

Chantal raakte licht haar arm aan. 'Gaat het een beetje?'

Annemieke glimlachte half. 'Jawel. Maar het is zo...' Ze schudde haar hoofd. Het juiste woord had ze nog niet gevonden. 'Onbegrijpelijk.'

Chantal had cola light besteld en nam een paar flinke slokken. 'Ik weet precies wat je bedoelt. Dat iemand die je dacht zo goed te kennen, gewoon een moordenaar blijkt te zijn. Een moordenaar!' Ze sprak het woord uit alsof ze er zelf nog aan moest wennen. Annemieke kende het gevoel. Ze merkte dat ze het woord het liefst vermeed, het deed bijna pijn om het in de mond te nemen.

Chantal monsterde haar. 'Je ziet nog steeds hartstikke bleek. Slaap je wel?'

Annemieke glimlachte sterker dan ze zich voelde. 'Het gaat.'

'Jeetje.' Chantal schudde haar hoofd. 'Ongelooflijk. Ons hele leven op z'n kop in een paar dagen tijd.'

Annemieke knikte. Ze gaf geen antwoord. Het besef dat haar leven inderdaad nooit meer hetzelfde zou zijn was er, maar echt doordringen deed het nog niet. Heel even was er een moment geweest op de crematie van Karen dat het besef als een klap binnen leek te komen, maar de pijn die ze had gevoeld was gewoonweg te groot geweest en ze had het gevoel weggeduwd. Ze moest het in kleine stukjes verwerken. Het zou nog wel een tijdje duren.

Ze richtte haar aandacht op Chantal. 'Hoe gaat het met jou? Jij bent je ook kapot geschrokken toen je terugkwam en het hele huis vol politie stond.' Ze hadden dit gesprek al gevoerd, maar Annemieke merkte dat Chantal er behoefte aan had om het hier keer op keer over te hebben. Dat was haar manier van alles verwerken.

Chantal knikte. 'Ik zie nog steeds voor me hoe Isa in een politieauto werd gezet. Toen wist ik het meteen.' Ze beet op haar lip. 'Maar dat ik niet heb gemerkt dat zij weggegaan is uit de Eisbar, snap ik nog steeds niet. Ik heb die avond keer op keer opnieuw beleefd in mijn hoofd, maar ik kan me gewoon niet herinneren dat ik haar heb gemist.'

'Zij heeft er natuurlijk wel voor gezorgd dat jij dat niet merkte.'

'Dat is waar. Vanaf het moment dat we binnenkwamen, probeerde ze heel erg onder de mensen te komen en niet bij mij in de buurt te blijven.' Ze schudde haar hoofd. 'Ik beschouwde dat als een goed teken. Een teken dat ze besloten had weer een beetje te genieten van haar leven.'

'Maar ze had het allemaal van tevoren nauwkeurig uitgedacht', vulde Annemieke aan. 'Onderdeel van de rol die ze speelde. Of rollen, moet ik misschien zeggen. Net als die driegbrief, die ze zelf had geschreven. Wie doet nou zoiets? Dan moet je toch behoorlijk gestoord zijn.'

Chantal tikte nadenkend met haar vinger tegen de tafel. 'Rechercheur Wolfsberg vroeg me later of ik verbaasd was dat Isa zo'n duistere kant bleek te hebben. Toen vond ik dat een rare vraag en zei ik dat ik dat natuurlijk was. Maar achteraf realiseer ik me...' Ze knipperde met haar ogen en staarde langs Annemieke heen naar een voorbijlopende ober. Uiteindelijk deed ze haar mond weer open. 'Als je erover nadenkt, heeft Isa altijd iets vreemds gehad, vind je niet? Zeker sinds die scheiding. Ze was zo achterdochtig dat Michel een affaire had, dat ik op een gegeven moment zelf ging geloven dat het zo was. En tegelijkertijd was ze juist zo'n attente, lieve vriendin. Die twee persoonlijkheden, dat kan ik maar niet begrijpen.'

'Maar dat is toch ook wat de rechercheur zei?' Annemieke dacht aan het telefoongesprek dat ze gisteren met de rechercheur had gevoerd. Hij had hen allebei gebeld om hen op de hoogte te stellen van de resultaten van het eerste psychiatrisch onderzoek dat Isa had ondergaan. Ze zat nog altijd in de cel in Oostenrijk en zou naar Nederland worden uitgeleverd, maar op welke termijn, dat was nog niet bekend.

'Bedoel je dat ze ervan uitgaan dat ze in feite schizofreen is?'

Annemieke knikte half. 'Nou ja, dat heeft hij nog niet met zo veel woorden gezegd, maar in die richting denken ze wel. En dat ze waanideeën heeft.'

'Ja, dat zei Michel ook al. Hij schijnt zich daar al langer zorgen over te maken, maar Isa wist keer op keer iedereen ervan te overtuigen dat hij juist de boeman was.'

Annemieke draaide haar glas rond. 'Voor hem moet het ook een hele schok zijn geweest. Ik heb hem net na de arrestatie gesproken, maar eigenlijk zouden we samen bij hem langs moeten gaan. Hij zit natuurlijk ook met allerlei vragen.'

'Goed idee', knikte Chantal. 'Ik zal hem bellen. Hij zei al dat hij Isa ook steeds achterdochtiger vond worden.'

Annemieke nam nog een slok thee. 'Ik heb van die achterdocht niet zoveel gemerkt.'

'Ik sprak haar bijna dagelijks', zei Chantal schouderophalend. 'Misschien vertelde ze mij meer dan jou en Karen. Neem maar van mij aan dat ze behoorlijk wantrouwend was. Ze was bang dat Michel en zijn eventuele nieuwe vriendin Lieke van haar zouden afpakken en dat de rechter dan in zijn voordeel zou beslissen, omdat Lieke beter af zou zijn in een gezinssituatie dan bij een alleenstaande moeder.' Ze schudde haar hoofd. 'Onzin natuurlijk, maar het lukte me niet om dat uit haar hoofd te praten. Ze zei de hele tijd dat er drastische maatregelen nodig waren.'

'Dus begon ze met die sms'jes', knikte Annemieke.

'Ja, dat denk ik. En toen ze hoorde van Rob en Karen, heeft ze de conclusie getrokken dat...' Chantal maakte die zin niet af. Ze wisten het allebei.

'Wat ga jij nu doen?' veranderde Annemieke van onderwerp.

'Met Rob, bedoel je?' Chantal dacht na. Ze richtte haar blik op haar handen, die ze ineenstrengelde en zei zacht: 'Ik heb de afgelopen tijd wel een paar dingen geleerd. Over mezelf, en ook over de liefde. Bijvoorbeeld dat perfectie niet bestaat. Ook niet bij mij, en zeker niet bij mijn huwelijk. Ik heb met Rob gepraat. Heel lang. En we zijn er nog niet. We moeten uitvinden waar het fout ging, anders kunnen we het niet herstellen. En misschien komen we er niet uit.' Ze beet op haar lip en keek Annemieke aan. 'Ik moet mijn vertrouwen terugkrijgen. Als dat niet lukt, stop ik ermee. Dan ben ik beter af alleen.'

Annemieke knikte. 'Ik denk dat je daar gelijk in hebt.'

'Maar...' Chantal wendde haar blik weer af. 'Weet je waar ik was toen jij en Isa...' Ze keek vluchtig naar Annemieke. Die knikte kalm. Chantal ontspande. 'Ik was naar de drogist. Voor een zwangerschapstest.'

Annemiekes mond viel open. 'Echt? Ben je...'

Chantal haalde haar schouders op. 'Ik ben overtijd. Al drie weken, dus. Maar ik moet de test nog doen. Ik had me altijd voorgesteld dat dat een bijzonder moment zou zijn. De afgelopen weken wilde ik het niet. Er was zoveel aan de hand. En ergens was ik ook bang voor de uitslag. De teleurstelling als het negatief zou zijn, en de verwarring als het nu ineens, na al die tijd, raak was.'

Annemieke legde haar hand op de arm van haar vriendin. 'Ik weet dat je het je zo niet had voorgesteld. En dat dit moeilijk voor je is. Maar toch hoop ik... Ik gun het je zo.'

'Ik hoop het ook.' De gebeurtenissen van de afgelopen weken hadden zich duidelijk afgetekend op Chantals gezicht. Maar ergens daaronder zag Annemieke een sprankje hoop. Ze kneep in Chantals arm. 'Hé... Ik wil dat je weet dat wat de uitslag ook is, ik er altijd voor je zal zijn.'

Toen er een traan over Chantals wang gleed, voelde Annemieke dat bij haar hetzelfde gebeurde. Zo bleven ze een hele tijd zitten. Zwijgend.

Op de lastminute-vakantie in Hurghada loopt Susan een ex-vriend tegen het lijf.
Liever had ze hem nooit meer gezien . . .
LINDA VAN RIJN
LAST
MINUTE
LITERAIRE THRILLER

Op de lastminutevakantie in Hurghada loopt Suzanne haar ex-vriend tegen het lijf. Liever had ze hem nooit meer gezien...

Vijf jaar zijn Susan Waterberg en haar man Hugo getrouwd en gelukkig in Almere. Die mijlpaal wil Susan niet onopgemerkt voorbij laten gaan. Ze regelt haar schoonouders als oppas voor hun zoontje Stijn van drie en boekt een lastminutevakantie naar Hurghada. Voor Hugo is de trip een grote verrassing, zeker omdat hij zijn padi (duikbrevet) pas een jaar heeft. Nu kan hij eindelijk 'echt' gaan duiken. Hoewel het afscheid van Stijntje hun beiden zwaar valt, verheugen ze zich op een onbezorgde zonvakantie. Als ze op de duikschool inchecken krijgt Susan de schrik van haar leven. De duikinstructeur is een 'oude bekende' en confronteert haar met een gebeurtenis die ze altijd voor Hugo heeft verzwegen. De zorgeloze strandvakantie die Susan voor ogen had, verandert in een web van leugens en chantage. Om haar gezin te redden, zal ze definitief moeten afrekenen met haar verleden.

'Door de vaart, de onderhuidse spanning, maar ook door de menselijke keuzes van de hoofdpersoon blijf je 'hooked' aan dit boek.' – SANDER VERHEIJEN, CRIMEZONE.NL ****

Last Minute – Linda van Rijn
224 pagina's, paperback
ISBN 978 94 6068 075 5
€ 4,95
Reeds verschenen

Op kampeervakantie met haar gezin in Frankrijk raakt Mieke in de ban van de mysterieuze Ewoud. Al snel loopt de spanning op...
LINDA VAN RIJN
VAKANTIE VRIENDEN
LITERAIRE THRILLER

Op kampeervakantie met haar gezin in Frankrijk raakt Mieke in de ban van de mysterieuze Ewoud. Al snel loopt de spanning op...

Mieke en Thom Zuidkerken grijpen de jaarlijkse kampeervakantie met hun gezin aan om te proberen hun huwelijk te redden. Sinds Mieke weet dat Thom is vreemdgegaan staat hun relatie onder grote druk.

Via de vakantievriendjes van de kinderen ontmoeten ze Wendy en Ewoud, met wie ze gezellig borrelen en barbecueën. Mieke voelt zich aangetrokken tot de spannende en intrigerende Ewoud en bekijkt haar eigen doorsneehuwelijk ineens met heel andere ogen. En dat heeft grote gevolgen...

Vakantievrienden – Linda van Rijn
112 pagina's, paperback
ISBN 978 94 6068 104 2
€ 6,95
Reeds verschenen

Tijdens een skivakantie in Kirchberg verdwijnt de kleine Marius.
De politie staat voor een raadsel...
LINDA VAN RIJN
PISTE
ALARM
LITERAIRE THRILLER

Tijdens de skivakantie in Kirchberg verdijnt de kleine Marius. De politie staat voor een raadsel...

De skivakantie van Renske en Sven Donkervoort in het Oostenrijkse Kirchberg slaat om in een nachtmerrie als hun vierjarige zoon Marius tijdens de skiles verdwijnt. Een grote zoekactie levert niets op en de politie staat voor een raadsel.

De verdwijning vertoont opvallend veel gelijkenissen met een nooit opgeloste zaak van twintig jaar geleden. Het spoor leidt de politie naar een oude bekende. Maar dan werpen een onverwachte bekentenis en een schokkende vondst een heel ander licht op de zaak.

'Met dit boek schaart de schrijfster zich in de rij van Esther Verhoef, Saskia Noort, Marion Pauw e.a. (...) Spannend tot aan de ontknoping. Deze aanwinst in het genre zou zo maar verfilmd kunnen worden.'

– **NBD BIBLION**

'Piste Alarm is een echte vrouwenthriller, geschreven in een vlotte stijl en vol emoties. En tegen het einde zelfs superspannend!'

– **CRIMEZONE.NL**

Piste Alarm – Linda van Rijn
256 pagina's, paperback
ISBN 978 94 6068 097 7
€ 10,-
Reeds verschenen

Als haar kersverse echtgenoot tijdens de huwelijksreis spoorloos verdwijnt staat Hannah voor een raadsel. Een aanslag op haar leven brengt daar verandering in...
LINDA VAN RIJN
BLUE CURAÇAO
LITERAIRE THRILLER

Als haar kersverse echtgenoot tijdens de huwelijksreis spoorloos verdwijnt, staat Hannah voor een raadsel. Hoe goed kent ze eigenlijk de mensen die ze altijd vertrouwde...

De romantische huwelijksreis van Hannah en Koen naar Curaçao wordt ruw verstoord als Koen tijdens het snorkelen spoorloos verdwijnt. Hannah wordt gek van angst. De plaatselijke politie loopt niet zo hard als Hannah zou willen en ten einde raad gaat ze zelf op onderzoek uit. Die zoektocht brengt onaangename waarheden aan het licht. Als Hannah zelfs voor haar eigen leven moet vrezen, wordt ze geconfronteerd met de vraag of ze Koen wel zo goed kent als ze denkt..

Blue Curaçao is een spannende thriller over een desastreuze liefde die blind maakt en over mensen die zich anders voordoen dan ze in werkelijkheid zijn.

'Linda van Rijn weet in Blue Curaçao *de spanning er uitstekend in te houden en je wordt helemaal opgenomen in het verhaal.'*
– CHICKLIT.NL

Blue Curaçao
256 pagina's, paperback
ISBN 978 94 6068 077 9
€ 15,-

Colofon

Redactie: Karin Dienaar
Omslagontwerp: Riesenkind
Omslagillustratie: Istockphoto
Zetwerk: V3-Services
Druk: Hooijberg|Haasbeek

Eerste druk november 2012

ISBN 978 94 6068 085 4
E-ISBN 978 94 6068 940 6
NUR 305

Uitgeverij Marmer
De Botter 1
3742 GA BAARN
T: +31 649881429
I: www.uitgeverijmarmer.nl
E: info@uitgeverijmarmer.nl

www.lindavanrijn.nl